Margaret Millar

Banshee die Todesfee

Roman

Aus dem Amerikanischen von Renate Orth-Guttmann

Diogenes

Titel der Originalausgabe:
›Banshee‹

Deutsche Erstausgabe

170/87/8/1
ISBN 3 257 01754 5

Für Carol und Ralph Sipper

1

Die Prinzessin hopste, begleitet von ihrem Hofstaat, über den Gartenweg. Der größere der beiden Paladine hatte dichtes schwarzes Haar und kam angeblich aus Neufundland, aber das hatte sich nie so recht nachweisen lassen. Der andere war ein Deutscher mit braunem Haar. Beide waren ihr treu und von Herzen zugetan (auch wenn sie häufig dazu tendierten, undurchführbar oder unnötig erscheinende Befehle zu ignorieren), und beide konnten gut zuhören. Neufs dicker, seidiger Bauch bot ein weiches Kissen für das Haupt der Prinzessin, wenn sie unter der Eiche zu liegen und den Würmchen zuzusehen wünschte, die sich an den Zweigspitzen drehten und wendeten wie Trapezkünstler im Zirkus. Auch Schäf machte sich sehr nützlich; er zog die königlichen Rollschuhe über die Zufahrt und leckte Blut von aufgeschürften Knien und Ellbogen, wodurch es der Prinzessin erspart blieb, ins Haus zu gehen und sich einem großen Getue auszusetzen. Schäf machte es bestimmt genausogut wie Mrs. Chisholm, die Haushälterin, mit ihren Waschlappen, ihrer Seife und ihren alkoholgetränkten Wattebäuschen. Außerdem war Schäfs Zunge sehr sanft und brannte nicht.

Natürlich war Mrs. Chisholms Argwohn immer wach. »Also das sieht mir doch ganz so aus, als ob da jemand schon wieder hingefallen ist.«

»Mir tut nichts weh«, sagte Annamay – kein Geständnis, aber auch keine direkte Lüge.

»So war's und nicht anders, da wett ich einen Dollar gegen einen Dreierweck. Und du hast dich wieder mal von einem dieser Köter beschlabbern lassen. Irgendwann stirbst du noch an so einer ekligen Krankheit, die durch Hundespucke übertragen wird.«

Mrs. Chisholm verlor häufig Punkte durch Übertreibung, indem sie so heftig auf den Ball eindrosch, daß er in einem anderen Court landete und der Sieg an den Gegner ging.

»Wenn ich deine Mutter wär, würd ich Proben von Hundespucke an ein Labor schicken und auf schädliche Keime untersuchen lassen. Vielleicht schick ich sie selber mal ein.«

»Machst du nicht, Chizzy.«

»Und warum nicht, bitte schön?«

»Weil's einen Haufen Geld kosten kann. Die berechnen dir vielleicht jeden Keim einzeln. Wenn sie nun 'ne Million finden und jeder einen Cent kostet?«

Chizzy überschlug rasch den Betrag und trat würdig den Rückzug an. »Dann würd ich die Rechnung deinem Vater schicken.«

Die Prinzessin zog weiter, durch den Setzlingsgarten, vorbei am Geräteschuppen und am Kugelfisch-Teich, zu dem eigens für sie entworfenen Schloß. Zuerst war es ihr riesig vorgekommen, doch mit jedem Jahr war es kleiner geworden, und jetzt hatte Annamay, wenn ihre Paladine mit hinein durften, kaum Platz, um Freunde zu bewirten und sich um ihre Lieblingskinder zu kümmern.

Beide brauchten fachkundige Pflege. Marietta hatte die Hälfte ihres Haars verloren, und zwar nicht durch eine eklige Krankheit, sondern durch Neuf, der schließlich das meiste davon im Gemüsegarten wieder herausgewürgt hatte, zusammen mit einem von Luella Lus Glasaugen. Luella Lus Auge – das wunderbarerweise unversehrt geblieben war – wurde sichergestellt, gereinigt und wieder angeklebt, saß aber nun, während das andere Auge sich bewegte, starr in seiner Höhle, und jetzt sah Luella Lu immer ganz rätselhaft aus, als könne sie Dinge erblicken, die andere nicht sahen. Ein reuiger Neuf schleppte sie, gleichsam als Wiedergutmachung, oft im Maul herum, und bei Hofe trug man ihm nichts nach.

Es gab nicht viele Prinzessinnen, die ohne Hauspersonal auskamen, aber Annamay schaffte es. Sie putzte und kochte, sie bewirtete ihre Freunde, Chizzy und ihre Eltern und deren Freund Benjamin, der das Schloß entworfen hatte. Sie reichte Brote mit Erdnußbutter und Orangensaft. An solchen Tagen wurden Neuf und Schäf vor die Tür gesetzt, damit Platz für die Gäste war. Dann standen sie draußen und sahen vorwurfsvoll sabbernd durchs Fenster. Die Hunde machten sich zwar nichts aus Broten mit Erdnußbutter, hatten aber ihre Grundsätze und fanden es entschieden ungehörig, daß sie aus dem Schloß verbannt wurden, nur damit irgendwelche Eindringlinge es gemütlicher hatten.

Manchmal zog die Prinzessin, verkleidet als Bürgerliche in Shorts und T-Shirt, auf Abenteuer aus. Diese Ausflüge begannen meist am Bach unterhalb der Avocadopflanzung. Während die Hunde Avocados mit Stumpf und Stiel fraßen, fing Annamay hier Kaulquappen und Wasserläufer. Sie pflückte Hahnenfuß in der Farbe ihrer Haare und die Blüten des Immergrüns in der Farbe ihrer Augen und übte Sprünge von Ufer zu Ufer.

In einem ihrer Geschichtenbücher war ein kleiner Junge einem Wasserlauf stromabwärts nachgegangen, weil er wußte, daß dieser früher oder später in die zivilisierte Welt führen würde. Was sich auch bestätigte – nicht nur für den kleinen Jungen, der sich verirrt hatte, sondern auch für Annamay, die am Swimmingpool der Cunninghams landete.

Mr. Cunningham lag pudelnackt auf einem Badetuch. Annamay hatte noch nie einen nackten Mann gesehen und fand das ganze Drum und Dran ausgesprochen interessant. Da schnappte Mr. Cunningham sich ein Handtuch und wickelte es sich um die Taille.

»Was denkst du dir eigentlich bei dieser Anschleicherei, du verdrehtes Balg?«

»Ich bin nicht geschlichen«, sagte Annamay. »Ich bin dem Wasser stromabwärts nachgegangen, auf der Suche nach der zivilisierten Welt.«

»Da bist du an der falschen Adresse, ist das klar?«

Mr. Cunningham reckte sich, gähnte und kratzte sich die rosaglänzende Kopfhaut. Annamay überlegte, ob er wohl mit den Haaren an der falschen Stelle zur Welt gekommen und damit – in Chizzys Ausdrucksweise – einer der kleinen Ausrutscher des lieben Gottes war.

»Hier lauert hinter jedem Baum ein Wilder«, setzte er hinzu.

»Ich seh keinen.«

»Wenn du sie sehen könntest, brauchten sie ja nicht zu lauern.«

»Wer ist es denn, Lieber?« rief Mr. Cunninghams Mutter vom Haus her. Sie hörte sich richtig betrunken an. Kein Wunder. Chizzy sagte, daß sie eine durstige Seele war. »Wer ist es denn, Peter?«

»Die kleine Hyatt.«

»Was sucht sie hier?«

»Die zivilisierte Welt.«

»Wie eigenartig.«

»Such ich gar nicht«, sagte Annamay. »Ich hab nur die Geschichte von dem verirrten Jungen ausprobiert, der stromabwärts geht und auf die zivilisierte Welt stößt.«

»Probier's demnächst mal stromaufwärts«, sagte Mr. Cunningham.

Manchmal bekam die Prinzessin überraschenden Besuch, wie den bärtigen Mann mit dem Tamburin auf dem Rücken. Er stahl Avocados und kam zum Schloß, um nachzusehen, ob dort vielleicht ein Zwerg wohnte.

Die Hunde bellten ihn vehement an, aber weil ihr Wedeln ebenso vehement war, bekam der Mann es erst dann mit der Angst zu tun, als Chizzy keifend und besenschwingend über den Weg heransauste. Es gab kein Geschöpf auf dieser Erde, das keine Angst vor Chizzy – mit oder ohne Besen – gehabt hätte, denn sie besaß, wie Annamays Vater Howard sagte, eine Stimme, die Glas zum Bersten bringen konnte. Die Aussicht auf ein so erfreuliches Ereignis veranlaßte Annamay, sich noch mehrere Tage nach dieser Feststellung an Chizzys Fersen zu heften. Doch wurde kein Glas zum Bersten gebracht, außer von Annamay selbst, als sie beim Abwaschen half.

In derselben Woche kam der Mann mit dem Bart noch einmal, aber er ging nicht direkt in die Pflanzung oder zum Schloß, wo man ihn vom Haus aus hätte sehen können. Er blieb unten am Bach, zog die Schuhe aus und ließ das Wasser über die Füße laufen. Da das auch eine Lieblingsbeschäftigung von Annamay und Neuf und Schäf war, ließ es sich fast nicht vermeiden, daß sie sich alle trafen.

Pfoten und Füße baumelten einträchtig im Wasser.

»Was ist das Ding auf deinem Rücken?«

»Ein Tamburin.«

»Warum?«

»Weil es als Tamburin gedacht ist.«

»Ich meine, warum trägst du es mit dir rum? Macht es Musik? Mußt du Stunden nehmen und üben?«

»Stunden nehmen und üben? Ach wo. Und es macht auch keine Musik. Es macht Lärm, wenn man es schüttelt. Ein bißchen, wenn man es sachte schüttelt, und viel Lärm, wenn man es zünftig schüttelt.«

Er war fast so zottig wie Neuf mit seinem langen Kinnbart, dem Schnauzer und den dicken, buschigen Brauen.

»Warum willst du lärmen?«

»Um auf mich aufmerksam zu machen.«

Dafür hatte Annamay kein Verständnis. Das Maß an Aufmerksamkeit, das ihr Eltern und Verwandte und Chizzy und die Lehrer in der Schule entgegenbrachten, lag gerade an der Grenze des Erträglichen. »Machst du gern auf dich aufmerksam?«

»Es gehört zu meinem System, bringt mir mein Publikum. Dann prophezeie ich irgendwas Unheimliches, und die Leute denken, ich bin verrückt, und geben mir Geld, damit ich weggehe, weil ich ihnen nicht geheuer bin.«

»Wie beim Kammerjäger.«

»Etwas in der Art.«

»Wie heißt du?«

»Du kannst mich Grandpa nennen.«

»Geht nicht, ich hab schon zwei Grandpas, einen hier und einen in Long Island. Da muß ich dich schon anders nennen. So, wie du heißt, zum Beispiel.«

»Okay. Wie wär's mit Mr. Cassandra?«

»Heißt du so? Ehrlich?«

»So ähnlich. Es ist mein übersinnlicher Name. Jeder Mensch hat viele Namen. Sie kommen und gehen wie Ebbe und Flut. Am Montag heiße ich Harold.«

Annamay wurde es ungemütlich, und sie zog die Turnschuhe wieder an. Auf dieses Zeichen hin standen die Hunde auf. Neuf schüttelte den Kopf, so daß der Geifer meterweit in alle Richtungen flog.

»Siehst du?« sagte der Mann. »Mein System funktioniert sogar bei Kindern und Hunden.«

In der Avocadopflanzung wurde zweimal geerntet. Im Winter reiften die Fuertes, während ihre glänzend-glatte Haut noch grün war. Im Sommer kamen die Hass, die eine rauhe schwarze Schale hatten und deren Fruchtfleisch sich streichen ließ wie Butter. Annamay begriff nicht, wieso die Leute lachten, wenn ihr Vater von ihnen als Eier mit Noppenüberzug sprach, und als sie es in der Schule erzählte, nagte die Lehrerin an ihrer Unterlippe, als wollte sie sich das Lächeln verbeißen.

Der Sommer brachte die meisten Besucher, nicht nur, weil die Früchte dann saftiger waren, sondern weil es auf dem Highway zwischen San Diego und San Francisco mehr Tramper gab. Die Tramper hatten oft Hunger, und sie kamen, um heruntergefallene Avocados aufzulesen oder gar die Früchte direkt vom Baum zu pflücken. Annamay setzte ihren Gästen nie Avocados vor, sie schmeckten wie die Hautcreme, fand sie, die ihre Mutter auf dem Ankleidetisch stehen hatte.

Eine Tramperfrau war offenbar Annamays Ansicht, denn sie schien sich weit mehr für das Schloß als für die Avocados zu interessieren. Während ihr Begleiter sich Rucksack und Taschen vollstopfte, ging die Frau lächelnd um das Schloß herum und faßte es an. Annamay hatte in der Schule und von ihrer Cousine Dru gelernt, wie das mit den Babys war, sie wußte also, daß in der Frau, die sich gar nicht beruhigen konnte, ein Baby wuchs. »Himmel, schau dir das an, Phil. Richtiges elektrisches Licht, und ein ganz echter Grill. Möchte wissen, ob hier wirklich ein Kind wohnt.«

»Nein«, sagte Phil. »Wahrscheinlich ist es eine Spielhütte für irgendein verwöhntes Balg.«

Annamay trat vor die Tür und verkündete mit königlicher Hoheit, sie sei kein verwöhntes Balg, sondern eine Prinzessin.

»Was du nicht sagst«, meinte der Mann. Er war blaß und sehr dünn, wahrscheinlich hatte er eine dieser ekligen Krankheiten, mit denen Chizzy sich so gut auskannte. Aber er hatte ein nettes Lächeln und auf dem Unterarm ein Herz eintätowiert. »Und wo ist deine Krone?«

»Eine Krone trägt eine Prinzessin nur zu festlichen Anlässen.«

»Na, für mich ist es ein festlicher Anlaß. Ich hab was zu essen.«

Die Frau lachte und sagte: »Zieh sie nicht auf, Phil. Sie ist ein Püppchen, ein richtiges Püppchen.«

Wenn man an die haarlose Marietta und an Luella Lus angeleimtes Auge und zerbissene Arme und Beine dachte, war das ein zweifelhaftes Kompliment. Aber die Stimme der Frau klang nach Bewunderung, und Annamay errötete bescheiden. »Ach was.«

»Hey, hast du was dagegen, wenn wir von deinen Avocados nehmen?«

»Habt ihr doch schon.«

»Helle bist du also auch. Na schön, macht's dir was aus, wenn wir uns noch ein paar nehmen?«

»*Mir* macht's nichts.«

»Dank dir schön.«

»Aber Chizzy schon. Wegen der Wurzelfäule.«

Diese Warnung hätte unter Umständen wenig gefruchtet, wenn nicht plötzlich wie aufs Stichwort Chizzy aufgetaucht wäre. Sie kam, eine Hacke in der Hand, hinter dem Geräteschuppen hervor und schrie Zeter und Mordio. Chizzys Stimme ließ die Vögel aus den Bäumen aufflattern und vertrieb die Katzen vom Erdhörnchenbau, und das junge Paar entfloh den Hügel hinunter. Unten fiel die Frau hin und schrie auf, und der junge Mann mußte sie aufheben und über den Bach tragen. Sehr kräftig war er ja ohnehin nicht, und er schwankte unter der Last seines Rucksacks mit Avocados und seiner Frau mit dem Kind im Bauch.

»Sind wir reich, Chizzy?«

»Reicher als manche, nicht so reich wie andere.«

»Warum lassen wir die Leute nicht ruhig kommen und Avocados essen?«

»Darum.«

»Ich hasse Darums.«

»Darums müssen sein.«

»Warum?«

»Darum«, sagte Chizzy und machte ein zufriedenes Gesicht. Dann erklärte sie zum etwa fünfzigsten Mal die Sache mit der Wurzelfäule und daß Fremde, die in die Pflanzung kamen, den Pilz vielleicht an den Schuhen hatten und dann alle Bäume krank werden und sterben würden.

»Könnte die Frau ihrem Baby Wurzelfäule geben?«

»Ja, und dir auch, wenn du nicht aufhörst, mit Fremden zu reden. Wo sind die Hunde? Ich denke, die sollen dich beschützen.«

»Ich hab ihnen befohlen, den Müllmann zu jagen.«

Chizzy wischte sich mit der Schürze das Gesicht und brachte einen verzweiflungsvollen kleinen Laut hervor, der sich anhörte wie ein Fink im Unterholz. »Ich will froh sein, wenn der Sommer um ist und du wieder in die Schule kommst. Immer die Sorge um dich und das ewige Hinterhergehetze, das ist zu viel für eine Frau in meinem Alter.«

»Wie alt bist du?«

»Älter als manche, nicht so alt wie andere.«

Die Hunde tauchten wieder auf, zweifach zufrieden, weil sie einem königlichen Befehl gefolgt waren und zugleich die Gegend von einem Schurken gesäubert hatten, der Müll stahl.

»Was hab ich dir wegen der Fremden gesagt?«

»Immer dasselbe.«

»Ich hab dir sogar das Gedicht gemacht. Hat mich fast zwei ganze Abende gekostet. Wetten, daß du's nicht mehr kannst?«

»Doch kann ich's.«

»Gut, dann sag's auf, aber wortwörtlich.«

Es war ein sehr schlechtes Gedicht mit verblüffenden Reimen und Rhythmen, aber Chizzy war unheimlich stolz darauf und hörte es für ihr Leben gern.

Mit Fremden reden tut man nicht,
und lächeln sie dir auch zu,
auf Autofahrten leist Verzicht,
und sei's nur ne Meile, das ist tabu.
Nicht Geld noch braune Plätzchen nimm,
auch nicht hausgebacken und fein,
an Geld kleben Bazillen schlimm,
und in den Plätzchen können Rasierklingen sein.

Lauf haste was kannste davon,
sonst ist vielleicht der heut'ge Tag dein letzter schon.

Annamay sagte das Gedicht auf und machte nur zwei Fehler dabei. Chizzy tupfte sich die vor Stolz feuchten Augen mit ihrem Schürzenzipfel.

»Als Gedicht ist's ja nicht berühmt«, sagte sie abschätzig, »aber es hat so was Gewisses. Wer's einmal gehört hat, der vergißt es nie.« Dann deklamierte sie mit tiefer Weltuntergangsstimme die letzten Zeilen:

Lauf haste was kannste davon,
sonst ist vielleicht der heut'ge Tag dein letzter schon.

»Und wenn ich mir das Bein gebrochen hab und mit dem schweren Gips nicht laufen kann?«

»Du hast dir kein Bein gebrochen.«

»Oder vielleicht einen Knöchel verstaucht.«

Sie hatte kein Bein gebrochen und keinen Knöchel verstaucht, sie lief nicht davon, es war kein Fremder da.

Annamays liebster Besuch war Benjamin York, der – vielleicht weil er das Schloß entworfen hatte – restlos im Königspielen aufging. Er nannte sich Herzog von York und verbeugte sich immer tief, wenn er das Schloß betrat, um der Prinzessin zu zeigen, wie sehr sie von ihren getreuen Untertanen geschätzt wurde. Er blieb oft zum Nachmittagstee oder zu einer spannenden Runde Mensch-ärgere-dich-nicht oder Schiffeversenken. Dabei verlor er so oft, daß Annamay schließlich Verdacht schöpfte.

»Du schummelst, Benjie.«

»Schummeln, Euer Hoheit? Wer würde schummeln, um zu verlieren? Man schummelt, um zu gewinnen.«

»Du nicht.«

»Dieser Vorwurf trifft mich fürwahr tief, und ich meine, eine Entschuldigung wäre hier angebracht.«

»Scheibenhonig.«

»Das sagt man nicht.«

»Meine Cousine Dru sagt es immerfort.«

»Deine Cousine Dru hört es immerfort. Du nicht.«

»Was ist so schlimm daran? Ich könnte gradsogut Tannenhonig oder Blütenhonig sagen.«

»Dann sag Tannenhonig oder Blütenhonig.«

»Für mich hört sich Scheibenhonig richtiger an.«

»Für alle anderen hört es sich entschieden unrichtiger an«, sagte Ben. »Also verkneif's dir, Kleines, sonst kriegst du von Chizzy was auf den königlichen Po.«

»Sie sagt es auch.«

Schließlich kam es zu einem Kompromiß. Gegen eine Schachtel gebrannte Mandeln versprach Annamay hoch und heilig – »Oder ich will tot umfallen!« –, in Zukunft statt Scheibenhonig Blütenhonig zu sagen.

Sie wollte nie tot umfallen, Benjie war kein Fremder, in den gebrannten Mandeln waren keine Rasierklingen.

Selbstverständlich mußte über die Ereignisse der Woche ihrer Cousine Dru Bericht erstattet werden. Es wurde nicht gern gesehen, daß sie bei Dru übernachtete, weil sich Drus Mutter – laut Chizzy – benahm wie eine Wilde und schon beim dritten Ehemann angelangt war. Aber tagsüber waren Besuche erlaubt.

Die beiden kleinen Mädchen schaukelten in Drus Patio und aßen Schokoladewaffeln. Wohl als Folge des wilden Benehmens ihrer Mutter war Dru sehr weltgewandt. Annamays Begegnung mit Mr. Cunningham im Adamskostüm wurde von ihr als langweilige Allerweltsgeschichte abgetan.

»Was bist du doch noch für ein Kind«, sagte Dru. »Aber das verwächst sich mit der Zeit. Vielleicht.«

Größeren Eindruck machte die Geschichte von dem Mann mit dem Tamburin und seiner Idee, daß die Leute an den verschiedenen Wochentagen jeweils anders heißen sollten. Die beiden machten eine Liste von Namen mit den Anfangsbuchstaben der Wochentage. Misty für Montag, Dolly für Dienstag, Mandy, Daisy, Francesca, Sandra und Sunny.

Auch der Mann mit dem tätowierten Herzen auf dem Arm und die Frau mit dem Baby im Bauch interessierten Dru. Annamays Berichterstattung nahm sie allerdings eher skeptisch auf. »Woher weißt du, daß sie ein Baby im Bauch hatte? Hat sie's dir erzählt?«

»Nein. Aber sie war dick.«

»Viele Leute sind dick. Nicht alle dicken Leute erwarten ein Baby. Ich wette, du weißt nicht mal, wo die Babys herkommen.«

»Weiß ich wohl. Der Mann pflanzt den Samen in die Frau.«

»Wie denn?«

»Na, vielleicht gibt er ihn ihr wie eine Pille und ein Glas Wasser dazu, damit sie ihn schlucken kann.«

»Gott, was bist du blöd. Eine Frau hat doch noch andere Öffnungen als den Mund.«

»Du meinst, sie kriegt . . . so eine Art Einlauf?«

»Dumme Trine. Nicht diese Öffnung, die *andere*. Verstehst du jetzt?«

»Klar«, sagte Annamay, die Drus Geduld nicht weiter strapazieren mochte. Dru zwickte gern, wenn sie böse war, und Annamay hielt es für angezeigt, auf ein ganz anderes Thema überzugehen.

»Chizzy sagt, wir sollen nie mit Fremden reden.«

»Ganz großer Scheibenhonig«, sagte Dru schroff. »Ich bin jetzt zehn. In ein, zwei Jahren brauch ich einen festen Freund, und wie soll ich den finden, wenn ich nicht mit Fremden rede? Du bist in diesem dummen Alter, wo du wahrscheinlich noch gar nicht dran denkst, dir einen festen Freund anzuschaffen.«

»Brauch ich auch nicht.«

»Warum nicht?«

»Weil ich Benjie heirate, wenn ich groß bin.«

»Herrjemine, glaubst du etwa, der wartet auf dich? Vicki sagt, der hat überall in der Stadt seine Weiber gehortet.«

»Was heißt ›gehortet‹?«

Es sah Dru nicht ähnlich, Unsicherheiten zuzugeben. »Daß sie Schlange stehn, um ihn zu heiraten, das heißt es. Irgendwann wird er schwach und, hast du nicht gesehen, ist er verheiratet wie alle anderen auch, sagt Vicki. Vicki kennt sich aus mit dem Heiraten. Also wenn du keine alte Jungfer werden willst, fängst du besser an, mit Fremden zu reden.«

»Kann ich nicht.«

»Warum nicht?«

Die einzig passende Antwort war Chizzys Gedicht. Annamay deklamierte es mit entsprechenden Gesten.

»Mit Fremden reden tut man nicht.« Annamay wackelte

mahnend mit dem Zeigefinger. »Und lächeln sie dir auch zu.« Sie lächelte tückisch.

Dru geriet in Rage. »Hör auf mit dem albernen Getue und sag einfach das Gedicht auf.«

Mit Fremden reden tut man nicht,
und lächeln sie dir auch zu,
auf Autofahrten leist Verzicht,
und sei's nur ne Meile, das ist tabu.
Nicht Geld noch braune Plätzchen nimm,
auch nicht hausgebacken und fein,
am Geld kleben Bazillen schlimm,
und in den Plätzchen können Rasierklingen sein.
Lauf haste was kannste davon,
sonst ist vielleicht der heut'ge Tag dein letzter schon.

»Von braunen Plätzchen mit Rasierklingen drin hab ich mein Lebtag noch nicht gehört«, sagte Dru so böse, daß Annamay außer Reichweite möglicher Kniffe rückte. »Meine Väter rasieren sich alle elektrisch. Kannst du dir ein braunes Plätzchen vorstellen, in das ein Elektrorasierer paßt? Chizzy redet immer solchen Scheibenhonig.«

»Lauf haste was kannste davon«, wiederholte Annamay in Chizzys Weltuntergangsstimme. »Sonst ist der heut'ge Tag vielleicht dein letzter schon.«

Es gab keine braunen Plätzchen mit Rasierklingen, kein Geld, an dem Bazillen klebten, keinen Fremden mit Auto.

2

Die Polizei kam und ging, kam wieder und ging wieder, den ganzen Sommer lang. Und im Spätherbst war die Beerdigung.

Der kleine Sarg war mit Kamelien und weißer Heide bedeckt, dazwischen lagen Kornblumensträuße, denn kornblumenblau waren die Augen der Prinzessin gewesen. Die Kirche war bis auf den letzten Platz gefüllt. Auf den vorderen Bänken saßen links Freunde und Anverwandte, rechts die Nachbarn und Howard Hyatts Geschäftsfreunde, dahinter mitfühlende Fremde, Sensationslüsterne, Leute, die die lange Suchaktion in der Presse verfolgt hatten. Ganz hinten saßen außerdem etliche Trauergäste, denen es darum ging, notfalls schnell ins Freie zu kommen: Mrs. Cunningham mit ihrem Sohn Peter zu ihrer Rechten, Ben York zu ihrer Linken. Er hatte nicht nur das Schloß der Prinzessin, sondern auch das Haus der Hyatts entworfen und hätte als Freund der Familie eigentlich vorn sitzen müssen. Aber er hatte Angst davor, in aller Öffentlichkeit die Fassung zu verlieren, wie es ihm oft genug privat passiert war.

Peters Motive waren anderer Art. Er hatte seiner Mutter, ehe sie aus dem Haus gegangen waren, nur zwei doppelte Martinis genehmigt und sich gedacht, daß sie es damit durchstehen würde. Aber immer noch mehr Leute strömten in die Kirche, und die Musik spielte immer weiter, und Mrs. Cunningham wurde zappelig. Die Finger ringelten sich auf ihrem Schoß wie fette rosa Würmer, die versuchten, aus ihren juwelenbesetzten Halsbändern herauszukommen.

»Was meinst du, Peter, mein Lieber, ob ich wohl mal eben ein Minütchen rausgehen könnte und –«

»Nein. Schließlich war es deine Idee, daß wir herkommen.«

»Die Musik deprimiert mich. Ich brauche zwei Valium.«

»Nein.«

»Nicht mal eins?«

»Nein. Und die Musik ist in Ordnung. Debussy. *Pavane für eine tote Prinzessin.*«

»Was ist eine Pavane?«

»Ein Tanz.«

»Ein Tanz? Wie eigenartig, sich für so was zu entscheiden.«

»Nicht, wenn einem nach Tanzen ist.«

»Das war eine frechdachsige Bemerkung, Peter.«

»Häßlich«, sagte Peter. »Böse. Geschmacklos und ordinär. Aber frechdachsig? Finde ich nicht. Tu mir den Gefallen und versuche, das Wort nicht zu benutzen, wenn du von mir sprichst, Alte, ja? Es klingt irgendwie neckisch, und was ich mache, ist nie neckisch.«

»Manchmal schon.«

»Nie. Comprenez?«

»Natürlich comprenez ich.« Sie warf ihm einen vorwurfsvollen Blick zu, dann wandte sie ihre Aufmerksamkeit wieder der Musik zu.

»Man erwartet Bach oder Mozart. *Pavane für eine tote*

Prinzessin? Lachhaft. Sie war eine kleine Schnüfflerin. Weißt du noch, wie –«

»Ja.«

»Und du glaubst nicht, daß so was vielleicht mehrmals vorgekommen ist? Daß sie irgendwann tatsächlich was gesehen *hat*?«

»Nein.«

»Ich brauch wirklich ein Valium, Peter, mein Lieber. Bitte.«

»Nein.«

»Eines Tages wirst du das bereuen, Peter. Eines Tages sitzt du bei meiner Beerdigung, und dann wirst du es bereuen.«

»Vielleicht auch nicht.«

»Ich habe großen Kummer. Und Schmerzen«, sagte Mrs. Cunningham. »Und ich fange an zu hyperventilieren.«

Benjamin, der auf der anderen Seite von ihr saß, sah ihren Busen unter Schichten kastanienbrauner Seide wogen. Die goldenen Löckchen, die um ihren Hut aus kastanienfarbenem Satin herum baumelten wie Christbaumschmuck, fingen an zu zittern, und die Silberreifen an ihren Armen klirrten wie Gefangene in ihren Ketten.

Gefangene, dachte Benjamin.

Es gab keinen Gefangenen. Niemand war verhaftet oder auch nur längere Zeit festgehalten worden, wenngleich man Hunderte verhört hatte, alle, die in der Gegend wohnten, dort arbeiteten oder regelmäßig hinkamen, um Post oder Zeitungen zu bringen, Zähler abzulesen, Wasserenthärtungsanlagen zu warten, Kosmetika oder religiöse Erbauung an den Mann oder die Frau zu bringen, Wanderarbeiter, aktenkundige Sittenstrolche, die in der

Stadt wohnten oder gelegentlich dort Station machten, sogar einen selbsternannten Heiligen, der behauptete, nur in der Vergangenheit und in der Zukunft zu leben. Nach einer Kostprobe von Verpflegung und Unterkunft im Bezirksgefängnis räumte er ein, daß er nichts von der Zukunft wußte, sich an die Vergangenheit nur bruchstückhaft erinnerte und die Gegenwart lieber draußen als drinnen verbrachte. Er verlegte sich wieder aufs Tamburinschlagen und Schnorren am Strand, und der Tod der kleinen Prinzessin blieb ein Rätsel.

Ihre Eltern, Kay und Howard Hyatt, saßen mit Howards Vater auf der ersten Bank. Es war der alte Herr, der auf einer offiziellen Beerdigung bestanden hatte. So hatte denn Kay, die die Tiefe seiner Trauer nachvollziehen konnte, zugelassen, daß man die Knöchlein in die blaue Daunendecke vom Bett des Kindes einwickelte und in den Sarg legte.

Die Knochen wogen sieben Pfund. Benjamin war bei Kay gewesen, als man es ihr mitteilte, und da hatte er sie zum letzten Mal weinen sehen.

Sie schluchzte an seiner Schulter. »Lieber Gott, so viel hat sie gewogen, als sie zur Welt kam.«

Auch Ben hatte geweint. Sieben Pfund bei der Geburt, sieben Pfund bei der Beerdigung. Es war ein blödsinniger Zufall, aber irgendwie hatte es auch seine Richtigkeit, als schlösse sich damit ein Kreis.

Die gefesselten Würmer auf Mrs. Cunninghams Schoß versuchten noch immer, sich freizukämpfen.

»Ich fang an zu flimmern, Peter«, sagte sie. »Fühl meinen Puls, wenn du mir nicht glaubst. Kammerflimmern kann sehr gefährlich sein.«

»Dann hör auf damit.«

»Ich mache das doch nicht absichtlich. Ich kann nicht dagegen an. Ich hatte schon immer diese Tendenz . . .«

»Verschon mich mit deinen Tendenzen«, sagte Peter.

»Warum bist du so grausam zu mir, Peter? Ich hyperventiliere, und ich habe Herzkammerflimmern, und du gönnst mir nicht mal ein Valium. Ich könnte auch grausam sein, wenn ich wollte.«

»Versuch's doch.«

»Du denkst, daß ich von gewissen Dingen keine Ahnung habe. Aber da irrst du dich. Wenn ich wollte, könnte ich davon erzählen. Ich hätte eine Menge zu erzählen.«

»Nur zu.«

»Ich tu's natürlich nicht. Ich bin keiner Grausamkeit fähig. Das steckt einfach nicht in mir drin.«

»Was in dir drin steckt«, sagte Peter, »ist ein Schnapsquantum, mit dem man einen Tanker flottmachen könnte, und ein Pillenarsenal, an dem eine ganze Walschule erstikken würde.«

»So darfst du nicht mit deiner Mutter sprechen. Kein Sohn sollte so mit seiner Mutter sprechen.«

»Ich könnte ja mal eine neue Mode einführen.«

»Du hast mir vor dem Weggehen nur einen klitzekleinen Drink bewilligt.«

»Zwei.«

»Die waren aber ziemlich dünn.«

»Es waren Doppelte.«

»Mußt du ständig widersprechen?«

»Nein«, sagte Peter. »Nur wenn du lügst.«

Benjamin wandte den Kopf in ihre Richtung und machte »Pst«. Nicht laut, aber direkt in Mrs. Cunninghams linkes Ohr.

Sie zuckte zurück, als habe er sie mit Giftgas angeblasen, und packte ihren Sohn am Arm. »Peter, der Mann hat ›Pst‹ zu mir gesagt.«

»Warum hältst du dich dann nicht daran?«

»Ich finde es sehr ungehörig von einem Fremden, so etwas zu mir zu sagen, besonders wenn ich Kammerflimmern habe.«

»Vielleicht weiß er nicht, daß du Kammerflimmern hast. Laß ihn deinen Puls fühlen. Übrigens ist es kein Fremder.«

»*Ich* hab ihn noch nie zu Gesicht bekommen. Es muß einer von *deinen* Freunden sein.«

Peter hob eine sorgsam gezupfte Braue. »Nein. Nein, das glaube ich nicht.«

Benjamin war durch einige gesellschaftliche Anlässe flüchtig mit den Cunninghams bekannt. Mutter und Sohn traten stets zusammen auf, beide elegant und ziemlich förmlich gekleidet, Peter in dunklem Anzug mit Weste oder im Smoking, Mrs. Cunningham in Samt, Seide und Brokat, juwelenbehängt, parfümduftend und kunstvoll frisiert. Ihre Ankunft erregte gewöhnlich Aufsehen. Peter war mit seinen fünfzig Jahren, tief gebräunt und mit silbergrauer Perücke, ein gutaussehender Mann, und Mrs. Cunningham zeigte noch Spuren früherer Schönheit. Peter blieb bei solchen Gelegenheiten stets unverändert, während Mrs. Cunningham offenbar von einer Welle innerlicher Erdstöße und Nachbeben heimgesucht wurde, die ihre Frisur auflösten, Haarnadeln zum Rutschen brachten und goldene Löckchen hilflos an grauen Haarwurzeln baumeln ließen. Sie schwankte und klammerte sich haltsuchend an andere Gäste (»Entschuldigen Sie *vielmals*, wenn ich diese schreckliche Migräne habe, wird mir immer ganz schwindlig.«), sie stieß gegen Möbel, ließ ihr Glas fallen und kleckerte sich Essen aufs Kleid. (»Wie ungeschickt von mir, ich habe nämlich meine Kontaktlinsen verloren.«), und sie ging früh, schwer auf den Arm ihres Sohnes gestützt. Peter wirkte nie verlegen oder ärgerlich, nur leicht belustigt, als habe er eine Statistenrolle in einem besonders laienhaft dargebotenen Theaterstück gespielt.

»Wenn es nicht einer deiner Freunde ist«, sagte Mrs. Cunningham, »und auch kein Bekannter von mir, wer ist es dann?«

»Er ist Architekt.«

»Brauchen wir denn einen Architekten?«

»Nein.«

»Dann brauch ich doch auch nicht auf ihn zu hören, wenn er ›Pst‹ zu mir sagt, oder?«

»Nein. Aber auf mich solltest du hören. Halt den Mund.«

Die Musik verstummte, und Pfarrer Michael Dunlop hob an zu sprechen. Ausbildung und jahrelange Erfahrung schienen vergessen. Dies war nicht die Stimme, mit der er bei den Sonntagspredigten lehrte, mahnte, den Geist erhob oder die Seele in Angst und Schrecken versetzte. Diese Stimme war unsicher und so leise, daß sie auf den hinteren Bänken kaum zu verstehen war. Er hatte Hunderte von Trauergottesdiensten gehalten, aber da waren die Hingeschiedenen alt oder krank gewesen, hatten bei einem Unfall oder durch eigene Hand das Leben verloren. Annamay Rebecca Hyatt war acht Jahre alt gewesen und hatte nach dem Urteilsspruch der Jury durch fremde Hand den Tod gefunden.

Er war zornig und ratlos. Er zweifelte an seinem Glauben und der Weisheit Gottes, der Kompetenz der Polizei, an den Motiven und der Wahrhaftigkeit seiner Zuhörer. Er legte Pausen zwischen den Sätzen ein, fast als erwarte er, jemand stehe dann auf und bekenne, er habe das Verbrechen begangen oder zumindest Beweismaterial zurückgehalten.

»Und so geben wir denn in Deine gütige Hand die Seele dieses lieben Kindes, Annamay Rebecca Hyatt, das vor acht Jahren an eben diesem Altar getauft wurde.«

Wieder unterbrach er sich. Husten, Schluchzen, Schniefen – aber kein Geständnis. Er hätte gern angeklagt, hätte mit dem Zorn Gottes, mit Höllenfeuer und ewiger Verdammnis gedroht. Aber er glaubte nicht an die Hölle, und er hatte weder die Macht noch das Recht zu drohen, hatte keinen Grund zu der Annahme, es sei ein Mörder oder der Freund eines Mörders unter seinen Zuhörern. Dennoch hatte er das fast unabweisbare Gefühl, daß es so war: *Einer unter euch hat etwas getan, weiß etwas, und bei Gott, ich möchte euch entreißen, was es ist ...*

Seine Frau Lorna, die an ihrem Stammplatz am Gang in der mittleren Reihe saß, übermittelte ihm ihren Spezialblick, der signalisierte, daß er Fehler machte, daß er Dinge sagte, die er hätte weglassen müssen, und andere wegließ, die man von ihm erwartete. Lorna war eine gute Christin und eine noch bessere Kritikerin. Sie hörte aufmerksam zu, um ihm hinterher sagen zu können, welche Fehler er in Ausdruck, Inhalt und Auftreten machte. Lorna war immer gern bereit, anderen – ganz besonders ihm – dabei zu helfen, ein besserer Mensch zu werden.

Das würde sie ihm später alles vorsetzen, wahrscheinlich kurz vor dem Abendessen, wenn er seinen Tiefpunkt hatte und Lorna – vielleicht nicht zufällig – am lebendigsten war. »Was nützt die ganze Predigt, Michael, wenn dich nicht jeder versteht?« ... »Du, das klang aber mächtig emotional. Gefühle kannst du dir nicht leisten, du bist schließlich Pfarrer.« ... »Und diese langen Pausen, als ob du auf einen Augenkontakt aus wärst. So was darf man nicht, das ist gegen die Regel. Warum machst du es also?«

Ja, warum, dachte er.

Lorna würde kein Verständnis dafür haben, daß er nach einem Mörder oder dem Freund eines Mörders gesucht hatte. Sie würde ihre Regel befragen und feststellen, daß dieser Fall nicht vorgesehen war.

Lorna besaß eine wertvolle Regelsammlung, die anderen Menschen unbekannt und unzugänglich war. Sie zog diese Sammlung häufig zu Rate, wie einen guten Freund, und fand darin Perlen der Weisheit, die genau ihren eigenen Ansichten entsprachen. Viele Leute wunderten sich, wenn sie von der Regel sprach, und glaubten, sie meine irgendeine religiöse Regel. In gewissem Sinne stimmte das sogar. Die Regelsammlung war Lornas Bibel.

Bestimmt standen in Lornas Regelsammlung unter »Mörder« zahlreiche Querverweise im Stichwortverzeichnis.

Mörder: Kontakt vermeiden mit; Bezugnahme auf; Suche nach ...

Inzwischen hatte er wohl so ziemlich gegen alle Regeln in Lornas Sammlung verstoßen, aber es kümmerte ihn nicht mehr. Er machte Pausen zwischen den Sätzen, seine Stimme schwankte vor Bewegung, und er stellte Augenkontakt mit Annamays Vater, Howard Hyatt, her. Sie waren der gleiche Jahrgang, siebenunddreißig Jahre alt, und waren auf dasselbe College gegangen. Schon damals bewegten sie sich in unterschiedlichen gesellschaftlichen Kreisen. Howard war Präsident des Studentenrates und studierte Wirtschaftskunde, und nach dem Abschluß war er in die Investmentfirma seines Vaters eingetreten, die er übernahm, als dieser in den Ruhestand trat. Kurzum, Howard war ein Erfolg.

Das Stichwort »Erfolg« nahm in Lornas Regelsammlung breiten Raum ein.

Erfolg: Zeugt Verbrechen; Chancen eines Erfolgreichen, ins Himmelreich zu kommen, gleich Null; Erfolgsstreben ist die Wurzel allen Übels; Erfolg und Geld sind die Götzen dieser Welt ... etceterapepe.

Grenzen waren dieser Flut lediglich durch Lornas Gedächtnis und Phantasie gesetzt. Indessen waren er und Howard ungeachtet des Erfolgs Freunde geblieben. Howard kam zehn-, zwölfmal im Jahr zur Kirche, schickte seine Tochter Annamay zum Kindergottesdienst und spendete großzügig für den Bauverein. Und zu Michael kam Howard nach Annamays Verschwinden, nicht um sich trösten zu lassen – das war unmöglich –, sondern weil er nach einer Erklärung dafür suchte, warum Gott so etwas hatte geschehen lassen. Michael wußte es nicht. Er gab ein paar abgedroschene Phrasen von sich, erklärte, Gott schreibe gerade auch auf krummen Linien, aber er war nicht überzeugt und vermochte nicht zu überzeugen. Es gab keine Erklärung.

Vier Monate später fand man Annamays Knochen etwa eine Meile bachaufwärts unter einem Haufen dürren Laubs, das von Lacksumach überwuchert war. Der Lacksumach prangte inzwischen in sattem Herbstrot und war sehr hübsch anzusehen.

»Ich habe dich im Stich gelassen, Howard«, sagte Michael. »Es tut mir leid. Hätte ich einen festeren Glauben, könnte ich dir zumindest soviel geben –«

»Nein, das könntest du nicht, denn ich nehme nichts. Mit dem Beten und Betteln und Jammern muß endlich Schluß sein. Jetzt will ich Taten sehen. Und lassen wir um Christi willen den lieben Gott beiseite.«

»Die Polizei hat ihr Bestes getan.«

»Ihr Bestes ist nicht unbedingt mein Bestes.«

»Was hast du vor?«

»Den Fall nochmal aufzurollen.«

»Vielleicht kann ich dir helfen.«

»Vielleicht.«

Ihre Blicke trafen sich und waren sich einig: es wurde Zeit anzufangen. Abgesehen von einigen wenigen kleinen Knochen der linken Hand, die vermutlich irgendein Vierbeiner oder Vogel weggeschleppt hatte, war das Skelett intakt und gab keinerlei Aufschluß darüber, auf welche Weise das Kind zu Tode gekommen war. Verschiedene Theorien wurden aufgestellt, vernünftige und groteske, nur um alle wieder verworfen zu werden.

Sie war gestolpert, mit dem Kopf auf einen Stein geschlagen, hatte das Bewußtsein verloren und deshalb nicht um Hilfe rufen können. Dagegen sprach das Fehlen von Frakturen oder sonstigen Verletzungen am Schädel.

Sie war kopfüber in den Bach gefallen und ertrunken. Doch der Wasserstand war damals sehr niedrig gewesen, zudem war der Bachlauf über sechs Meter von der Fundstelle entfernt, eine Distanz, die ein Ertrinkender schwerlich noch zu bewältigen vermag.

Ein Blitz hatte sie getroffen. Doch Gewitter waren in dieser Gegend selten, besonders im Sommer. Am Tag ihres Verschwindens war im Umkreis von tausend Meilen kein einziges Gewitter registriert worden.

Sie war in ein Lacksumachgestrüpp geraten und weil sie darauf sehr empfindlich reagierte, auf der Stelle daran gestorben. Diese Theorie machte Chizzy zunichte. »Sie wär an das Kroppzeug nie rangegangen. Sie hat gewußt, wie gefährlich es ist, und ich hab ihr und ihrer Cousine Dru gezeigt, wie man es von den wilden Brombeerranken unterscheidet. Ich hab einen kleinen Reim gemacht, den hab ich den Mädchen beigebracht, sie haben ihn mir immer wieder aufsagen müssen:

Blanke Blätter selbdritt
Sind böse, vor denen dich hüt.«

Sie war nicht ertrunken, hatte sich kein Bein gebrochen, war nicht von Lacksumach bezwungen oder vom Blitz erschlagen worden. Sie war, nach den Worten der Jury, durch fremde Hand gestorben, durch die Hand eines oder mehrerer Unbekannter.

Eines oder mehrerer Unbekannter.

Michaels Blick wanderte durch die Gänge, hin und zurück, streifte über die Bänke wie ein mattes Scheinwerferpaar, das sich müht, einen zu dunklen Forst zu durchdringen.

Unbekannt, seid ihr doch hier. Eure Anwesenheit ist spürbar. Ich werde euch finden.

Er sah, daß seine Frau Lorna ein Taschentuch vor ihrem Gesicht wehen ließ. Wer sie ansah, mochte denken, sie fächele sich Kühlung zu, aber Michael erkannte die Bewegung als eins ihrer besonders nachdrücklichen Signale, das besagte, daß er – der Regel nach – dabei war, sich lächerlich zu machen.

Vielleicht hat sie recht, dachte er, aber eigentlich spielt es keine Rolle mehr. Ein jegliches hat seine Zeit. Erst Lorna. Jetzt Annamay.

Hinter Annamays Eltern und ihrem Großvater und Chizzy saß Annamays Cousine Dru mit ihrer Mutter Vicki und ihrem derzeitigen Vater, John Campbell. Dru war fast so groß wie ihre Mutter und sehr viel vernünftiger.

Dru wollte heim. Sie wandte sich gar nicht erst an ihre Mutter, die sich beim ersten Anlauf nie für etwas entscheiden konnte, sondern wandte sich direkt an John. Der war groß, gab nicht viel auf Form und war etliche Jahre jünger als seine Frau, und Dru behandelte ihn mehr wie einen Bruder.

Sie zupfte ihn am Ärmel. »Ich will heim, John.«

»Ich auch.«

»Und warum können wir nicht?«

»Weil deine Mutter da so eine fixe Idee hat. Sie meint, die Erfahrung würde bei dir den Reifungsprozeß fördern.«

»Zu schade, daß sie jetzt auf Erfahrung steht«, sagte Dru wehmütig. »Es war viel lustiger, als sie noch auf dem Ökotrip war und wir bei Demos mitgemacht und Transparente geschleppt haben und so Sachen.«

»Diese Phase habe ich zum Glück nicht miterlebt. Mit dem Transparenteschleppen hab ich's nicht so.«

»Ich könnte so tun, als ob ich ohnmächtig werde«, sagte Dru, »und du könntest mir nach draußen helfen.«

»Hoffnungslos.«

»Warum?«

»Mach dir nichts vor, Kleines, sie kennt alle Tricks. Wahrscheinlich hat sie die meisten selber erfunden.«

»Vicki sagt, wir müßten Annamays Seele spüren. Ich spür nichts. Du?«

»Eigentlich auch nicht.«

»Wie spürt man denn eine Seele?«

»Keine Ahnung.« John kaute an dem Schnurrbart, den er sich hatte stehenlassen, um älter auszusehen. Der obere Teil des Schnurrbarts war blond, der untere, nasse, war braun. Dru fand, daß er dadurch unharmonisch aussah.

»Wenn ich so an mir rumkauen würde, würd ich schön was zu hören kriegen«, sagte Dru.

»Und ich nicht, meinst du?«

»Aber ich kratz mich viel am Kopf.«

»Warum?«

»Weil's juckt.«

»Guter Grund.«

»Glaubst *du*, ich könnte Annamays Seele spüren?« fragte Dru besorgt. »Ich weiß einfach nicht, wie ich das anstellen soll. Es wär schon gut, wenn ich wüßte, was Seelen so machen. Glaubst du, sie flattern rum wie Vögel, nur unsichtbar? Wenn ich mir ganz fest Mühe geben würde, könnt ich vielleicht ihre Seele mit den Flügelchen schlagen hören.«

»Vielleicht. Versuch's doch mal.«

»Ich graul mich. Vielleicht möchte ich sie gar nicht richtig flattern hören.«

»Ich eigentlich auch nicht«, sagte John. »Aber wir können es ja mal versuchen. Ich hör genau hin, du hörst genau hin.«

Dru schloß die Augen fest und hörte ganz genau hin. Aber sie hörte nur den Pfarrer reden und Vicki in ein Papiertaschentuch schniefen. Und Annamays Großvater, der direkt vor ihr saß, hörte sie flüstern. Flüstern und flüstern, als vertraue er sich selbst ein Geheimnis nach dem anderen an.

Howard Hyatt streckte die Hand aus und berührte die verkrampften Hände seines Vaters. »Alles in Ordnung, Dad?«

Der alte Herr antwortete nicht. Sein Blick war starr auf den kleinen Sarg gerichtet, so starr wie das Glasauge von Annamays Puppe Luella Lu, das er ihr selbst eingeklebt hatte.

»Dad?«

»Warum konnte nicht ich es sein? Ich bin alt, das Leben ist eine Last. Es hätte mich treffen sollen, ich war dran. Warum hat Er Annamay genommen, wo ich dran war?«

»Hör jetzt auf damit. Du machst es Kay nur noch schwerer.«

»Ich war dran, Howard, das weißt du. Ein schwerer Kalkulationsfehler. Als ich an der Spitze meiner Firma stand, hätte ein so folgenschwerer Fehler nicht passieren können, oder aber er wäre streng geahndet worden. Heutzutage fühlt sich keiner mehr verantwortlich. Ja, ich weiß, Howard, du findest mich manchmal unvernünftig, aber nicht jetzt, diesmal nicht. Ich wäre dran gewesen.«

»Nicht, Dad ...«

»Die ganze Geschichte war schlecht organisiert. Das Senioritätsprinzip wurde nicht beachtet, gewisse Leute sind übergangen worden. Das sind die Schlüsselworte,

Howard. Seniorität. Übergangen. Ich bin ein alter Mann, ich wäre dran gewesen.«

»Wir reden später noch darüber, Dad.«

»Reden nützt nichts. Die ganze Sache ist von Anfang an auf empörende Weise falsch gelaufen. Es war schlimm genug, als deine Mutter starb. Aber das hier...«

»Später, Dad«, sagte Howard. »Bitte.«

Der alte Herr war seit ein paar Jahren nicht mehr so recht auf der Höhe, und Annamays Tod hatte den Niedergang beschleunigt. Er brachte alles durcheinander, den lieben Gott und den Präsidenten, die zwölf Apostel, den Obersten Gerichtshof, die Mitglieder des Kabinetts und den Aufsichtsrat von Bethlehem Steel.

Er schmiedete grandiose Pläne für Reisen nach Moskau und Peking, nach London und Berlin, um Mißverständnisse auszuräumen, zu denen es nie gekommen wäre, wenn man einen guten Geschäftsmann ans Ruder gelassen hätte. Weniger gewichtige Projekte wie Arzt- und Zahnarzttermine, wurden häufig als belanglos verworfen oder einfach vergessen.

Er schrieb sich Merkzettel auf lose Blätter und alte Umschläge, die Kay und Chizzy ständig an den unwahrscheinlichsten Stellen im Haus fanden:

Rosen düngen.
Keine Pizza essen.
Zukunft von Jojoba-Öl? McPherson fragen.
Valentinstag-Geschenk für Annamay kaufen.
Howard wg. Aviatronics-Fusion erinnern.
Chizzy sagen, daß sie nicht in der Küche singen soll.
Noch sonstwo.
Neuf und Schäf trimmen.

Howard hatte viel Geduld mit seinem Vater. Kay schlug manchmal einen schärferen Ton an. Sie fand, daß seine Gedächtnisschwäche beherrschbar war, wenn er sich ehrlich Mühe gab. Also gab er sich Mühe. Aber je mehr Mühe er sich gab, desto schlimmer wurde es, und je schlimmer es wurde, desto mehr steigerte sich Kays Ungeduld.

Chizzy und Annamay waren seine Hauptverbündeten. Chizzy wußte, daß er nichts dafür konnte, wenn er etwas vergaß; Annamay war es egal. Was er vergaß, war nicht so wichtig wie das, was er wußte oder worauf er sich verstand. Er konnte phantastische Knoten machen, er reparierte Puppenmöbel, putzte den Hunden die Ohren aus und zog ihnen Kletten aus den Pfoten. Er spielte bei Gesellschaften im Schloß den Großherzog und hörte sich an, wie Annamay mit dem *Menuett in G* und dem *Tanz der Stunden* das Klavier malträtierte. Er klatschte hingerissen und sagte: »Wunderbar, ganz wunderbar.« Da Annamay total unmusikalisch war und deshalb keine Ahnung hatte, wie oft sie sich vergriff, war sie von dem Lob ihres Großvaters nur leicht überrascht.

»Ich muß besser geworden sein«, sagte sie. »Die Lehrerin hat letzte Woche zu meiner Mutter gesagt, ich hätte ein richtiges Blechohr.«

»Unfug. Deine Ohren sehen mir nicht nach Blech aus, alle beide nicht.«

»Meinst du nicht, daß der *Tanz der Stunden* an manchen Stellen ein bißchen merkwürdig geklungen hat?«

»Hier und da vielleicht. Aber alles in allem war es eine prächtige Leistung.«

In den Wochen nach Annamays Verschwinden spielte sich bei Mr. Hyatt eine gewisse Routine ein. Er verließ frühmorgens das Haus, die beiden Hunde im Schlepptau, und streifte den ganzen Tag über auf dem Grundstück herum, gewöhnlich in Sichtweite des Schlosses. Das Schloß selbst war auf Anordnung des Sheriffs versiegelt worden, und niemand durfte hinein. Aber der alte Herr und die Hunde warteten geduldig, als rechneten sie jeden Augenblick damit, daß die Prinzessin wiederkommen und ihnen Geschichten von ihren königlichen Abenteuern erzählen würde. Als schließlich das Skelett gefunden und identifiziert worden war, hatte Mr. Hyatt Neuf und Schäf eröffnet, daß die Prinzessin nicht mehr nach Hause kommen würde.

»Wenn sie könnte, würde sie natürlich kommen, das wißt ihr ja. Hier ist an der obersten Spitze schlampig gearbeitet worden. Man hat faire, ehrenhafte Geschäftsgrundsätze mißachtet. Sie haben Annamay genommen und nicht mich.«

Neuf wedelte mit dem langen, buschigen Schwanz, wie immer, wenn er eine menschliche Stimme hörte, egal, was sie sagte, und Schäf leckte dem alten Herrn die Tränen vom Gesicht, so wie er Annamays zerschrammte Knie und Ellbogen geleckt hatte.

Bei Sonnenuntergang tappten die drei langsam zum Haus zurück. Die Hunde hatten Hunger, aber dem alten Herrn mußte Chizzy gut zureden, damit er wenigstens ein paar Cornflakes oder eine halbe Scheibe Toast aß.

»Sie machen sich noch ganz kaputt«, sagte Chizzy. »Sie sind ja jetzt schon nur noch Haut und –«

Sie biß sich auf die Zunge, aber es war zu spät. Der Alte begann wieder zu weinen. Er schob die Schale mit den Cornflakes weg, ging auf sein Zimmer, legte sich aufs Bett und drehte das Gesicht zur Wand. Von allen vergossenen Tränen waren die seinen am bittersten. Sie brachten ihm keine Erleichterung. Wie Salzlake verbrannten sie ihm die Lider, zerfraßen ihm die Haut. Er sei in eine Salzsäule verwandelt worden, sagte er zu Howard und erklärte ihm auch, wie das hatte geschehen können.

»Eigentlich hätte Lots Frau zur Salzsäule erstarren sollen, wie im 1. Buch Moses. Aber der Leiter des Salzbergwerks hat sich einen groben Fehler geleistet. Er muß abgelöst werden, Howard.«

»Ich werde mich darum kümmern«, sagte Howard.

»Du bist ein guter Junge, Howard.«

»Ja, Dad.«

»Und Kay ist eine gute Frau. Ein bißchen vergeßlich, aber das bin ich manchmal auch... Weiß Kay, daß ich sie liebe?«

»Ich denke doch.«

»Das freut mich. Es ist ein Fehler, Liebe geheim zu halten. Ich habe Annamay immer wieder gesagt, daß ich sie liebe, und sie hat mir gesagt, daß sie mich doppelt wiederliebt. Und dann habe ich gesagt, ich... Es war so eine Art Spiel, Howard.«

»Sieh zu, daß dein Vater endlich still ist«, sagte Kay zu Howard. Ihre Stimme klang von Woche zu Woche härter. »Diese Farce veranstalten wir doch nur seinetwegen.«

In den Monaten des Wartens war sie um Jahre gealtert. Nächte voller Alpträume, Tage voller Schreckensvorstellungen hatten die lebhaften blauen Augen stumpf werden lassen, ihre Schultern gebeugt, sie bis auf die Knochen abmagern lassen, als sei sie in biologischem Abbau begriffen wie die Leiche ihres einzigen Kindes. Das hübsche blonde Haar wirkte strohig. Selbst wenn sie sich zu einem Lächeln zwang, weigerten sich ihre Mundwinkel, nach oben zu gehen. Sie bat niemanden um Hilfe oder um Rat. Nachts, im Bett, wandte sie sich von Howard ab und lag so leblos da wie Marietta und Luella Lu in ihrem Etagenbett im Schloß.

»Du mußt zu mir kommen, Kay. Du mußt dich von mir trösten lassen. Lieben lassen.«

»In mir gibt es nichts mehr, das man lieben könnte.«

»Du bist meine Frau. Mir ist kalt, ich bin einsam, ich brauche jemanden, der bei mir liegt.«

»Ich liege bei dir.«

»Ich möchte dich lieben, Kay. Habe ich jetzt außer meinem Kind auch meine Frau verloren?«

»Ich weiß es nicht.«

Am eifrigsten bemühte sich Ben York, die beiden wieder zusammenzubringen. Er hatte erwartet, daß sie sich in dieser Krise aneinanderklammern würden. Als das nicht geschah, flehte er Kay an, liebevoller zu sein, und riet Howard, sich weiterhin voller Mitgefühl und Verständnis in Geduld zu fassen. Er appellierte an Kays ältere Schwester Vicki, die meinte, Kay sei schon immer ein verwöhntes Balg gewesen, und eine Liebesentziehungskur sei nicht das Schlechteste für sie. Der alte Mr. Hyatt hatte unterschiedliche Erklärungen für die Entfremdung, aber es war im Grunde nur ein Thema mit Variationen: Jemand von der Führungsspitze hatte auf den falschen Knopf gedrückt.

Als Ben versuchte, mit Kay und Howard gemeinsam zu sprechen, sahen sie ihn an wie einen in ihrem Haus ertappten Einbrecher, einen jämmerlich amateurhaften Stümper.

»Du warst nie verheiratet, Ben, stimmt's?«

»Nicht direkt.«

»Dann halt dich da raus.«

Ben kannte die Hyatts schon lange. Howard hatte ihm den ersten Job gegeben, als er noch im College war, und ihm seinen bedeutendsten Auftrag besorgt, nachdem er mit dem Architekturstudium fertig war. Sein Ruf war gesichert, als das Haus der Hyatts und das Schloß der Prinzessin standen. Er war beträchtlich jünger als Howard und Kay, aber manchmal kam er sich vor wie ihr älterer Bruder, dann wieder wie ihr Sohn. Gelegentlich träumte er sogar davon, selbst in dem Schloß zu wohnen, und wachte dann zufrieden und gestärkt auf wie nach einem Urlaub an einem glücklicheren Ort und in einer glücklicheren Zeit.

Von seinem Platz in der hintersten Reihe konnte er hin und wieder Howard sehen, der vorn saß, zwischen seinem Vater und Kay, und Chizzy, die neben Kay saß. Seine Familie. Die einzigen Angehörigen, die er hatte. Auch er hätte sehr gern dort gesessen, sie hatten es ihm angeboten. Aber er traute seinen Gefühlen nicht, und so saß er in der Nähe des Ausgangs, stumm, leidend, in den Schwaden von Mrs. Cunninghams Parfüm schmachtend.

»Schon mal was von Kammerflimmern gehört?« fragte Mrs. Cunningham. Erst als sie die Frage wiederholte, begriff Ben, daß sie ihn meinte und nicht ihren Sohn. Er schüttelte den Kopf. »Nicht daß ich wüßte.«

»Es ist ein sehr, sehr heftiges Herzklopfen. Das kann sehr gefährlich sein, oft tödlich. Ich flimmere gerade.«

»Das tut mir leid.«

»Sie haben nicht zufällig ein Librium oder so was bei sich?«

»Nein, bedaure.«

»Heutzutage sind die Leute nicht mehr auf alle Eventualitäten vorbereitet wie früher. Ich zum Beispiel bin nie ohne mein Riechsalz außer Haus gegangen. Es roch nach

Lavendel, aber es war irgendwas wie Ammoniak drin. Fabelhaftes Zeug.«

»Ja so.«

»Wenn ich heute weggehe, filzt mein Sohn mir die Handtasche, damit ich nichts dergleichen mitnehme, nicht mal ein klitzekleines Schlückchen Schnaps für Notfälle wie heute. Ein winziger Tropfen Bourbon oder Scotch täte es schon, falls Sie –«

»Ich hab nichts bei mir.«

Sie betrachtete ihn stirnrunzelnd durch den kleinen kastanienfarbenen Schleier, der bis zu ihren Wangenknochen und dem Nasenrücken reichte. »Es ist mir unbegreiflich, warum die Leute sich nicht entsprechend einstellen.«

»Vielleicht, weil sie nicht wissen, worauf sie sich einstellen sollen.«

»Auf das Schlimmste, denn das passiert immer.«

»Amen«, sagte Pfarrer Michael Dunlop. Er ging zum Sarg hinüber, legte beide Hände auf den Deckel und senkte den Kopf. Die Gemeinde dachte, er bete, denn was hatte ein Pfarrer mit geschlossenen Augen und zuckenden Lippen sonst an einem Sarg zu suchen? Aber er betete nicht. Die Worte, die seine Lippen formten, gehörten nicht zur Liturgie.

»Leb wohl, liebes Kind. Man wird deinen Mörder finden, nichts wird ihm vergeben oder vergessen werden, keinen einzigen Tag wird er ohne Qual verleben. Das schwöre ich dir, Annamay Rebecca Hyatt.«

Ohne die Augen zu öffnen, spürte er, daß Lorna neben ihm stand. Er hörte ihre raschen, zornigen Atemzüge, dann ihre Stimme, flüsterleise, aber dennoch dringlich:

»Um Himmels willen, was treibst du denn da, Michael? Das kommt doch jetzt nicht dran.«

»Was kommt denn jetzt dran?«

»Du sprichst laut ein Gebet, in dem du die Rettung ihrer Seele und Gnade für den Täter erbittest.«

Er machte die Augen auf und warf ihr einen derart haßerfüllten Blick zu, daß sie zurücktrat und die Handtasche vor die Brust hielt wie einen Schild. »So hast du es gemacht, als Mrs. Vallancourt von einem Laster überfahren worden ist und sie den Fahrer nicht gefunden haben. Und nach der Bitte um Gnade bist du an der Spitze des Trauerzuges an der Leiche vorbeigegangen. Warum tust du das jetzt nicht?«

»Es ist keine Leiche da. Nur ein Haufen Knochen.«

»Hör auf, mir das ständig vorzuerzählen. Ich möchte sie im Gedächtnis behalten, wie sie war, hübsch und lebendig und –«

»Sieben Pfund Knochen«, sagte er.

3

Am Steilufer mit Blick aufs Meer wurde Annamay im Hyattschen Familiengrab beigesetzt. Grabsteine aus Granit bezeichneten die Ruhestätte der anderen, die schon hier lagen, Howards Mutter, sein älterer Bruder, seine Frau, die bei einem Flugzeugunglück ums Leben gekommen war.

»Mach dir keine Gedanken«, sagte Mr. Hyatt zu Kay. »Grandma wird sich gut um Annamay kümmern, das hat sie bei mir auch so gemacht. Du brauchst dich nicht zu sorgen, Annamay kommt schon nicht zu kurz.«

Kay drückte seinen Arm. »Danke, Dad.«

»Sie hat darauf gesehen, daß ich nie eine Mahlzeit ausgelassen und bei Regen immer einen Schirm genommen habe. Irgendwie kommt es mir vor, als ob es neuerdings überhaupt nicht mehr regnet, Kay. Hast du das nicht auch schon bemerkt?«

»Die Regenzeit fängt bald an.«

»Aristophanes hat irgend etwas ganz Blasphemisches über den Regen gesagt, aber es fällt mir nicht mehr ein. Hat Chizzy die richtigen Brote gemacht?«

»Da mußt du sie schon selber fragen.«

Ja und nein, sagte Chizzy auf seine Frage. Für ihn und Dru hatte sie Brote mit Erdnußbutter gemacht, aber für die anderen, für Vicki und ihren Mann und Ben und Pfarrer Dunlop, da mußte es schon was Aufwendigeres sein.

»Aber bei Annamay hat es immer nur Erdnußbutter gegeben.«

»Jetzt machen Sie mal halblang. Wenn Mrs. Hyatt noch leben tät, die hätte Ihnen bloß einen ihrer strengen Blicke zuzuwerfen brauchen, und Sie wären schön ruhig gewesen.«

Das freute den alten Herrn. »Ja, das ist wahr, der Gottseibeiuns selber hätte gekuscht, wenn sie ihn ansah. Manchmal hab ich ganz schön gezittert, das kann ich dir verraten.«

»Wär vielleicht jetzt auch nicht schlecht, weil nämlich Miss Vicki Sie anschaut, und das heißt, daß sie gleich eine ihrer Reden vom Stapel läßt, wenn Sie nicht ruhig sind.«

»Gott behüte.«

»Das können Sie wohl laut sagen.«

Tatsächlich schenkte Vicki dem alten Herrn keine Beachtung, sondern unterzog ihre Tochter Dru einer kritischen Musterung. Dru, die das mausbraune Haar und die grauen Augen von ihrem Vater geerbt hatte, war bisher nicht so hübsch geworden, wie sie gehofft hatte. Wenn sie eine gute Partie werden sollte, würde man ihr etwas von dem Charme anerziehen müssen, der Annamay angeboren gewesen war. Dru war vernichtend direkt. Sie schurigelte ihre Freunde, besiegte sie im Sport, und wenn sie dann immer noch Zweifel an ihrer Unterlegenheit hegten, sagte sie ihnen unverblümt die Meinung. Ebenso freimütig ging sie mit ihrem Stiefvater, John Campbell, um, störte sich aber andererseits auch nicht daran, wenn man ihr mit gleicher Münze heimzahlte.

»Ich glaube, ich sehe einen Wal«, sagte Dru zu ihm.

»Was für einen?«

»Einen grauen.«

»Falsche Jahreszeit«, meinte John. »Die Grauwalschulen kommen erst im späten Winter oder Anfang des Frühjahrs auf dem Weg nach Baja California hier vorbei.«

»Vielleicht ist das ein Einzelgänger, der vorausgeschwommen ist.«

»Eine Einzelgängerin.«

»So weit weg kannst du unmöglich sehen, ob es ein Weibchen ist.«

»Wenn ein Wal sich selbständig macht und den ganzen Plan durcheinanderbringt, ist es eine Sie.«

»Da kannst du recht haben«, räumte Dru ein. Sie sah Menschen beiderlei Geschlechts – wie auch alle anderen Geschöpfe dieser Erde – ziemlich illusionslos.

»Andererseits«, sagte John Campbell, der ebenso objektiv sein konnte wie Dru, »ist es tatsächlich so, daß Weibchen oft vorzügliche Führungspersönlichkeiten abgeben. Wenn ein Schwarm Spieß- oder Pfeifenten vorbeizieht, ist an der Spitze immer ein Weibchen. Und bei Raubvögeln, wie Falken und Eulen, ist das Weibchen um etwa ein Drittel größer und viel aggressiver.«

»Ich werde wohl so groß wie mein Vater werden, was?«

»Sehr wahrscheinlich.«

»Ist mir wurscht. Ich könnte zum Profibasketball gehen; erster weiblicher Dunking-Champion der Welt, das wär doch was.«

»Dann komme ich hin und feuere dich an.«

»Wieso hast du meine Mutter geheiratet?«

»Weiß ich nicht genau.« Er sah über das offene Grab zu Vicki hinüber, die neben Kay und Howard stand und auf den Sarg wartete. »Sie ist hübsch und flott. Und sie hat mir einen Antrag gemacht.«

»Sie hat dir einen Antrag gemacht? Ehrlich?«

»Ja.«

»Du hättest ja nein sagen können.«

»Das wollte ich nicht.«

Er hatte Vicki über seine Stellung beim Museum of Natural History kennengelernt. Sie stand damals auf Umweltschutz und machte Seminare in Meeresbiologie mit. Oft blieb sie nach dem Unterricht noch da, um ihn dies oder jenes zu fragen, und schien so interessiert, daß er mit ihr an den Strand ging, um mit ihr an Ort und Stelle das Leben im Watt zu studieren. Dort nahm er dann einen Seestern von einem Stein oder buddelte einen halb vergrabenen Seeigel aus dem Sand, zeigte ihr, wie sie funktionierten und gab das Musterexemplar sorgsam wieder an seinen Platz zurück. Sie hörte fasziniert zu, mit großen Augen. Als er merkte, daß der Gegenstand ihrer Faszination nicht im Watt herumkroch, sondern dort auf zwei Beinen herumspazierte, war es zu spät. Ihre früheren Ehemänner, ihre Tochter, die Kette ihrer Liebhaber, das alles spielte keine Rolle mehr.

»Glaubst du, sie hat den anderen auch einen Antrag gemacht?« fragte Dru.

»Es würde mich nicht wundern.«

Der Gedanke schien ihn zu amüsieren; er sah über das Grab hinweg seine Frau an und lächelte. Ja, in der Tat, hübsch und flott, auch wenn über Seeigel nichts in ihrem Kopf hängengeblieben war.

Der Leichenwagen kam, vier Träger des Bestattungsinstituts hoben den Sarg heraus. Während des Trauergottesdienstes hatte Dru es geflissentlich vermieden, ihn anzusehen, jetzt war es nicht zu umgehen. Da war er, und unter den Kamelien und der Heide und den Kornblumen war Annamay, ihre beste Freundin und naivste Vertraute. Mit einem leisen Protestschrei lief Dru zu ihrer Mutter und legte die Arme um sie.

»Ich will nicht noch mehr Erfahrung, ich will nach Hause.«

Vicki umarmte ihre Tochter. »Ich hatte ja keine Ahnung, daß es dich aufregen würde, Baby. Ich habe es für eine bereichernde Erfahrung gehalten.«

»Ich will nicht bereichert werden.«

»Also gut, setz dich in den Wagen. Gib ihr bitte die Schlüssel, John. Du kannst doch allein aufschließen, Dru?«

»Ich kann allein *fahren*«, entgegnete Dru.

John gab ihr die Schlüssel und flüsterte ihr ins Ohr, sie dürfe auf keinen Fall weiter als bis Los Angeles fahren, der Tank sei nur noch halb voll. Er sah aus, als wäre er gern mitgegangen.

»Schließ Türen und Fenster ab«, sagte Vicki, »und wenn ein Fremder auftaucht, hupst du.«

»Warum fahre ich dann nicht einfach weg?«

»Weil du erst zehn bist und – Herrgott, geht denn bei dir nichts ohne Widerrede?«

»Die Hupe funktioniert aber nur, wenn ich den Zündschlüssel drehe.«

»Dann schreist du eben.«

»Wenn Fenster und Türen zu sind, hört mich keiner.«

»Dann bleib einfach sitzen, wo du bist«, zischte Vicki wütend. »Hör auf mit den Faxen. Du ruinierst noch Annamays Beerdigung.«

»Der ist es egal, sie ist ja nicht dabei.«

»Ab mit dir, Kleines.« John gab ihr einen freundschaftlichen Klaps auf den Po.

Der Sarg wurde in die Erde gesenkt, und Pfarrer Michael Dunlop warf die erste Handvoll Erde ins Grab.

»Wir müssen alle sterben«, sagte er. »›Es ist alles von Staub gemacht und wird wieder zu Staub.‹«

Als es vorbei war, gingen die Angehörigen und Ben York zum Haus der Hyatts, um sich Chizzys Kaffee, ihre Sandwiches und ihren Kuchen zu Gemüte zu führen.

Dru und der alte Mr. Hyatt gingen mit ihren Tellern nach hinten zum Schloß, während Vicki sich mit John in die Garage verzog, um ihm den neuen Wagen vorzuführen, den Howard für Kay gekauft hatte, um sie aufzuheitern. Der Wagen konnte sprechen. Die Türen sagten: *Wir sind offen*, die Scheinwerfer: *Wir leuchten*, und der Benzintank: *Ich werde allmählich leer*. Selbst der Tachometer konnte etwas von sich geben, eine strenge Warnung: *Gas wegnehmen!*

Kay hatte das nicht aufgeheitert. Sie wandte sich von dem Wagen ab, als habe man sie bestechen wollen, und fuhr weiter den alten Kombi, in dem sie mit Annamay und ihren Freundinnen Ausflüge an den Strand und in den Zoo, nach Disneyland, zur Sea World und nach Marineland gemacht hatte. Alle redeten auf sie ein, begeisterten sich über den neuen Wagen, sagten, sie solle dankbar sein, sie solle doch damit mal übers Wochenende nach Carmel oder La Jolla fahren. Sie schenkte diesen Redereien ebensowenig Beachtung wie den synthetischen Stimmen aus dem Wagen.

Vicki fand die Stimmen echt gut, unterließ es allerdings auch nicht, auf einen Nachteil hinzuweisen, als sie mit John vorne saß.

»Mal angenommen, wir lieben uns gerade, und du hörst plötzlich jemanden sagen, das ist verboten, was würdest du machen?«

»Ich würde dich zu Ende lieben«, sagte John, »und dann würde ich mir einen Anwalt nehmen.«

Vicki kicherte und landete einen Kuß seitlich auf seinem Hals. »Ich fürchte, wir müssen wieder hinein.«

»Warum?«

»Um zu kondolieren und so weiter, das gehört sich so.«

»Mir fällt nichts anderes ein als das, was ich schon seit vier Monaten sage.«

»Trotzdem – irgendwie ist es nicht in Ordnung, daß wir hier draußen sitzen und vergnügt sind. Findest du das in Ordnung?«

»Hundertprozentig in Ordnung sein kann nichts in einer fünfzigprozentigen Welt.«

»Und du meinst nicht, daß wir eigentlich – ja, eigentlich mehr leiden müßten?«

»Das würde ihnen auch nichts nützen.«

»Du bist so vernünftig, John.«

»Ich habe eine Menge von Dru gelernt«, sagte John, – was einiges für sich hatte.

Dru fütterte die Goldfische in dem Teich hinter dem Schloß mit Schokoladenkuchen. Der Teich war eine genaue Nachbildung des großen Teiches am Haupthaus, und die Fische, die darin herumschwammen, sahen aus wie Kinder der dicken, bunten Fische in dem anderen Teich, der Kugelfische.

Annamay hatte allen Fischen in ihrem Teich Namen gegeben und fest daran geglaubt, daß sie auf ihre Namen hörten. Dru hatte es immer abgelehnt, ihr diesen Unsinn abzukaufen. Die Fische sahen alle gleich aus. Wenn man Lancelot rief und einer angeschwommen kam, mußte das deshalb nicht unbedingt Lancelot sein, wie Annamay glaubte. Genausogut konnte es Lukretia oder Karl der Große oder Beauregard sein. Auf Schokoladenkuchen waren sie alle nicht wild.

»Wenn ich mir eine Bemerkung erlauben darf«, bemerkte der alte Herr, »Fischfutter ist ihnen wahrscheinlich lieber.«

»Annamay und ich haben mal Fischfutter probiert. Schmeckt eigentlich nach gar nichts.«

»Das scheint sie nicht zu stören. Was die Vermutung nahelegt, daß Geschmack ursprünglich eine Überlebenshilfe war. Was einem Lebewesen gut schmeckte, war gut, was unschmackhaft war, gleichbedeutend mit schlecht. Das trifft heute leider nicht mehr zu, sonst würden wir alle den ganzen Tag nur Erdbeerkuchen und Sahnetörtchen essen.«

»Und Pommes frites und Knuspereis.«

»Ganz zu schweigen von Pekannußpie.«

»Und Tacos und Pizza und braune Plätzchen.« Sie verstummte und runzelte die Stirn, ja, das ganze Gesicht runzelte sich, die Augenbrauen trafen in der Mitte zusammen, die Stirn wurde kraus, der Mund ein gerader Strich. »Nein. Keine braunen Plätzchen.«

»Warum nicht?«

»Weil Chizzy darüber ein Gedicht gemacht hat.«

»Chizzy als Erzeugerin von Lyrik scheint mir schwer vorstellbar, und braune Plätzchen sind entschieden ein eigenartiges Thema für ein literarisches Werk.«

»Direkt über braune Plätzchen war es nicht, es handelte von Fremden, die einen im Wagen mitnehmen wollen, und von Geld und braunen Plätzchen. Und daß in den braunen Plätzchen vielleicht Rasierklingen drin sind.«

»Es gibt ja heute kaum noch etwas, worüber keine

Gedichte geschrieben werden, aber braune Plätzchen mit Rasierklingen, das geht denn doch ein bißchen weit. Weißt du das Gedicht noch auswendig?«

»Ja, aber ich möchte es eigentlich nicht laut aufsagen.«

»Ich würde es gern hören. Kann sein, daß ich dadurch Chizzy in einem ganz neuen Licht sehen lerne.«

»Vielleicht sind Sie dann aber auch traurig, weil Sie an Annamay und Fremde und so Sachen denken müssen.«

»Ja, vielleicht. Ja. Da hast du natürlich recht.«

Er schloß die Augen, und zwei Tränen kullerten über seine Wangen wie winzige Kristallkugeln, zu vergänglich, zu zerbrechlich, als daß eine Hellseherin daraus hätte wahrsagen können.

»Nicht weinen.« Dru tätschelte ihm freundschaftlich den Kopf. Er hatte noch ganz schön viel Haar, richtiges Haar, keine Perücke wie Mr. Cunningham. An manchen Stellen sah sie die Haut durchschimmern, glatt und rosafarben, und sie überlegte, warum Kopfhaut, bei der es schließlich nicht drauf ankam, weil ja meist Haar drüber war, nie Falten bekam, Gesichter hingegen schon, bei denen es manchmal sehr wohl drauf ankommen mochte. Es war eine interessante Frage, aber sie hatte nicht die Absicht, sie irgendwem zu stellen. Vickis Antwort würde kommen wie aus der Pistole geschossen und würde dunkel auf eine von Drus zahlreichen Missetaten anspielen, und John Campbell würde die Gelegenheit beim Schopf ergreifen, um einen Kurzvortrag über Vögel oder Schlangen oder etwas in der Art zu halten.

»Du bist ein liebes kleines Mädchen.« Mr. Hyatt wischte sich mit dem Handrücken die Augen. »Bist du so lieb wie Annamay?«

»Nein«, sagte Dru schroff. »Als ich in ihrem Alter und

noch unschuldig war, da war ich noch ein bißchen lieber als jetzt. Vielleicht hätte sie sich auch geändert.«

»Nicht Annamay, nein. Niemals.«

»Erwachsen werden muß jeder mal.«

Erst als sie die Worte hörte, wurde ihr klar, wie schlimm sie danebengegriffen hatte, denn Annamay würde nie erwachsen werden.

»Es tut mir leid, Mr. Hyatt. Es tut mir ganz furchtbar leid.«

Aber es war zu spät. Der alte Herr floh, halb rennend, halb stolpernd, über den Plattenweg zum Haus, die Hände an die Brust gedrückt, als müßte er seinen Blutkreislauf anhalten.

»Scheibenhonig«, sagte Dru und ließ den restlichen Schokoladenkuchen in den Goldfischteich plumpsen.

In dem sonnigen, birkenholzgetäfelten Wohnzimmer waren sie nur noch zu dritt – Kay und Howard und Ben. Chizzy war, sobald sie den Kaffee gemacht und den Kuchen geschnitten hatte, nach oben gegangen. Sie fand, daß eine unheilschwangere Trauer in der Luft lag, nicht nur Trauer um die Vergangenheit, sondern auch um die Zukunft, als stünde die Bekanntmachung einer wichtigen Entscheidung unmittelbar bevor. Ihr hatte man nichts davon gesagt, sie hätte also ohnehin nichts ändern können, und wenn es sie noch so sehr berühren mochte. Normalerweise hätte sie gelauscht und sich aus einem Wort hier, einem Wort da einen ganzen Satz zusammengereimt. Aber das Normale gab es nicht mehr, würde es nie wieder geben, und sie fuhr streng ihr Bild im Badezimmerspiegel an: »Träum nicht herum. Wenn's je wieder normal wird, dann auf ganz neue Art, und du wirst dich dran gewöhnen müssen, ob's dir nun paßt oder nicht.«

Chizzys Vorahnungen wurden von Ben nicht geteilt. Jetzt, nach der Beerdigung, rechnete er fest damit, daß Kay und Howard sich wieder näherkamen. Howard würde weiterhin die Investmentfirma leiten, Kay würde ihre ehrenamtliche Fahrertätigkeit beim Roten Kreuz wieder aufnehmen, und er, Ben, konnte wieder an seine Arbeit gehen.

Zur Zeit war er dabei, ein Gartenhaus für einen Hollywoodschauspieler zu entwerfen, der genau wußte, was er wollte: ein Haus, das zur Gänze aus Fenstern und Spiegeln bestand, bei dem Geld keine Rolle spielte – und Erdbeben? Was soll's, zum Teufel damit. Die Frau des Schauspielers wollte ein blaues Kacheldach und ein Hallenbad.

Ben fand den Auftrag gräßlich. Bauherren, die behaupteten, sie wüßten genau, was sie wollten, waren oft mit dem Endergebnis unzufrieden, und die Leute mit dem Gerede von dem Geld, das keine Rolle spielte, hatten die Neigung, Rechnungen großzügig zu übersehen, vielleicht weil sie glaubten, auch für Stukkateure und Fußbodenleger, für Installateure und Schreiner spiele Geld keine Rolle.

Aber vorrangig sah er seinen Auftrag darin, Kay und Howard wieder zusammenzubringen.

»Ich finde, ihr solltet in dem neuen Wagen ein bißchen wegfahren. Nehmt die Küstenstraße nach Big Sur und San Francisco, nach Point Reyes und darüber hinaus, wenn ihr wollt. Chizzy wird sich hier um alles kümmern, und ich schaue jeden Tag bei Mr. Hyatt vorbei und bring ihn hin, wo er will.«

Kay sah ihn nicht mal an. Sie beobachtete Howard, der sich Bourbon einschenkte. »Was hältst du davon, Howard?«

»Wovon?«

»Benjamin hat eine Fahrt für uns nach Big Sur und anderen Örtlichkeiten weiter nördlich geplant. Findest du das gut?«

»Ich glaube nicht.«

»Du könntest dich immer noch mit dem Wagen unterhalten, wenn dir meine Gesellschaft langweilig wird. Oder wir könnten uns abwechselnd mit dem Wagen unterhalten. Würde dir das gefallen?«

»Nein.«

Kay wandte sich an Ben. »Da hörst du's – Howard und ich sprechen neuerdings sehr direkt miteinander. Keine überflüssigen Schnörkel, nur das Notwendigste. Ja und Nein.«

»So darfst du nicht reden«, sagte Ben. »Hör sofort auf damit.«

»Ich höre auf, so zu reden, wenn du aufhörst, die Zukunft für uns zu planen«, sagte Kay. »Howard und ich haben dir etwas zu sagen, und du machst es uns schwer. Ich weiß, daß du uns gern hast, Ben, und daß du dir wünschst, wir würden zusammenbleiben. Und wenn sie nicht gestorben sind ... Wie in den Märchen, nicht wahr? Aber das geht einfach nicht.«

»Nur weil ihr es nicht ernsthaft genug versucht.«

»Vielleicht wollen wir es gar nicht versuchen.«

»Aber das müßt ihr doch. Seht es mal mathematisch. Ihr seid jeder für euch nicht die Hälfte von dem, was ihr zusammen seid. Und was soll aus Chizzy und dem alten Herrn und den Hunden und den Kugelfischen werden?«

»Den Kugelfischen«, sagte Kay. »*Den Kugelfischen.* Hat man so was schon gehört.«

»Und dem Haus? *Meinem* Haus. Dieses Haus ist ein Stück von mir. Ich liebe jeden Zoll davon.«

»Bau dir selber eins. Deine Neue, die bei dir wohnt, wie heißt sie doch gleich?«

»Quinn.«

»Miss oder Mrs.?«

»Das hab ich nicht gefragt.«

»Alle Achtung! Macht man neuerdings auf Mann von Welt?«

»Quinn ist meine Assistentin«, sagte Ben steif.

»Ja so... Na, bei irgendwas wird sie dir schon assistieren. Sie soll ja eine Schönheit sein. Warum heiratest du sie nicht und entwirfst ein Haus für dich selbst?«

»Ich will nicht heiraten. Und so einen Lebensstil kann ich mir nicht leisten.«

»Ein bißchen unfair ist es schon, daß du uns ständig einredest, wir sollten unsere Ehe erhalten, während du die Ehe kategorisch ablehnst, findest du nicht, Ben?«

»Aber an eine Scheidung ist doch sicher nicht gedacht.«

Howard leerte sein Glas. »Im Augenblick gibt es überhaupt keine tiefgreifenden Änderungen. Ich ziehe ins Gästehaus, damit Kay nicht von meinem Kommen und Gehen und meinen Telefonaten gestört wird. Es ist damit zu rechnen, daß mich mein neuer Job ziemlich stark in Anspruch nimmt.«

»Dein neuer Job? Was soll das heißen? Was wird aus der Investmentfirma?«

»Die kann auch eine Weile ohne mich auskommen. Ich habe Wichtigeres zu tun. Möchtest du wirklich nichts trinken, Ben?«

»Wichtigeres? Was denn?«

»Michael Dunlop und ich werden zusammenarbeiten.«

Ben machte ein ungläubiges Gesicht. »Du willst in Religion machen?«

»Für mich ist es inzwischen zu einer Religion geworden. In-Religion-machen würde ich es allerdings nicht nennen.«

»Wie sonst?«

»Michael und ich werden den Menschen finden, der die Schuld an Annamays Tod trägt.«

Ben erhob sich und machte die Tür auf, die in den großen Patio führte. Er holte tief Luft und hielt den Atem an. Ihm war ein bißchen flau, und er hätte ganz gern etwas von Mrs. Cunninghams Riechsalz gehabt, lavendelduftend, aber irgendwas mit Ammoniak drin. Schließlich sagte er: »Also in diese Sache hast du dich wieder verbissen.«

»Er hat sie nie losgelassen«, sagte Kay. »Keine Sekunde lang. Leute wie du und Dad und Vicki, ihr habt mir die Schuld an unserer Ehekrise gegeben. Ich habe euch reden lassen. Besser, habe ich mir gedacht, die Bürde selbst auf mich zu nehmen als sie einem aufzupacken, der schon schwer genug an seinen Schuldgefühlen trägt. Unaufhörlich hat er daran gedacht, seit dem ersten Abend, als Annamay nicht nach Haus gekommen war. Selbst wenn wir nebeneinander im Bett lagen, stand seine fixe Idee wie eine greifbare Mauer zwischen uns. Wenn er mich um Liebe bat, meinte er Sex, und ich bin keine Dirne. Würdest du mir da zustimmen, Howard?«

Ihr Mann lächelte freudlos. »Ja, daß du keine Dirne bist, liegt wohl auf der Hand.«

»Du siehst also, Ben«, fuhr Kay fort, »es ist keine spontane Entscheidung. Sie ist schon vor Monaten gefallen, und nichts, was du sagst, wird sie ändern. Und jetzt entschuldigst du mich wohl, ich gehe auf mein Zimmer. Ich muß eine Weile allein sein.«

Die beiden Männer blickten ihr nach, nicht so sehr, weil sie Kays Abgang interessierte, sondern weil sie sich dann nicht anzusehen brauchten.

»Na schön, jetzt bin ich im Bilde«, sagte Ben. »Aber warum Michael Dunlop?«

»Michael und ich sind alte Freunde.«

»Du und ich – wir sind auch alte Freunde. Warum hast du nicht mich genommen?«

Vor dieser Frage hatte Howard sich gefürchtet. Er hatte versucht, sich Antworten zurechtzulegen. Aber als er sie laut aussprach, hörten sie sich an, als läse er sie von einem Spickzettel ab. »Deine Arbeit läuft nicht ohne dich, wie das bei mir der Fall ist, und du kannst dir deine Zeit nicht einteilen wie Michael. Du mußt schließlich Geld verdienen.«

»Das ist aber wohl nicht der wahre Grund.«

»Teilweise schon.«

»Bin ich dir zu jung, respektierst du mich nicht?«

»Du bist Künstler, Ben. Du bist Launen unterworfen, emotional und ... du taugst einfach nicht zu dem, was hier zu tun ist. Du bist nicht hart genug.«

»Ich bin gesund und halte mich fit. Ich spiele Handball. Ich nehme Karatestunden.«

»Härte in diesem Sinne meine ich nicht. Hart ist einer, der alles gesehen hat, der Dinge sieht, wie sie ein Pfarrer, wie sie Michael sehen muß. Oder hart ist einer, dem das einzige Kind ermordet wurde.«

»Ich will bei den Ermittlungen mitmachen.«

»Aber ja. Wir werden dich von Zeit zu Zeit zuziehen, werden dich um Rat fragen und so weiter.«

»Ach nee«, sagte Ben. »Ach nee.«

»Jetzt bist du beleidigt, nicht? Siehst du, das ist ein gutes Beispiel für das, was ich vorhin gemeint habe. Du bist zu emotional, neigst zu Überreaktionen.«

»Ich bin durchaus in der Lage, mich zu beherrschen.«

»Dann fang bitte gleich damit an und finde dich damit ab, daß Michael und ich –«

»Michael soll sich gefälligst an seinen lieben Gott halten.«

»Komm, Ben, sei vernünftig. Du hast eine sehr wichtige Rolle in dieser Sache.«

»Nämlich? Speerträger? Kaffeekocher?«

»Du sollst dich um Kay kümmern. Mag sie reden, wie sie will – sie ist sehr verletzlich und deprimiert. Ihr fehlt der Wunsch nach Rache, der mich aufrecht erhält. Rache interessiert sie im Augenblick ebensowenig wie alles andere, und ich kann ihr nicht helfen. Deshalb setze ich auf dich.«

»Also doch zum Kaffeekochen abkommandiert.«

»Führ sie zum Essen aus, wenn sich die Gelegenheit bietet. Fahr mit ihr nach Los Angeles, ins Theater oder zu einem Konzert. Das heißt, wenn deine Miss Quinn nichts dagegen hat.«

»Miss Quinn gehört mir ebensowenig, wie sie ihren letzten zwanzig Mackern gehört hat.«

»Dann wirst du dich also bemühen, besonders nett zu Kay zu sein?«

»Ich bin immer nett zu ihr. Ich liebe sie. Wie eine Schwester.« Er hielt einen Augenblick inne. »Vielleicht auch nicht wie eine Schwester. Ich könnte ja versuchen, sie dir auszuspannen, Howard, wie fändest du das?«

»Schon wieder so eine Überreaktion. Willst du mich etwa eifersüchtig machen? Sei nicht albern, Ben. Ich vertraue dir hundertprozentig.«

»Vielleicht ist das ein Fehler. In meinen Augen ist Kay die schönste und begehrenswerteste Frau, die man sich nur denken kann.«

»Mir brauchst du das nicht zu sagen. Sag es ihr«, meinte Howard. »Sie braucht es – im Gegensatz zu mir.«

»Was du brauchst, mein Freund, ist ein kräftiger Tritt in den Hintern. Und wenn ich mit meinem Karatekurs durch bin, bedien ich dich vielleicht damit.«

»Da bin ich aber gespannt. Jetzt kümmerst du dich aber erst mal ein bißchen um Kay, ja? Geh mit ihr aus, beschäftige sie. Sie darf nicht zu Hause hocken und grübeln. Du könntest sogar mit ihr tanzen gehen, bestimmt bist du ein guter Tänzer.«

»Wie kommst du darauf?«

»Nur so. Du bist so der Typ des guten Tänzers, finde ich.«

»Siehst du, auch daran merkt man, daß du mich nicht respektierst. In deinen feinen Kreisen sind gute Tänzer automatisch suspekt, stimmt's?«

»Ich habe nicht –«

»Zufällig bin ich ein miserabler Tänzer. Meine Füße sind zu groß, ich kann keinen Takt halten ... Das ist in deinen Augen wohl auch wieder eine Überreaktion, wie?«

»So was ähnliches«, meinte Howard trocken.

»Ganz falsch. Es war nur eine Reaktion auf etwas, was in meinen Augen eine versteckte Kränkung war.«

»Eine Kränkung war nicht beabsichtigt. Ich meinte nur – ja, ich hoffte, du wärst ein guter Tänzer, weil Kay gern tanzt und ich das herzlich schlecht mache.«

»Verdammt nochmal, ich *bin* ein guter Tänzer, das kannst du deinen Freunden im Forum Club ausrichten.«

»Die dürfte das kaum interessieren. Meist reden wir nur über Politik.«

»Und damit wäre ich wohl überfordert.«

»Setz dich, Ben.«

»Warum?«

»Vielleicht fördert die Position bei dir das klare Denken.«

Ben setzte sich auf den Rand des Kamins mit der Kupferhaube, der eine Ecke des Zimmers beherrschte. Es war noch nicht die Jahreszeit für Kaminfeuer, und die Asche des vergangenen Winters war längst weg. Ben hatte versucht, Chizzy klarzumachen, daß in einem Kamin eigentlich Asche liegen müsse, damit es aussah, als habe man ihn gestern abend noch benützt. Aber Chizzy fand Asche schlampig und scheuerte ungerührt den Kamin so gründlich wie ihre Töpfe und Tiegel.

»Du bist heute ein Problemfall«, sagte Howard. »Dabei hatte ich mir von dir eigentlich Lösungsvorschläge erhofft.«

»Die kannst du haben. Ich werde Michael und dir bei den Ermittlungen helfen.«

»Diese Art von Hilfe brauche ich nicht.«

»Okay, okay. Ich werde Kay zum Essen und zum Tanzen ausführen, sie wird sich leidenschaftlich in mich verlieben, dich um die Scheidung bitten und mich heiraten. Wie findest du dieses Szenario?«

»Reichlich lückenhaft. Für mich und Kay bist du wie ein Sohn. Manchmal ein bißchen ungeraten, wie jetzt, aber wir haben dich trotzdem lieb. Der Rückfall in kindische Verhaltensweisen ist wohl deine Art, mit Kummer umzugehen. Kay zieht sich statt dessen zurück. Und ich – nun ja, ich zeige der Welt die Zähne und kämpfe.«

Chizzy half sich mit Kochen. In den letzten Wochen hatte sie Eintöpfe und Aufläufe, Brot, Pies und Kuchen, einen fetten Truthahn und magere Hähnchen gekocht. Der Gefrierschrank war voll, Chizzy kochte weiter. Um mit dem Überschuß fertigzuwerden, mußte sie unentwegt essen. Kay rührte kaum etwas an, und Howard und sein Vater waren von jeher wählerische Esser.

Ben war eine gewisse Hilfe. Er hatte meist Hunger, weil die Mädchen, die gelegentlich bei ihm wohnten, es alle nicht sehr mit dem Kochen hatten. Aber selbst er schaffte es nicht, mit Chizzys Produktion Schritt zu halten.

So nahm sie zu, fand ihr neues Ebenbild schrecklich, aß noch mehr, um sich zu trösten, und nahm weiter zu. Sie wog fast so viel wie die beiden japanischen Gärtner, Mitsu und Suki, zusammen. Der junge Mann, der zweimal in der Woche kam, um den Pool sauberzumachen, nannte sie Mrs. Langwiebreit, bis sie ihm mit einem seiner Abfischgeräte eins überzog.

Indessen vermehrte sich die Nahrung weiter, wie eine besonders produktive neue Lebensform, die sich nicht beherrschen ließ. Chizzy war genötigt, auf drastischere Entsorgungsmethoden zurückzugreifen. Sie schickte Aufläufe zu Dru nach Hause und gab Pasteten und Kuchen für Mitsus Frau und Sukis Eltern mit. Sie brachte sogar höchstpersönlich einen Hackbraten ein paar Häuser weiter zu Mrs. Cunningham.

Mrs. Cunningham machte ein sehr erstauntes Gesicht. »Was soll das denn sein?«

»Ein Hackbraten.«

»Zum *Essen*, meinen Sie?«

»Ja. Zum Essen.«

»Und Sie haben sich auch bestimmt nicht in der Adresse geirrt?«

Mrs. Cunningham hob die Stimme. »Peter, mein Lieber, hast du einen Hackbraten bestellt?«

»Bestellt hat den niemand«, erläuterte Chizzy. »Den schenke ich Ihnen.«

»Zum Essen?«

»Zum Essen.«

»Wie eigenartig. Ich glaube, einen Hackbraten hat mir noch niemand geschenkt. Hat er irgendwas? Eine recht unhöfliche Frage, ich weiß, aber manchmal schenkt man Sachen, die nicht so ganz in Ordnung sind, einfach weiter und hofft, daß der andere es nicht merkt.«

»Der Hackbraten hat gar nichts«, sagte Chizzy schroff. »Und wenn Sie ihn nicht wollen, geben Sie ihn nur wieder her.«

Gesagt, getan. Sie ging mit dem Hackbraten nach Hause und verfütterte ihn an Neuf und Schäf, die nichts daran auszusetzen hatten.

Es war fast dunkel, als sie in der Tür des Wohnzimmers erschien und Ben einlud, zum Abendessen zu bleiben.

»Es gibt etwas, was Sie besonders gern mögen, Irish Stew mit Klößen.«

»Mir läuft das Wasser im Mund zusammen«, sagte Ben. »Aber ich werde zu Hause erwartet.«

»Von einer Frau, schätze ich.«

»Von meiner Assistentin. Ich bringe ihr gerade bei, wie man Blaupausen liest.«

Chizzy zog die Nase hoch. »Seit wann nimmt sich ein Architekt eine Assistentin, die sich nicht schon aufs Blaupausenlesen versteht? Ich kann unmöglich einen ganzen Topf Irish Stew allein essen.«

»Nein, aber ich möchte wetten, Sie werden es versuchen.«

»Wir können Feuer machen, und ich versprech Ihnen auch, daß ich die Asche im Kamin laß. Ehrenwort. Und zum Nachtisch –«

»Ein andermal, Chizzy.« Ben lächelte. Das Lächeln war so beschaffen, daß es jeder Frau die Möglichkeit zu eigener Interpretation ließ. Für Chizzy besagte es, daß er liebend gern dageblieben und Irish Stew gegessen hätte, daß aber die Pflicht ihn rief und er sich zwang, heimzugehen und sich den strengen Forderungen seiner Assistentin zu stellen. Zu Howard sagte er: »Auf ein Wort noch, wenn du gestattest.«

»Nur zu.«

»Glaubst du, der Sheriff wird sehr beglückt sein, wenn zwei Amateure sich in seine Ermittlungen hängen?«

»Nein.«

»Und wie weit, glaubt ihr, werdet ihr ohne seine Unterstützung kommen?«

»Weiter als jetzt, wo ich am Nullpunkt bin.«

»Das hör ich gar nicht gern«, sagte Chizzy. »Nein, Sir, ganz und gar nicht gern. Ich will wissen, was hier vorgeht.« Sie zupfte Ben am Jackenärmel wie ein besorgtes Kind. »Sie dürfen nicht zulassen, daß Mr. Howard was Gefährliches macht.«

»Ich habe ihm nichts zu sagen«, erwiderte Ben. »Ich bin sein kleiner Junge, stimmt's, Dad?«

Er wartete einen Augenblick auf eine Antwort. Als nichts erfolgte, verließ er das Haus durch die Hintertür und knallte sie hinter sich zu.

Chizzy horchte mißbilligend seinem alten Porsche nach, der die Auffahrt hinunterdonnerte. »Warum kann er sich kein anständiges Auto zulegen? Mit dem Wagen weckt er ja – o jemine, oje.« Sie sackte gegen die Wand, als seien ihr die Knochen plötzlich weich geworden. »Ich wollte nicht ... O jemine ... Die Zunge könnte ich mir abbeißen.«

»Schon gut, Chizzy. Schwamm drüber.«

»Ein schrecklicher Tag ist das. Der schlimmste in meinem ganzen Leben. Schlimmer noch als damals, wo mich Chisholm wegen der Rothaarigen mit dem Schielauge hat sitzenlassen. Da hatte ich wenigstens jemanden, dem ich die Schuld geben konnte. Aber heute ... heute hab ich niemanden, dem ich die Schuld geben kann.«

»Ich bring dir jemanden«, sagte Howard. »Ich bring dir jemanden, dem du die Schuld geben kannst.«

4

In Michaels Gemeinde gab es eine Frau, die als Sekretärin bei einem Deputy Sheriff arbeitete. Esther Garrison kannte Annamay und ihre Eltern vom Sehen, und nach dem Verschwinden des Kindes war sie ein paarmal bei Michael gewesen und hatte einige der Zweifel ausgesprochen, mit denen sich Michael selbst herumschlug.

Die meisten Fälle, die über Miss Garrisons Schreibtisch gingen, betrafen Leute, die auf die eine oder andere Weise mit dem Bösen in Berührung gekommen waren – Opfer und Täter und all die menschlichen Bindeglieder zwischen ihnen, die Gehässigen und die Habgierigen, die Kranken, Schwachen, Beschränkten, Alkoholiker, Drogenabhängige und deren jämmerliche Anhängsel. Nichts Böses hatte je Annamay berührt, und doch war sie in Miss Garrisons Akten geraten, und das erschütterte die Sekretärin in den Grundfesten ihres Glaubens.

Die dicke Haut, die sie sich im Lauf der Jahre zugelegt hatte, schwand, und sie wurde so verletzlich wie einige der Leute in ihren Akten.

Esther Garrison war eine Frau mit ausgeprägtem Realitäts- und Pflichtbewußtsein, die Achtung gebot und über erhebliche Macht verfügte. Niemand nannte sie beim Vornamen, niemand erzählte ihr Witze oder vertraute ihr Geheimnisse an, nicht einmal Spenden wurden bei ihr gesammelt. Ihre Kleidung trug sie wie eine Uniform. Unter dem scharfen Blick der kleinen Augen hinter der Stahlrandbrille beschlich einen Unbehagen. Man hatte den Eindruck, daß er Mängel registrierte und sie durch einen kurzen Lidschlag an irgendeinen geheimnisvollen Gefährten morste. Wenn sie als Zeugin zu einem Prozeß geladen war, machte sie ihre Aussage mit so klarer, entschiedener Stimme, daß kein Richter, kein Geschworener an ihr zweifeln konnte.

Die Leute am Gericht hätten die blasse, aufgelöste Frau, die bei Michael im Pfarramt erschien und ihn um Rat und Hilfe bat, nicht wiedererkannt. Schon in den letzten Wochen waren Michael gewisse Veränderungen an der Brünetten mit dem unbewegten Gesicht aufgefallen, die immer in der vierten Reihe am Gang saß. Wenn die Gemeinde zum Gebet aufgefordert wurde, hielt sie den Kopf hoch erhoben und hatte die Augen offen. Bei den Chorälen tat sie nicht einmal so, als sänge sie, ja, sie machte sich nicht einmal die Mühe, das Gesangbuch aufzuschlagen. Erst bei ihrem dritten Besuch in seinem Amtszimmer erfuhr Michael, daß sie in der Dienststelle des Sheriffs arbeitete und Zugang zu allen Akten hatte. Als Gegenleistung für seinen Beistand bot sie ihm ihre Unterstützung an.

»Natürlich könnte ich nichts Gesetzwidriges von Ihnen verlangen, Miss Garrison.«

»So etwas würde ich auch nicht mitmachen«, gab Miss Garrison zurück. »Das, woran ich denke, ist vielleicht ein bißchen unvorschriftsgemäß, aber mit Sicherheit juristisch nicht angreifbar. Sie sind der geistliche Berater der Familie des Kindes und haben als solcher das Recht zu erfahren, was bisher in dem Fall unternommen wurde. Klingt das nicht logisch?«

»Für mich schon. Aber für Ihren Chef?«

»Mein Chef ist wie die meisten Firmenchefs darauf angewiesen, daß ihm andere Leute – hauptsächlich ich – etwas erzählen. Hin und wieder unterlasse ich es, ihm etwas zu erzählen.«

»So wie jetzt?«

»So wie jetzt.«

Miss Garrison gab ihm einen ungefähren Überblick über den Inhalt der Akte. Sie enthielt einen ersten Bericht über das Verschwinden des kleinen Mädchens, Listen der durchsuchten Gebiete und die Namen der an der Suchaktion Beteiligten, Aufzeichnungen von Gesprächen mit einzelnen Familienmitgliedern, den Nachbarn, dem Hauspersonal, Mitarbeitern der Dienstleistungsfirmen, die regelmäßig in der Gegend waren, Gärtnern, Vertretern, Durchreisenden, die in Bachnähe gesehen worden waren, Annamays Lehrerinnen und Schulfreundinnen, Aufzeichnungen über alle eingegangenen Anrufe, Zahl der aufgewandten Stunden und zurückgelegten Meilen, bis hin zu dem Fund der Knochen durch einen Entomologiestudenten auf Käfersuche und dem Bericht des Pathologen.

Es war eine dicke Akte, aber das Ergebnis ließ sich in einem Satz zusammenfassen: Die Ursache des Todes von Annamay Rebecca Hyatt war unbekannt, möglich waren Ersticken, innere Blutungen, Schock, Milzriß – Genaues wußte niemand.

»Es ist eine Menge Unwichtiges dabei«, sagte Miss Garrison. »Anrufe von Spinnern, Briefe, in denen Theorien und Vorschläge vorgebracht werden, Suchaktionen, die ins Leere liefen, Gespräche mit Schwätzern, die nichts zu sagen hatten, dumme Fragen und dumme Antworten. Aber ich nehme an, Sie interessiert alles.«

»Jedes Wort, und zwar von Anfang an. Ließe sich das machen?«

»Sie hätten mich nicht darum gebeten, wenn Sie daran zweifeln würden.«

»Es wäre mir schrecklich, wenn Sie meinetwegen Unannehmlichkeiten hätten.«

»Mir wäre das noch viel schrecklicher, da können Sie sicher sein. Wann soll ich anfangen zu liefern?«

»Sofort.«

»Natürlich geht das nur in Raten. Ich kann die Kopiermaschine nicht unbegrenzt mit Beschlag belegen. Meine Kollegen werden zwar kaum vermuten, daß ich etwas Unrechtmäßiges oder auch nur Interessantes treibe, aber am besten läßt man es gar nicht erst zu irgendwelchen Fragen kommen.«

»Wie würden Sie mir das Material zustellen?«

Miss Garrison nahm die Stahlbrille ab, als behindere sie ihre Sicht. »Ich gehe sonntags regelmäßig zur Kirche und bin Schatzmeisterin des Frauenkreises, der sich am Mittwochabend trifft. Ich habe immer eine große Handtasche bei mir, sie ist so geräumig, daß ich mehrere Taschenbücher, einen zusätzlichen Pullover, Regensachen und so weiter darin unterbringen kann. Früher war das Format meiner Handtaschen Ziel gewisser Scherze und Spekulationen, aber inzwischen hat man sich daran – wie auch an mich – gewöhnt. Das hat seine Vorteile«, fügte Miss Garrison an und setzte die Brille wieder auf. »Ich gehöre gewissermaßen zum Inventar. Kein Mensch erwartet, daß ein Möbelstück sich plötzlich wieder wie ein Baum benimmt.«

Howards Umzug ins Gästehaus ging rasch und reibungslos vonstatten. Das Gästehaus war stets bezugsbereit, Schränke und Kühlschrank waren gut bestückt, in den Badezimmerschränken waren stets Zahnbürsten und Zahnpasta, Aspirin und Einmalrasierer. Die einzige wirkliche Neuerung war das Telefon, eine Amtsleitung mit einer Geheimnummer. Außer Michael erhielten nur zwei Leute Kenntnis von der Nummer, nämlich Kay und Howards Privatsekretärin.

Während des Umzugs stand Howards Vater mit kummervoller Miene herum und sah zu. Er machte keinerlei Anstalten, Howard beim Transport seiner persönlichen Habe aus dem Haupthaus zu helfen, und als er darum gebeten wurde, lehnte er mit einem betrübten kleinen Kopfschütteln ab.

»Nein, mein Sohn, ich kann nicht etwas mittragen, was ich für moralisch falsch halte.«

»Es kann kaum moralisch falsch sein, von einem Teil meines Besitzes in einen anderen zu ziehen.«

»Aber welchen Zweck verfolgst du damit?«

»Ich habe dir schon erklärt, daß ich sehr viel zu tun haben werde und Kay nicht stören will. Hier, kannst du das mal eben aufhängen?«

Der alte Herr legte die Hände hinter den Rücken, um zu verhindern, daß sie am Ende ohne seine Genehmigung der Bitte nachkamen. »Du hast immer sehr viel zu tun gehabt, und Kay hat sich nie davon gestört gefühlt. All die Jahre hat sie sich klaglos an die Geschäftszeiten gehalten, die für Finanzleute wie uns nun mal Gültigkeit haben, ist um halb fünf aufgestanden, damit du um sieben, wenn die New Yorker Börse den Handel eröffnet, im Büro sein konntest.«

»Ich will nicht mit dir streiten, Dad, ich sage dir deshalb jetzt zum letzten Mal, daß ich dieses Projekt durchziehen werde.«

»Ist dieses Projekt so geheim, daß du es nicht mal mir preisgeben kannst?«

»Da ist nichts preiszugeben. Jetzt noch nicht. Vielleicht nie. Warum arbeitest du nicht ein bißchen im Garten, Dad? Pflück ein paar Mandarinen. Der eine Baum hängt in diesem Jahr besonders voll, die Früchte sind schon zu Dutzenden abgefallen.«

»Ich habe gestern dreiundneunzig Mandarinen gepflückt. Chizzy sagt, daß sie nicht weiß, was sie mit dreiundneunzig Mandarinen anfangen soll. Ich soll keine mehr pflücken. Man kann daraus weder Kuchen noch Soße machen, wie aus Äpfeln, oder sie zu Saft verarbeiten wie Apfelsinen.«

»Ist es nicht Zeit, die Rosen zu schneiden?«

»Du bist mir immer ein guter Sohn gewesen, Howard. Fang jetzt nicht an, mich wie einen armen alten Trottel zu behandeln, der beschäftigt werden muß. Wenn du von mir nicht belästigt werden möchtest, brauchst du es nur zu sagen. Wäre es dir lieber, wenn ich gehe?«

»Ja.«

»Dann gehe ich sofort. Falls du mich brauchst – ich bin oben im Leuchtturm und trage Schiffe ein.«

»Gute Idee.«

»Nein, es ist im Grunde keine gute Idee, Howard. Du weißt, daß die Eintragung von Schiffen überhaupt keinen praktischen Nutzen hat, wenn niemand meine Aufzeichnungen liest. Sicher, sollte es irgendwann mal Krieg geben, könnte man sie vielleicht doch noch gebrauchen, es ist also wohl besser, wenn ich in Übung bleibe.«

Der Leuchtturm erhob sich zehn Meter über dem höchsten Punkt des Grundstückes. Von dort aus hatte man einen Rundblick auf das Meer, die Küste und die Berge hinter der Stadt, die diese vom Rest der Welt trennten.

Im Turm stand ein starkes Fernrohr auf einem Stativ. Durch dieses Fernrohr konnte Mr. Hyatt bei Nacht die Sterne und bei Tag die Schiffe beobachten. Während der langen Trockenzeit hielt er in den Bergen Ausschau nach den ersten Anzeichen von Waldbränden. In der Regenzeit beobachtete er häufig die Autobahn, die Hunderte, ja Tausende von Personenwagen und Lastern und Kombis und Wohnwagen, die nach Norden oder Süden rollten, alle in großer Hast, als fürchteten sie, die Orte, zu denen sie unterwegs waren, könnten nicht auf sie warten.

Er konnte mit dem Fernrohr auch Menschen beobachten, aber er tat es selten, weil, wie er fand, Spionieren eines Gentlemans unwürdig war. Erst nach Annamays Verschwinden setzte er das Fernrohr auch zu diesem Zweck ein, er suchte die ganze Gegend ab, soweit ihm nicht die Sicht durch Bäume und Hecken, Zäune und Mauern verstellt war.

Oft verwunderte ihn das, was er sah. Ernestina, das Hausmädchen von nebenan, warf Geschirr in den Mülleimer, wenn sie keine Lust zum Abwaschen hatte. Ihre Arbeitgeber, die auf Europareise waren, erwartete bei der Heimkehr ein Schock, nicht nur wegen des dahingeschmolzenen Bestands an Geschirr und Töpfen, sondern auch wegen der zahlreichen Ratten, die Gefallen an mexikanischem Essen gefunden hatten und im Efeu oder in den Wipfeln der Palmen lauerten und auf ihren Anteil warteten.

Das Teleskop ermöglichte ihm auch den Blick bergab

auf die weinberankte Pergola, die das Haus der Cunninghams mit der Garage verband. Mrs. Cunningham benutzte diesen Durchgang häufig. Ihre Besuche in der Garage waren recht rätselhaft, da sie selbst nicht Auto fuhr, und Mr. Hyatt mußte widerstrebend einräumen, daß Chizzy wohl doch recht hatte mit ihrer Behauptung, Mrs. Cunningham sei eine durstige Seele.

Durch die fedrigen Blätter eines Pfefferbaums konnte man auch ein Stück des Cunninghamschen Swimmingpools sehen. Hier gab Mrs. Cunninghams Sohn Peter häufig Pool-Partys, die sich dadurch auszeichneten, daß seine Gäste nur mit Pfefferbaumblättern bekleidet waren, während Mrs. Cunningham in langen, fließenden Gewändern und breitrandigen Strohhüten zwischen den nackten jungen Männern herumging.

Auf einer Anhöhe jenseits des Cañons stand die mediterrane Villa einer verrückten Puffmutter. Sie hielt sich einen Schwarm weißbekittelter Dienstboten, die sie umflatterten wie zahme Tauben. Hin und wieder trat sie auf einen der Balkone und winkte der Welt zu. Mr. Hyatt winkte immer zurück, obschon er bezweifelte, daß man ihn sehen konnte.

Erst einige Zeit, nachdem sie die Villa übernommen hatte, erfuhr Mr. Hyatt, wovon sie früher gelebt hatte. Für ihn war sie zunächst nur eine ganz normale ältere Dame gewesen, die lange, schwarze, einer Ordenstracht ähnliche Gewänder trug und zahlreiche Dienstboten beschäftigte, die offenbar nichts anderes zu tun hatten, als hinter ihr herzulaufen. Obgleich sporadisch Gärtner auf dem Grundstück zu sehen waren, wirkte es verwahrlost. Das Obst fiel von den Bäumen und verfaulte, in den Eichen wimmelte es von Motten, die Gartenwege waren überwuchert. Mr. Hyatt brachte das Thema zur Sprache, als er einmal mit Chizzy in der Küche beim Mittagessen saß.

»Wie ich sehe, haben wir eine neue Nachbarin.«

»Wie haben Sie denn das gesehen?«

»Durch mein Fernrohr.«

»Dann ist's ja gut. Ich hab schon Angst gehabt, Sie sind rübergelaufen und haben sie willkommen geheißen. Wenn die Sie mal anspricht, kommen Sie ihr bloß nicht zu nah.«

»Warum nicht?«

»Sie ist keine Frau von Stand«, erklärte Chizzy.

»Sie muß zumindest reich sein, weil sie so viele Dienstboten hat.«

»Pfleger, keine Dienstboten. Den Bullen und den Fangnetzen aus dem Norden ist sie nur knapp entwischt.«

»Vielleicht ist sie nur ein bißchen exzentrisch.«

»Sie ist verrückt wie ein Hutmacher.«

Mr. Hyatt schluckte diese Feststellung mit einem Löffel Suppe hinunter.

»Diese Redensart – verrückt wie ein Hutmacher – hat übrigens einen interessanten Ursprung. Im 19. Jahrhundert verloren in England Hutmacher tatsächlich den Verstand, weil ihnen die zum Weichmachen der Filze verwendete Quecksilberlegierung aufs Gehirn schlug.«

»Die Alte da hat's jedenfalls nicht erwischt, weil sie mit Hüten gearbeitet hat.«

»Natürlich nicht. Man verwendet schon lange kein Quecksilber mehr dafür.«

»Sie leidet«, sagte Chizzy ungeduldig, »an einer Berufskrankheit. Ist jetzt der Groschen gefallen?«

»Ach du liebe Güte. Vielleicht solltest du Annamay nahelegen, sich von ihr fernzuhalten.«

»Das übernehmen Sie nur. Ich hab ihr schon so viel

nahegelegt, daß es bei ihr zum einen Ohr rein und zum anderen wieder rausgeht.«

Mr. Hyatt fand Annamay im Schloß, wo sie Luella Lu verband, die von Schäfs und Neufs zupackender Zärtlichkeit wieder mal arg ramponiert war. In dem großen Haus auf der Anhöhe drüben, erläuterte Mr. Hyatt, wohnte eine böse Hexe, die schöne Prinzessinnen mit einem bösen Zauber belegen konnte und der man deshalb aus dem Weg gehen mußte.

»Ich weiß«, sagte Annamay. »Dru hat es mir erzählt.«

»Hat sie dir gesagt, daß die Frau eine Hexe ist?«

»Na ja, so was Ähnliches.« Drus Erklärung hatte Annamay ziemlich verunsichert, weil sie nicht begriffen hatte, was das für schlimme Dinge waren, die Leute machten, um schlimme Krankheiten zu bekommen. Die vernünftige Alternative ihres Großvaters kam ihr deshalb sehr zupaß. Hexen kamen in vielen Büchern Annamays vor, sie waren zwar oft ziemlich scheußlich, bekamen aber meist ihre gerechte Strafe.

Die Lockung, sich verzaubern zu lassen, erwies sich als unwiderstehlich. Annamay überredete Dru, sie zu begleiten. Die Hunde ließen sie zu Hause, weil die sie durch ihr Bellen hätten verraten können. Sie liefen durch die Avocadopflanzung, sprangen über den Bach und schlichen sich die Anhöhe hinauf zu der weißen Mauer, die sich um die Villa zog. Annamay stellte sich auf Drus Schultern und spähte in den Hof. Weit und breit keine Hexe – nur ein junger Mann in weißem Kittel, der dasaß und ein Buch las.

Er sagte, sie solle sich dünne machen, aber ein bißchen dalli. Sie machte sich dünne.

»Wahrscheinlich ist er im Drogengeschäft«, sagte Dru

auf dem Rückweg, »und glaubt, wir sind Rauschgiftfahnder.«

Drus Erklärungen besaßen eine Eigendynamik. Jede zog eine Frage nach sich, die wiederum gebieterisch nach einer weiteren Erklärung verlangte.

»Was ist ein Rauschgiftfahnder?«

»Einer vom Drogendezernat.«

Annamay wäre geneigt gewesen, das als Kompliment aufzufassen, wenn Dru nicht sogleich hinzugefügt hätte: »Er weiß nicht, daß du ein Kind bist, er hat nur deinen Scheitel gesehen und deine Augen. Deine Augen sehen viel erwachsener und vernünftiger aus als dein übriges Gesicht. Deine Zähne hätten dich sofort verraten, die sind nämlich ausgesprochen kindisch.«

»Ist mir gleich. Ich will sowieso nicht, daß mich einer für einen Rauschgiftfahnder hält.«

»Ich schon.«

»Ich nicht.«

»Du wirst zeit deines Lebens ein Kind bleiben«, erklärte Dru kategorisch.

Und so geschah es. Und die Polizei kam und ging und kam wieder und ging wieder, den ganzen Sommer lang, und im Spätherbst war die Beerdigung. Und Howard zog ins Gästehaus, und Miss Esther Garrison lief viele Male zwischen ihren Akten und der Kopiermaschine hin und her und ging mitsamt ihrer Handtasche in die Kirche. Und Pfarrer Michael Dunlop packte den Inhalt in seine Aktentasche um.

5

Pfarrer Michael Dunlops Frau Lorna sah die Aktentasche auf der Dielenablage neben der Haustür stehen.

»Willst du etwa heute abend nochmal weg?«

»Ja.«

»Warum?«

»Eins meiner Gemeindemitglieder möchte mich sehen.«

»Und wenn deine Frau dich auch sehen will?«

»Du siehst mich jetzt«, sagte Michael, »und hast offenbar wenig Freude daran.«

Sie war ihm in die trüb erleuchtete Diele des Hauses gefolgt, das ihnen – statt eines anständigen Gehalts – zusammen mit der Pfarrstelle zugefallen war. Es war ein schäbiges kleines Haus mit schmalen Fenstern, die der Landschaft keinen Platz gönnten. Zuerst hatten sie es gemütlich gefunden. Die Landschaft war nicht von Bedeutung, und Lorna hatte weiche, zärtliche Arme. Aber im Winter regnete es herein, und selbst im Sommer hatten die Räume nie genug Licht, und das obere Hinterzimmer, das als Kinderzimmer gedacht war, blieb leer.

»Du machst es mir nicht gerade leicht«, sagte Lorna. »Du bist neuerdings so anders, so geheimnistuerisch. Wir sind verheiratet, Ehepaare sollten teilen können.«

»Nicht alles kann man teilen, Lorna.«

Sie zog an einer Strähne ihres schwarzgelockten Haars,

als wollte sie es glätten, als wollte sie alles glätten. »Ist dieses Gemeindemitglied eine Frau?«

»Nein.«

»Das müßte mich wohl eigentlich beruhigen. Tut es aber nicht. Heutzutage hört man über sogenannte wohlanständige Leute die seltsamsten Dinge.«

»Ich bin nicht bisexuell, falls du das meinst.«

»Ich meine gar nicht –«

»Du meinst«, sagte Michael. »Es tut mir leid, aber ich kann dir nicht sagen, wie der Mann heißt, zu dem ich gehe, denn sonst würdest du den Grund wissen wollen, und damit würde ich sein Vertrauen mißbrauchen.«

Sie zog verärgert an der Haarsträhne. »Du bist immer so edel. Du verstehst nicht, was es für eine gewöhnliche Sterbliche wie mich bedeutet, jeden Abend allein dazusitzen und fernzusehen.«

»Das machst du doch auch, wenn ich da bin.«

»Gar nicht. Wenn du da bist, reden wir miteinander.«

»Genau. Wir reden über das, was du im Fernsehen siehst.«

»Wenn die Paare, die zu dir in die Beratung kommen, uns jetzt hören und sehen könnten, würden sie staunen, daß du noch die Unverfrorenheit hast, ihnen Ratschläge zu geben, wie eine Ehe funktioniert. Offenbar ist bei Ratschlägen Geben seliger denn Nehmen. Leichter ist es bestimmt.«

Lächelnd beugte er sich zu ihr hinüber und gab ihr einen Kuß. »Das ist gut, Lorna. Darf ich das in einer Predigt verwenden?«

»Tu dir keinen Zwang an.« Sie erwiderte weder sein Lächeln noch seinen Kuß, aber ihr Gesicht wurde weicher, und er wußte, daß am nächsten Tag ein sauber getippter

Zettel auf seinem Schreibtisch liegen würde: »Unter *Ratschläge* ablegen: Geben ist seliger denn Nehmen. Leichter bestimmt.«

»Du kriegst auch das Copyright«, sagte Michael.

»So gut war es nun auch wieder nicht.« Sie griff sich die graugestreifte Katze, die sich den Rücken an ihren Beinen schubberte, und hielt sie an ihre linke Schulter wie ein Baby, das Bäuerchen machen soll. »Wenn du möchtest, bleibe ich auf, bis du kommst.«

»Nicht nötig, aber wahrscheinlich machst du es doch.«

»Ja.«

»Meinetwegen? Oder wegen Johnny Carson?«

»Rate mal. Ganz gut für dich, so ein bißchen Ungewißheit. Na, wenigstens hast du deinen Priesterkragen um, das ist ein gewisser Schutz.«

Für manche Gegenden, wie den Latinobezirk, stimmte das. In anderen, im schwarzen Getto etwa, war es zuweilen eher eine Provokation, eine Erinnerung daran, daß Gott weiß und rechts und reich war. Weil er nie genau wußte, wohin es ihn verschlagen würde, hatte er Sachen zum Wechseln im Kofferraum, abgewetzte Jeans, einen Nylonanorak, einen Rollkragenpulli, Turnschuhe und eine schwarze Strickmütze.

Zu den Unterlagen, die Miss Garrison kopiert und in Michaels Aktentasche gesteckt hatte, gehörte auch eine vollständige Sammlung von Zeitungsausschnitten über einen Zeitraum von fast vier Monaten.

Die meisten Ausschnitte stammten aus der Lokalzeitung, die gewöhnlich Gewaltverbrechen herunterspielte, für diesen Fall aber in Anbetracht der prominenten

Betroffenen und des überwältigenden Interesses der Öffentlichkeit an dem Verschwinden des kleinen Mädchens einen hauptberuflichen Reporter eingesetzt hatte. Jedermann, der ein Kind hatte, ein Kind kannte, ja, jedermann, der je Kind gewesen war, jedermann in der Stadt, im Bezirk, im Staat verfolgte die Ermittlungen Schritt für Schritt.

Der Fall wurde in Bars und Klassenräumen, in Privatklubs und öffentlichen Versammlungen diskutiert.

Zu der ursprünglich von den Hyatts ausgesetzten Belohnung von fünfzigtausend Dollar kamen weitere Spenden. Als der Fonds eine Höhe von hunderttausend Dollar erreicht hatte, bat Howard, es bei dieser Summe zu belassen. Wenn sich für die hunderttausend Dollar kein legitimer Anspruchsberechtigter gefunden hatte, würden das auch noch mehr Dollar nicht ändern, und die Spendengelder konnten an anderer Stelle nützlicher eingesetzt werden.

Die Anzeige erschien in allen Ausgaben der Lokalzeitung. Zuerst hieß der Text:

HABEN SIE DIESES KIND GESEHEN?

Fünfzigtausend Dollar Belohnung für Hinweise, die zur Wiederkehr der achtjährigen Annamay Rebecca Hyatt führen.

Es folgte ein großformatiges Foto von Annamay, Angabe von Zeit und Stelle, an der sie zuletzt gesehen worden war, und eine ausführliche Beschreibung. Größe 1,32 m, Gewicht 27,4 kg. Blaue Augen, blondes, glattes, schulterlanges Haar, helle, leicht sonnenverbrannte Haut, Muttermal am rechten Handgelenk. Kleidung: Verwaschene blaue Denimshorts, blaue Sandalen, gestreiftes T-Shirt mit ihren Initialen, ARH.

Nach dem Fund der Knochen war der Text der Anzeige abgeändert worden:

Hunderttausend Dollar Belohnung für Hinweise, die zur Festnahme und Anklage des oder der Schuldigen am Tod von Annamay Rebecca Hyatt führen.

Auch der lokale Fernsehsender brachte alle vierundzwanzig Stunden vier Sechzig-Sekunden-Spots mit der Offerte, dazu eine Nahaufnahme des Kindes und einen kurzen Ausschnitt aus einem Film, den Kay mit Annamay und den beiden Hunden gedreht hatte.

Niemand, der einen annehmbaren Anspruch auf die Belohnung hätte erheben oder auch nur eine glaubhafte Aussage hätte machen können, hatte sich auf die Anzeige hin gemeldet, aber die Polizei verfertigte gewissenhaft ein Protokoll über jede Meldung. Bei ihrem ersten Treffen im Gästehaus arbeiteten Howard und Michael alle Protokolle durch.

Mrs. Edwina Pascal, 32, 2003 Estero Gordo Street, Santa Felicia, erklärte, ihr Mann, Geronimo, habe ihre Tochter und seine Stieftochter belästigt, habe es vermutlich bei der kleinen Hyatt ebenso gemacht und gehöre in die Gaskammer.

Truman Wilson, 45, ohne festen Wohnsitz, behauptete, sein bester Freund sei am gleichen Tag wie Annamay verschwunden, und es bestände bestimmt ein Zusammenhang. Der Freund schuldete ihm dreiundneunzig Dollar und taugte nichts. Wilson trug sich mit dem Gedanken, von der Belohnung ein Rennpferd zu kaufen, aber da ihm der Nachname des Freundes nicht einfallen wollte, blieb das Geld auf der Bank.

Eine Hellseherin erbot sich, die Reisekosten ab Connecticut selbst zu tragen, sofern man ihr gestattete, sich eine Woche in dem Schloß der Prinzessin aufzuhalten, um die Atmosphäre in sich aufzunehmen und sich möglicherweise mit Annamays Geist in Verbindung zu setzen. An der Belohnung wollte sie sich nicht persönlich bereichern, sie war für die Gründung eines Zentrums zum Studium der Parapsychologie gedacht. In ihrem Brief hatte sie eine Telefonnummer angegeben.

Howard hatte Kontakt mit ihr aufgenommen.

»Ich war wie ein Krebskranker im Endstadium, der nach einem Betäubungsmittel giert«, sagte er zu Michael. »Und da habe ich sie einfach angerufen.«

»Was hat sie gesagt?«

»Nichts. Sie war so betrunken, daß sie nicht reden konnte.«

Kleine blonde Mädchen schossen in der ganzen Stadt wie Pilze aus dem Boden: Allein, mit einem jungen Mann, einem alten Mann, einem Schwarzen und einer Frau, drei Teenagern, einer ganzen mexikanischen Familie. Eine gewisse Mrs. Jeanette Orchard gab zu Protokoll, sie habe an einer Tankstelle einen Mann mittleren Alters mit einem weinenden blonden Kind gesehen. Ein Deputy Sheriff ging der Sache nach und stellte fest, daß der Mann mittleren Alters der Besitzer der Tankstelle war und das Kind, ein kleiner dicker Junge von zehn Jahren, geweint hatte, weil der Nachschub an Schokoriegeln stockte. Mrs. Orchard war sehr enttäuscht, weil sie in Erwartung der Belohnung bereits eine Anzahlung auf einen Wohnwagen geleistet hatte.

»Immerhin hat sie kein Rennpferd kaufen wollen«, sagte Howard und legte den Vorgang ›Belohnung‹ zur Seite. »Was jetzt?«

»Bilder«, sagte Michael. »Zu Hunderten. Aus Presseorganen im ganzen Land. Es hat nicht viel Sinn, sie alle anzusehen.«

»Da muß ich dir widersprechen. Wir haben uns darauf geeinigt, alle Unterlagen der Polizei durchzusehen in der Hoffnung, auf einen Aspekt zu stoßen, der noch nicht beackert worden ist. Haben wir das nicht so besprochen?«

»Doch.«

»Dann los.«

Es waren buchstäblich Hunderte, sorgsam beschriftet, mit dem Namen des oder der Abgelichteten und des Fotografen versehen, mit Datum und Ort der Aufnahme und den Initialen des Beamten, der das Foto abgelegt hatte.

Da gab es Aufnahmen von Annamay in steifer Pose, zum Verschenken an Weihnachten gedacht, Schnappschüsse von Annamay beim Spiel und in der Schule, Fotos von der Schule, von dem Haus, in dem Annamay gewohnt, von dem Schloß und von dem Mann, der beides entworfen hatte, Benjamin York. Es gab Aufnahmen von Kay und Howard, zusammen und einzeln. Von Chizzy, wie sie von der gerichtlichen Voruntersuchung kam. Von Dru vor dem Gerichtssaal, klein und verängstigt anzusehen, wie sie zwischen ihrer Mutter und ihrem Stiefvater stand. Selbst Mitsu und Suki, die sonst fleißig lächelten, sahen ernst in die Kamera wie auf einen Richter.

Außerdem gab es Fotos von praktisch allen, die in der Gegend wohnten, arbeiteten oder Besuche machten – von Ernestina, dem Mädchen der Hyattschen Nachbarn, wie sie gerade einen Teller in den Mülleimer warf, bis zu der alten Puffmutter, die von einem Balkon ihrer Villa der Welt winkte. Die Vergangenheit der Madam, die nach und nach in der Presse ans Licht kam, verlieh dem Fall einen leicht sinistren Zug.

In einem Artikel wurde angedeutet, Madam habe guten Kunden auch Kinder geliefert, aber die nächste Ausgabe brachte ein Dementi. Viele Leute überlasen das Dementi, andere sahen darin nur einen Dreh, um eine Verleumdungsklage zu vermeiden. Madam bekam Briefe von Spinnern, die man ihr nicht zu lesen gab, und Anrufe von Spinnern, die man nicht zu ihr durchstellte. Das ging so weit, daß ihre Kuratoren es für zweckmäßig hielten, die Gehälter des Personals zu verdoppeln.

Alle Bediensteten waren vernommen worden, etliche nur kurz, einige ausführlicher, je nach Sprechfreudigkeit der jeweiligen Gesprächspartner. Doch mit Madam selbst hatte niemand gesprochen.

Aus den Unterlagen ging hervor, daß sie Rosa Firenze hieß. Geboren in Chicago, aufgewachsen in verschiedenen Pflegestellen bis zu ihrer ersten Festnahme mit dreizehn Jahren wegen eines schweren Überfalls. Nach mehreren Verhaftungen ließ sie sich nach Westen treiben und fand schließlich ihre wahre Bestimmung. Zu Beginn des Zweiten Weltkrieges, in San Francisco, entdeckte Rosa die Marine, und die Marine entdeckte sie.

»Warum ist Miss Firenze nicht vernommen worden?« fragte Michael.

»Da sie entmündigt ist, wäre dazu die Zustimmung ihres Anwalts erforderlich gewesen, und die hat er verweigert. Deshalb konnte die Polizei offiziell nichts tun.«

»Und inoffiziell?«

»Manchmal rückt Miss Firenze aus. Bei einem dieser

Ausflüge ist sie einem Deputy in die Arme gelaufen, und er hat ein paar Worte mit ihr gewechselt. Weit ist er nicht gekommen, ein Pfleger tauchte auf und hat sie schleunigst entführt. Aber mein Gewährsmann versichert, sie sei klar und durchaus bereit gewesen, sich mit einem Außenstehenden zu unterhalten. Gerüchtweise verlautet sogar«, fügte Howard an, »daß sie ihre Memoiren schreibt und das Gerede von der verdrehten alten Schraube nur ein Trick ist, um sie unter Beobachtung halten zu können. Bei den Streitkräften und in der Politik dürfte es etliche große Tiere geben, die keinen gesteigerten Wert auf ein Erscheinen Miss Firenzes oder ihrer Werke in der Öffentlichkeit legen. Das mit den Memoiren glaube ich allerdings nicht so recht. Sie ist der Typ, der solche Gerüchte auslöst, vielleicht hat sie das eine oder andere sogar selbst in die Welt gesetzt.«

»Wenn das Gerücht stimmt«, sagte Michael, »wäre Miss Firenze vielleicht daran interessiert, mit einem Verleger zu sprechen.«

»Mit dir.«

»Mit mir.«

»In der Rolle würdest du vermutlich durchaus überzeugend wirken. Aber wenn es nicht stimmt, vermasselst du dir die Chance, je wieder zu ihr vorzudringen. Bleib lieber bei deinem Leisten.«

»Wie kommst du darauf, daß sie gewillt wäre, mit einem Geistlichen zu sprechen?«

»Ich hab so einen Riecher. Mein Dad hat sie vom Leuchtturm aus durch das Fernrohr gesichtet und sagt, die Sachen, die sie trägt, sehen wie das Habit einer Ordensfrau aus. Vielleicht ein äußeres Anzeichen von Bußfertigkeit.«

»Vielleicht. Ich kann's ja mal versuchen.«

Sie setzten Rosa Firenzes Namen auf die Liste der Personen, mit denen sie sich noch näher befassen mußten. Abwechselnd lasen sie sich weitere Protokolle vor, und dann war es fast Mitternacht, beide waren sie müde, und Howard war zudem noch deprimiert. Sie hatten zwar etwa ein Dutzend Namen auf der Liste, aber in dem Wust von Unterlagen hatten sie keinen wirklich vielversprechenden Hinweis, keine eklatante Unterlassungssünde der Polizei gefunden.

Was als ernsthaftes, durchaus vielversprechendes Projekt begonnen hatte, schien jetzt kaum mehr als ein Kinderspiel, wie es auch Annamay und Dru hätten spielen können, nachdem sie einen Goldfisch tot im Teich gefunden oder einen toten Vogel oder Schmetterling aufgelesen hatten. Überall im Garten waren die Gräber kleiner Lebewesen verstreut, gekennzeichnet durch Kreuzchen aus Zweigen oder Lutscherstielen. *Wir sind zwei Erwachsene, die mit Zweigen spielen,* dachte Howard.

Er saß am Fenster, von dem aus man das Haupthaus sehen konnte. In den Räumen seines Vaters war alles dunkel, aber unten in der Küche und in Chizzys Zimmer und oben in Kays Schlafzimmer brannte noch Licht. Überrascht stellte er fest, wie schnell er es sich angewöhnt hatte, ›Kays Zimmer‹ zu denken, obgleich in den Schränken und Schubfächern noch fast seine gesamte Garderobe war.

Er machte das Fenster auf. Es roch nach Herbst, nach feuchter Erde, nach Eukalyptusholz, das jemand im Kamin verbrannte, nach Zitronenblüten. Doch über allem lag aufreizend und beherrschend der Duft nach frisch gebackenem Brot. Chizzy war wieder mal am Kochen, versuchte, sich aus ihrem Tief herauszubacken.

Und während Chizzy kochte, trieben er und Michael aus dem gleichen Beweggrund ein Kinderspiel.

»Und wenn wir nun unsere Zeit vertrödeln?« fragte Howard. »Zurückbringen können wir sie sowieso nicht mehr.«

»Nein, aber wir können verhindern, daß einem anderen Kind das gleiche Schicksal widerfährt.«

»Komm, Michael, machen wir uns nichts vor. Wir sind Träumer. Nichts als Träumer.«

»Schön, dann bin ich ein Träumer«, sagte Michael. »Weck mich, wenn die Welt vorbei ist.«

»Ich wünschte, ich hätte deinen Glauben.«

»Und was für ein Glauben wäre das?«

»Der dich bei der Stange hält.«

»Was mich jetzt bei der Stange halten würde, wäre ein Stück von Chizzys selbstgebackenem Brot. Gehen wir hinüber und betteln ihr was ab.«

»Gute Idee.«

Chizzy brachte der unvermutete Besuch ganz durcheinander. Sie raffte den karierten Flanellmorgenrock enger um sich und versuchte, Ordnung in das drahtige graue Haar zu bringen. Beides wollte nicht so recht glücken. Der Morgenrock war ihr schon längst zu eng, und ihr Haar sah immer gleich aus, so energisch sie ihm auch mit Kamm und Bürste zu Leibe rückte. Es stand von ihrem Kopf ab wie ein stahlwollener Topfkratzer.

»Ich hab niemanden wecken wollen«, sagte sie und wischte sich die Hände an dem Geschirrtuch ab, das aus einer Morgenrocktasche hing. »Ich wollte aufbleiben, bis Miss Kay nach Hause kommt, und hab ein bißchen was gebacken, damit mir die Zeit nicht zu lang wird.«

Das Bißchen, das sie gebacken hatte, machte sich auf der ganzen Arbeitsfläche breit – ein gutes Dutzend Brotlaibe verschiedenster Form und Größe, darunter auch ein ganz kleiner, den Chizzy zu verstecken versuchte, ehe einer ihrer unerwarteten Gäste ihn sah. Howard hatte ihn dennoch gesehen und wußte, daß der Minilaib für Annamay gedacht war. Er wandte den Blick ab, und Chizzy ließ das Brot in ungeschickter Hast im Schrank verschwinden.

»Ich wollte gerade alles einwickeln und in den Gefrierschrank geben. Sie möchten nicht zufällig eine Scheibe?«

»Zufällig doch«, sagte Michael. »Deshalb sind wir nämlich hier.«

Die beiden setzten sich an den Küchentisch, und Chizzy schnitt das Brot, holte Butter und Marmelade heraus und stellte Milch auf den Herd, um Schokolade zu kochen.

»Wann ist sie nach Hause gekommen?« fragte Howard.

»Ungefähr vor einer Viertelstunde.«

»Ich habe Bens Wagen nicht gehört.«

»Sie hat sich ein Taxi genommen«, sagte Chizzy. »Und unter den gegebenen Umständen ist das auch das einzig Richtige, finde ich.«

»Unter welchen Umständen?«

»Verheiratete Frauen sollten sich nicht mitten in der Nacht mit jüngeren Männern im Sportwagen sehen lassen.«

»Ben war mit ihr im Konzert, ich hatte ihn darum gebeten.«

Doch die Erklärung genügte Chizzys trostbedürftiger Seele nicht. Sie tat doppelt so viel Kakao und Zucker wie nötig in die Milch, so daß die Schokolade für sechs gereicht hätte. Was übrig blieb, würde sie natürlich selbst trinken, und der Morgenrock würde noch mehr spannen, ihr Ebenbild sich noch mehr verzerren: eine dünne Frau, gefolgt von einem dicken Schatten.

»Hältst du nicht mit?« fragte Howard.

»Nein, danke, ich hab keinen Hunger.« Was stimmte, denn sie hatte das erste Brot gegessen, das aus dem Ofen kam, um festzustellen, ob es gut war, und dann noch die Hälfte vom zweiten, weil sie wissen wollte, ob sie sich auch nicht geirrt hatte. »Dieser Verdruß hat mir total den Appetit verschlagen. Und ich wette, daß hier jemand sitzt, der ebenso verdrießlich ist wie ich.«

Sie warf Michael einen vielsagenden Blick zu. Der reagierte mit einem Achselzucken. »Verdruß hat mir noch nie den Appetit verschlagen, besonders, wenn ich nicht weiß, weswegen ich verdrießlich sein sollte.«

»Was hier passiert, ist nicht normal«, sagte Chizzy. »Einfach nicht *normal.*«

»Normalität sieht jeden Tag ein bißchen anders aus, Chizzy.«

»Warum?«

»Weil immer irgend etwas passiert. Die Umstände ändern sich, und die Menschen ändern sich mit ihnen. Die Welt ist ständig im Fluß.«

Quatsch, dachte Chizzy, aber sie sagte es nicht laut. Sie selbst war zwar nicht fromm, aber so viele andere waren es, daß sie sich gezwungen sah einzuräumen, es gäbe da oben womöglich wirklich einen, der zuhörte, und sie mochte nicht dabei ertappt werden, wie sie einem Pfarrer grob kam. Aber höflich widersprechen, das durfte sie doch wohl noch.

»Nichts für ungut, Herr Pfarrer, aber das mit dem Fluß kauf ich Ihnen nicht ab. Hier ist immer alles seinen geregelten Gang gegangen, jahrein, jahraus. *Das* war normal.«

»Und so möchten Sie es wieder haben.«

»Ich weiß schon, daß ich nicht alles wieder so haben kann, wie es war. Aber Miss Kay und Mr. Howard, die könnte ich haben.«

»Du redest, als wäre ich auf und davon gegangen«, sagte Howard. »Aber ich bin doch hier.«

»Nicht für mich. Nicht so wie früher. Ich hab jetzt nur noch den alten Herrn und die beiden Hunde und einen Haufen dämlicher Fische.«

»Laß das nur nicht meinen Vater hören. Für den großen Schwarzen hat er zwanzigtausend Dollar gezahlt.«

»Also wenn Sie mich fragen – da hat er sich übers Ohr hauen lassen.«

»Mein Vater läßt sich nicht so leicht übers Ohr hauen, das habe ich gelernt, noch ehe ich zur Schule kam. Der schwarze Fisch ist ein Magoi, dreiundachtzig Jahre alt. Das weißt du doch, Chizzy.«

»Das hat man mir erzählt. Deshalb braucht es noch nicht wahr zu sein.«

»Der Magoi hat drei Generationen lang derselben japanischen Familie gehört. Diese japanischen Kugelfische haben einen Stammbaum, das ist fast so wie bei Hunden.«

»Da ist mir aber ein dreiundachtzigjähriger Hund allemal lieber.«

Michael sah auf die Uhr. »Dies jedenfalls ist entschieden nicht normal. Da sitze ich um Mitternacht, esse noch warmes hausgebackenes Brot und rede über einen dreiundachtzigjährigen Fisch. Alles ist im Fluß, Chizzy.«

»Was ist überhaupt Großartiges daran, so alt zu werden? Wir werden nicht wertvoller davon wie die Kugelfische. Ich jedenfalls möchte nicht dreiundachtzig werden.«

»Die Gefahr ist auch nicht groß«, sagte Howard, »sofern du dich nicht von diesen Fettpolstern trennst.«

»Ich hab eine Drüsenstörung«, sagte Chizzy frostig, »Sie haben mich auf Ihre Kosten zu diesem Diätdoktor geschickt, und der hat's rausgefunden.«

»Was du nicht sagst!«

»Wenn Sie glauben können, daß dieser blöde Fisch dreiundachtzig ist, können Sie mir auch meine Drüsenstörung abnehmen.«

»Tja, ich muß langsam los«, sagte Michael, und keiner widersprach. Chizzy war bereit, ihre Drüsenstörung bis zur Selbstaufgabe zu verteidigen, und Howard würde sich schwerlich vom Alter des Fisches auch nur ein Jahr abhandeln lassen.

»Schönen Dank für die Stärkung, Chizzy.«

»Moment, ich geb Ihnen was mit.«

Sie steckte vier Brotlaibe in eine große Papiertüte und brachte ihn hinaus. Als sie an seinem Wagen ankamen, einem alten Buick, den ihm eins seiner Gemeindemitglieder vermacht hatte, schnaufte Chizzy, als hätte sie Backsteine geschleppt. Er legte die Tüte in den Kofferraum und wartete ein paar Minuten, bis Chizzy wieder zu Atem gekommen war.

»Sie müßten tatsächlich abnehmen, Chizzy. Was hat der Doktor denn nun wirklich gesagt?«

»Daß ich zu viel esse. Dicken zu sagen, daß sie zu viel essen, dafür wird der noch bezahlt, das muß man sich mal vorstellen. Schöne Schiebung, so was.«

»Keine Drüsenstörung?«

»Nein. Aber bei Mr. Howard kann ich darüber nicht reden, der soll nicht denken, daß er sein Geld zum Fenster rausgeworfen hat.«

»Das ist wirklich sehr taktvoll«, sagte Michael todernst.

»Außerdem möchte ich nicht, daß er mich für ein gefräßiges Weibsstück hält. Ich tät nicht so viel essen, wenn alles wieder normal wär.«

»Es wird nie mehr so werden wie früher. Aber es wird normal sein, weil sich Ihre Konzeption des Normalen ändern wird.«

»Gehen Sie mir doch weg mit Ihren hochgestochenen Wörtern. Konzeption. Fluß. Wenn ich das schon höre... Was recht ist, muß recht bleiben.«

»Sie sind ein schwieriger Fall, Chizzy. Gute Nacht. Und schönen Dank für das Brot.«

Howard ging nach oben und klopfte an die Tür des Zimmers, das bis vor kurzem seins gewesen war.

»Kay?«

»Herein.«

Sie stand am Fenster, noch in ihrem Konzertkleid, einem langen, königsblauen Samtkostüm mit Straßknöpfen, die genauso aussahen wie die echten Diamantstecker, die sie in den Ohren trug. Er hatte sie ihr zur Hochzeit geschenkt, als er noch nicht wußte, daß sie sich nicht viel aus Schmuck machte. Heute trug sie nicht nur den Ohrschmuck, sondern betonte ihn auch noch durch die strenge Knotenfrisur. Er sah, daß sich ein paar graue Strähnen durch ihr Haar zogen. Für ihn war sie immer noch ein junges Mädchen. Die grauen Haare verunsicherten ihn, er hatte plötzlich das Gefühl, als habe er sich nur ein paar kurze Minuten abgewandt – und als er sich wieder umdrehte, waren Jahre vergangen.

»War es nett?» fragte er.

»Ja.«

Es gab eine lange Pause.

»Ist das alles?«

»Legst du Wert auf eine detaillierte Schilderung? Bitte sehr. Ben hat mich um halb acht abgeholt, wir waren ziemlich früh da und haben im Foyer ein Glas Wein getrunken. Chablis, glaube ich. Ich habe nicht besonders auf den Wein geachtet, weil ich merkte, wie die Leute mich anstarrten. Wahrscheinlich haben sie gedacht, daß ich von rechts wegen zu Hause sitzen und heulen müßte. Dann kam dieses schreckliche Weib aus unserer Straße, diese Mrs. Cunningham, auf mich zu und zog mich ins Gespräch. Man muß es wohl ein Gespräch nennen, ich bin allerdings nicht recht schlau aus ihr geworden. Es ging um einen Hackbraten, und daß sie allergisch gegen Hackbraten ist und ihn deshalb nicht hat annehmen können. Sie hat geschwatzt und geschwatzt, und die ganze Zeit hat ihr Sohn danebengestanden, kein Wort gesagt und nur dreckig gegrinst, wie er das immer macht. Die Musik war schön, allerdings weiß ich nicht mehr, was sie spielten, ich mußte immer an diesen verdammten Hackbraten denken. Weißt du was von einem Hackbraten?«

»Ich könnte ein Buch über Hackbraten schreiben«, sagte Howard. »Volksschul-Hackbraten, Mensa-Hackbraten, Studentenverbindungs-Hackbraten, Country Club-Hackbraten, Mutters Hackbraten, Chizzys –«

»Chizzy«, wiederholte Kay. »Richtig, das war's. Chizzy hat nach einem ihrer Kochanfälle wieder mal die

Produkte in der Nachbarschaft verteilt. Du mußt mit ihr reden, Howard.«

»Mir ist es lieber, wenn sie das Zeug verteilt, als wenn sie es selber ißt. Du siehst nett aus heute abend, Kay. Ist das ein neues Kleid?«

»Ja.«

»Schöne Farbe. Seid ihr nach dem Konzert noch zum Essen gegangen?«

»Nein. Sollte ich?«

»Chizzy sagt, du hättest das Abendessen ausfallen lassen. Du mußt Hunger haben.«

»Tut mir leid, Howard. Wenn du mich auf hungrig programmiert hast, mußt du bei deinem Computer reklamieren. Ich habe keinen Hunger.« Sie nahm die Ohrstecker heraus, als hätten sie plötzlich angefangen zu kneifen. »Möchtest du hören, wie Kays große Sause weiter verlaufen ist? Ben hat mich gefragt, ob ich noch mit ihm in einen Klub zum Tanzen gehen würde, und ich habe nein gesagt. Mir war nicht nach Tanzen, mein Bedarf an Musik war für einen Abend gedeckt. Mein Bedarf an Ben übrigens auch. Seine krampfhaften Bemühungen, mich zu unterhalten, haben mich regelrecht genervt. Ich habe mir ein Taxi genommen und bin heimgefahren. Wenn Ben tanzen gehen will, soll er Ms. Quinn mitnehmen.«

»Dir kann es niemand mehr recht machen, Kay.«

»Warum gebt ihr dann nicht einfach den Versuch auf?«

»Weil wir dich lieben.«

»Ich will nicht geliebt, ich will in Ruhe gelassen werden.«

»Schon recht. Gute Nacht, Kay.«

»Gute Nacht.«

Er ging hinaus und machte die Tür leise hinter sich zu.

Er hatte sich ein paar Minuten abgewandt, und als er sich wieder umdrehte, waren graue Strähnen in Kays Haar, und sie wollte nicht mehr geliebt werden.

Er war halb die Treppe hinunter, als Kays Tür aufging und sie auf den Treppenabsatz trat.

»Ach, übrigens«, sagte sie, und ihre Stimme klang kühl und trocken, »wenn du wieder Konzertkarten kaufst, denk doch bitte daran, daß ich lieber etwas weiter hinten sitze.«

»Ich habe die Karten nicht gekauft.«

»Sie waren an der Kasse auf deinen Namen reserviert.«

»Ben hat sie bezahlt, meine Sekretärin hat sie nur reservieren lassen.«

»Wie reizend. Wahrscheinlich liebt sie mich auch.«

»Für die meisten Sekretärinnen ist die Frau des Chefs eine Landplage«, sagte Howard. »Meine dürfte da keine Ausnahme sein.«

»Bravo! Es gibt nichts Erfrischenderes als eine Portion guten, ehrlichen Haß. Das ist wie eine Frühjahrskur.« Und erneut legte sich ein langes Schweigen über sie – wie ein Schleiernetz, mit dem man Vögel fängt.

»Wirst du wieder mal mit Ben ausgehen, Kay?«

»Wenn du mich entsprechend programmiert hast. Wahrscheinlich liegt jetzt schon ein Computerausdruck auf dem Schreibtisch deiner Sekretärin, in dem alles geregelt ist bis aufs Wetter. Vielleicht könntest du sogar daran noch drehen. Zuzutrauen wär's dir.«

»Warum bist du so feindselig, Kay?«

»Die Leute, die mich heute im Konzert angestarrt haben, hatten schon recht«, sagte sie bitter. »Ich hätte zu Hause sitzen und heulen sollen.«

Shelley Quinns playboywürdiger Körper steckte in einem von Bens Pyjamas und war in seinen Lieblingssessel gefläzt. Quinn aß einen Apfel und kämmte gleichzeitig ihr langes, kastanienfarbenes Haar, das noch feucht vom Waschen war.

Ben konstatierte, daß sie über seine Rückkehr nicht besonders beglückt war. Sie sah ihm über den Rand einer Hornbrille entgegen, die er zum ersten Mal sah. Es war ein nachhaltiger Blick, als habe er sie bei etwas sehr Wichtigem gestört.

»Hi«, sagte sie, legte Kamm und Apfel aus der Hand und schaltete das Radio aus. »Ein Apfel war alles, was ich hier an Eßbarem habe finden können. Kaufst du nie was zu essen?«

»Nur, wenn es unbedingt nötig ist.«

»Ach, und noch was. Warum wohnst du eigentlich in so einer Bruchbude?«

»Ich mag Bruchbuden.«

»Nein, mal im Ernst, Benjie. Du solltest dir ein Aushängeschild bauen, mehr auf Fassade machen.«

»An deiner Fassade hab ich genug.«

»Spaß beiseite. Warum wohnst du so?«

»Weil's mir gefällt«, sagte Ben.

»Ich kann mir einfach nicht vorstellen, daß es dir gefällt, wenn über deinem Kopf die Leute rumtrampeln und nebenan der Fernseher plärrt und die ganze Nacht der Verkehr vorbeidonnert.«

Er versuchte gar nicht erst ihr klarzumachen, daß gerade das ihm seine Ruhe sicherte – mehr Ruhe, als Howard auf seinen exklusiven acht Morgen Land hatte. Jedermann wußte, wo und wie Howard wohnte. Keiner wußte groß etwas über den Mieter in der vorderen Wohnung der

Vistas del Mar, und keiner war an ihm interessiert. Das alte Mietshaus war zwischen einer Traube teurer Eigentumswohnungen mit Meerblick auf der einen und Bürohäusern auf der anderen Seite eingeklemmt. Beide Seiten kämpften darum, es abreißen zu lassen, um auf dem Gelände einen Parkplatz anzulegen. Doch noch stand auf dem Briefkastenschild mit Druckbuchstaben der Name York, darunter in Schreibschrift mit grüner Tinte – Quinns Lieblingsfarbe – der Name Quinn. Beiden Namen haftete etwas Provisorisches an. Hundert waren ihnen vorangegangen, vielleicht würden hundert ihnen folgen.

Ben ging ins Schlafzimmer, um sein Jackett aufzuhängen. Quinns Sachen waren im Raum verstreut, als habe sie eine Horde Schulfreundinnen zu einer Pyjamaparty dagehabt.

»Hier sieht's ja grauenvoll aus.«

»Ich weiß. Ich habe gerade meine Wäsche zusammengesucht, die will ich zu Mom rüberbringen. Moms sind eine großartige Sache, findest du nicht?«

»Weiß ich nicht. Ich hatte keine.«

»Sei nicht traurig. Manchmal sind sie auch nicht so toll. Möchtest du einen Drink, Benjie?«

»Ja.«

»Ich auch. Ich nehm einen Gespritzten.«

»Und ich habe gedacht, du wolltest mir einen Drink machen.«

»Nein. Du sagst immer, ich soll mich genau ausdrükken, und das habe ich getan. Aber was nützt es, daß ich mich genau ausdrücke, wenn du nicht genau zuhörst? Ich hab nur gesagt –«

»Ja, ja, ich kümmere mich um die Drinks.«

»Gut. Ich bin zu müde. Ich hab den ganzen Abend schwer gearbeitet.«

»Wenn du das Chaos meinst, das du in meinem Schlafzimmer hinterlassen hast...«

Quinn krauste die Stirn. »Ich hab gemacht, was du gesagt hast. Du hast gesagt, wenn ich mich bilden will, soll ich mir Diskussionen anhören und Notizen machen, die Wörter aufschreiben, die ich nicht kenne und so Sachen. Und das hab ich gemacht.« Sie griff nach einem Block, der auf dem Tisch neben ihr lag. »Es war eine sehr interessante Diskussion, über sexuelle Abrasionen.«

»Und was sind sexuelle Abrasionen?«

»Du weißt schon, perverses Zeug.«

»Aberrationen heißt das«, verbesserte er und buchstabierte das Wort.

»Ich hab Abrasionen verstanden. Also ich sag dir, ich war von den Socken, was für eine Unschuld vom Lande ich eigentlich bin. Hör dir das an. A-i-l-u-r-o-p-h-i-l. Weißt du, was das heißt?«

»Nein.«

»Das ist einer, den Katzen anmachen. Ganz schön abartig, was?«

Ben reichte ihr ein Glas Weißwein. »Hier ist der Gespritzte – minus Soda, das haben wir nicht, und minus Zitrone, die haben wir auch nicht.«

»Also wirklich, Benjie, du solltest wirklich mal ein paar Lebensmittel einkaufen.«

»Demnächst in diesem Theater.«

»Wahrscheinlich ernährst du dich total falsch.«

»Wahrscheinlich.«

Sie nahm einen Schluck Wein, dann sah sie wieder auf ihren Block. »Hier ist noch ein Knüller. P-ä-d-o-p-h-i-l.

Was damit gemeint ist, weiß ich, aber ich hab nicht gewußt, daß es ein Wort dafür gibt. Hast du das gewußt?«

Ben gab keine Antwort.

»Ich hab dich etwas gefragt, Benjie. Hast du gewußt, daß es ein Wort für Typen gibt, die sich von kleinen Kindern anmachen lassen?«

»Halt die Klappe.«

»Hey, so kannst du nicht mit mir reden, wir sind schließlich nicht verheiratet. Da setz ich mich einen ganzen Abend hin und mach, was du sagst, und dir fällt nichts Besseres ein, als mir den Mund zu verbieten.«

»Halt die Klappe, hab ich gesagt.«

Quinn setzte die Brille ab und legte den Block auf den Tisch, es sah aus, als wollte sie auf ihn losgehen. Aber bis sie sich aus dem Sessel gehievt hatte, war Ben in der Küche verschwunden. Sie ging ihm nach.

Er stand vor der Spüle, vor dem einzigen Fenster der Wohnung, das einen Blick hatte. Die Nacht war klar und mondlos, Lichtstreifen säumten die Wellenbrecher und die Laufstege der Marina. Auch im Büro des Hafenmeisters und dem Lokal darunter, das durchgehend geöffnet war, sowie in einigen Hausbooten brannte Licht.

Dieses Fenster stand immer offen, bei jedem Wetter, damit Ben, wenn der Lärm auf der Uferstraße einmal abebbte, hören konnte, wie die Wogen gegen die Wellenbrecher schlugen. Das Geräusch dieser unermüdlichen Attacke erregte ihn. Es klang nach Krieg, und es bestand kein Zweifel daran, wer siegreich daraus hervorgehen würde. An manchen Stellen bröckelte der Beton der Wellenbrecher schon ab, und die freigelegten Verstärkungskabel und Eisenträger rosteten.

»Benjie?«

Quinn wußte, daß er sich nicht gern anfassen ließ, wenn er verstimmt war, deshalb blieb sie in Reichweite hinter ihm stehen und wiederholte leise: »Benjie? Tut mir leid, ehrlich. Ich hatte das mit der kleinen Hyatt total vergessen, bis das Wort raus war. Kann ich es irgendwie wieder gutmachen?«

»Ja. Du kannst den Rest deiner Wäsche zusammensuchen und zu deiner Mutter bringen und dortbleiben.«

»Ich kann nicht glauben, daß du das ernst meinst, Benjie.«

»Dann zwing dich dazu.«

»Das ist doch nicht einzusehen. Warum soll *ein* falsches Wort, warum sollte ein kleines Mädchen, das ich nicht mal kenne, mich und einen Mann auseinanderbringen, den ich wirklich gern habe. Ich hab dich gern, Benjie. Wir passen zusammen, auch von der Größe her. Du kannst dir nicht vorstellen, wie blöd das manchmal ist, wenn so ein richtig großer Typ –«

»Danke, ich hab's kapiert.«

»Ich meine, du und ich, wir passen so toll zusammen, daß ich sofort einschlafen könnte, wenn wir – du weißt schon – zusammen sind, bloß muß ich hinterher immer Pipi gehen.«

»Tu mir den Gefallen und laß Ausdrücke wie ›Pipi gehen‹. Du bist eine erwachsene Frau.«

»Meine Mom sagt es immer noch, und sie ist fast fünfzig. Sie hat mir beigebracht, nie unanständige Ausdrücke zu benutzen, und daran halt ich mich. Nimm bitte zur Kenntnis, daß ich die Wörter aus der Diskussion nicht gesagt, sondern buchstabiert hab.«

»Gegen Buchstabieren ist also nichts einzuwenden.«

»Nichts einzuwenden wäre zu viel gesagt. Es ist eben

nur nicht ganz so unrecht ... Die Frau, mit der du heute abend ins Konzert gegangen bist, weil ihr Mann zu tun hatte, ist die so alt wie meine Mom?«

»Nein.«

»Und weiter?«

»Was heißt: Und weiter ...«

»Willst du mir nicht verraten, wie alt sie ist?«

»Ich denke nicht daran.«

»Ist sie hübsch?«

»Ja.«

»So hübsch wie ich?«

»Ja.«

»Aber sie ist viel älter.«

»Sie ist viel gescheiter«, sagte Ben. »Zu gescheit, um Fragen zu stellen, wie du sie stellst.«

»Wenn sie angeblich eine Freundin der Familie ist, begreif ich nicht, weshalb du so ein geheimnisvolles Getue um sie machst. Wie kannst du überhaupt eine Familie haben, wenn du keine Mutter hattest? Ich glaube, du schwindelst mich an, Benjie, und Schwindeln ist Sünde, genau wie wenn man häßliche Ausdrücke gebraucht.«

»Wozu ich im Augenblick Lust hätte, das ist noch viel sündiger.« Er wandte sich um und packte sie bei den Schultern. »Und deshalb schlage ich vor, daß du dich zum T-e-u-f-e-l scherst, ehe ich dir den A-r-s-c-h vollhaue.«

»Bild dir bloß nicht ein, daß du mir damit angst machen kannst, mir macht keiner so schnell angst. Auf welche Stelle man bei den Männern mit dem Knie zielen muß, das hat mir meine Mom nämlich auch beigebracht.«

»Deine Mutter scheint ein wandelndes Lexikon zu sein.«

»Da hast du v-e-r-f-l-u-c-h-t recht.«

Sie schüttelte seine Hand ab, ging zurück ins Wohnzimmer, rollte sich wieder in dem Sessel zusammen und schaltete das Radio ein. Inzwischen hatte eine neue Sendung angefangen. Ein Mann sprach über musikalische Begriffe. Das war lange nicht so interessant, und sie ging ins Bett.

Etwas später kam Benjie nach, und weil Quinn ein gutes Herz hatte, nahm sie ihn liebevoll auf. Sie begriff immer noch nicht, warum er so heftig reagiert hatte, und nahm sich vor, ihre Mutter danach zu fragen, wenn sie ihr die Wäsche brachte. Weil ihre Mutter gern der Tochter ein gutes Beispiel gab, indem sie gewisse Worte buchstabierte, würde es wohl ein längeres Gespräch werden.

Eins aber stand fest. P-ä-d-o-p-h-i-l war Benjie nicht.

6

An diesem Abend lag Michael Dunlop noch lange wach und überlegte, wie und wann er Miss Firenze in ihrer Villa aufsuchen sollte. Er entschied sich schließlich für den frühen Vormittag, weil er aus seiner ziemlich reichen Erfahrung mit seelisch gestörten Menschen wußte, daß sie um diese Tageszeit am klarsten und vernünftigsten waren.

Doch am nächsten Morgen streikte der alte Buick. Lorna sagte, Michael verstünde nichts von Autos (was zutraf) und habe den Ölwechsel vergessen (was vermutlich auch zutraf), und *sie* könne den Wagen selber schon starten (was nicht zutraf). Als endlich der Abschleppwagen kam, ließ Michael sich bis zu Howards Haus mitnehmen.

Howard fuhr immer schon um sechs ins Büro und war deshalb schon seit Stunden fort, aber Kay ließ gerade den Kombi rückwärts aus der Garage rollen. Auf dem Beifahrersitz saß Chizzy, hinten saßen die beiden Hunde.

Alle vier schienen sich zu freuen, daß er gekommen war, allerdings ließ nur der Schäferhund das auch verbal erkennen.

»Was machst du denn hier?« fragte Kay, als Schäfs Begrüßungsjubel sich gelegt hatte.

»Ich wollte ein bißchen spazierengehen.«

»Spazierengehen? Wohin?«

»Durch eure Avocadopflanzung.«

»Passen Sie auf, daß Sie keine Wurzelfäule an den Schuhen haben«, sagte Chizzy.

Michael warf einen Blick auf seine Schuhe. Sie sahen nicht nach Wurzelfäule aus, was immer das auch sein mochte. »Ich bin sauber.«

»Wo ist denn dein Wagen?« fragte Kay.

»In der Werkstatt.«

»Und du bist extra hergekommen, um in unserer Avocadopflanzung spazierenzugehen?«

»Ja.«

»Warum?«

»Aus verschiedenen Gründen.«

Chizzy wandte sich an Kay. »Ich hab's Ihnen doch gesagt. Hab ich's nicht gesagt? Er und Mr. Howard spielen Detektiv. Wie zwei Kinder, die zu viel vor dem Fernseher gesessen haben. Kann man sich schließlich an den Fingern abzählen, wenn Leute nachts bis in die Puppen aufbleiben und sich ein Geheimtelefon legen lassen.«

»Es ist kein Geheimtelefon«, sagte Michael. »Es hat nur eine Nummer, die nicht im Telefonbuch steht.«

»Ist gehupft wie gesprungen.«

Kay sah ihn stirnrunzelnd an. »Warum hast du deinen Kragen um?«

»Manchmal kann so was ganz nützlich sein.«

»Zum Spazierengehen in einer Avocadopflanzung?«

»Auch das.«

»Du mauerst, Michael.«

»Ein bißchen vielleicht.«

»Wenn ihr mich fragt, ist das eine ganz verdächtige Angelegenheit«, erklärte Chizzy.

»Niemand hat dich gefragt«, fertigte Kay sie ab und wandte sich wieder an Michael. »Was ihr auch vorhabt, du und Howard, bitte seid vorsichtig.«

»Es besteht keinerlei Gefahr.«

»Ich möchte nicht, daß euch was passiert.«

»Es besteht keinerlei Gefahr«, wiederholte Michael.

Der Gedanke, das Unternehmen könne gefährlich werden, war ihm überhaupt noch nicht gekommen. Schließlich wollte er nur einen Besuch bei einer schrulligen alten Dame machen.

Die Villa war von einer weiß verputzten Mauer umgeben, den Eingang hütete ein fast drei Meter hohes schmiedeeisernes Tor. An einer Seite des Tors war eine Gegensprechanlage, die ans Haupthaus angeschlossen war, aber Michael fand es wenig sinnvoll, sich ihrer zu bedienen. Keine menschliche Stimme hätte sich über dem Lärm des von einem der Gärtner bedienten Motorgebläses durchsetzen können. Der Mann trug den Benzintank wie einen Buckel auf dem Rücken, eine seltsame neue Mutation in einer seltsamen neuen Welt berstender Atome und Trommelfelle. Das Gebläse wehte Schmutz und Blätter von einer Seite der Einfahrt auf die andere und wieder zurück. Der Mann, der zum Schutz seiner Hörorgane Ohrenschützer trug, schien das Spiel zu genießen. Er war sichtlich verärgert, als er genötigt war, von Michael Notiz zu nehmen, den Motor abzustellen und sich von seinem Gehörschutz zu trennen.

»Guten Morgen«, sagte Michael.

Der Mann nickte beiläufig, als sei er nicht bereit, sich hinsichtlich der Güte des Morgens eindeutig festzulegen.

»Ich möchte zu Miss Firenze.«

»Sie läßt nicht allzuoft Leute zu sich, aber versuchen

können Sie's ja mal. Drücken Sie auf den Knopf von der Gegensprechanlage und warten Sie, bis sich jemand meldet, dann sagen Sie, wer Sie sind und was Sie wollen. Wie ich sehe, sind Sie ein geistlicher Herr.«

»Ja.«

»Der erste, der sich hier sehen läßt, soweit ich weiß. Liegt die Alte im Sterben?«

»Nicht daß ich wüßte.«

»Muß aber nah dran sein. Mindestens neunzig.«

»Dreiundsiebzig.«

»Nach ihren Geschichten zu urteilen, spricht sie aber aus neunzigjähriger Erfahrung.«

Michael drückte den Knopf, und als sich nichts rührte, drückte er noch einmal. Wieder verstrich eine halbe Minute, dann fragte eine schroffe Frauenstimme: »Hier Ms. Leigh. Wer ist dort?«

»Ich bin der Pfarrer. Michael Dunlop.«

»Wer?«

»Pfarrer Michael Dunlop. Ich möchte zu Miss Firenze.«

»Soll das ein Witz sein?«

»Nein. Ich mache jeden Monat eine Reihe von Besuchen in meiner Gemeinde, bei Leuten, deren Namen mir genannt werden.«

»Ich weiß ja nicht, wer Ihnen Miss Firenze genannt hat, aber es muß jemand mit einem merkwürdigen Sinn für Humor gewesen sein. Sie liegt noch im Bett und frühstückt. Besucht ihr ehrwürdigen Herren auch Damen, die im Bett liegen?«

»Oft sogar. Ich mache regelmäßig Besuche im Krankenhaus.«

»Sie ist nicht krank. Sie hält sich nur viel auf ihrem Zimmer auf, weil wir dort arbeiten. Ich bin ihr Ghostwriter, ihre Mitarbeiterin, Amanuensis, wie immer Sie es nennen wollen.«

»Das muß eine interessante Tätigkeit sein«, sagte Michael. »Ich würde gern Näheres darüber hören.«

»Das nehme ich Ihnen nicht ab. Aber es war eine langweilige Woche, also kommen Sie meinetwegen herein.«

Das Tor ging auf, und Michael trat ein. Als er das Gitter hinter sich zuschlagen hörte, erfaßte ihn das gleiche Gefühl wie bei seinen Besuchen im Gefängnis: daß eines Tages der Strom ausfallen und er dort festsitzen würde, ein Häftling unter vielen.

Auf seinem Weg über die Auffahrt kam er an zwei Gärtnern vorbei, die eine Ligusterhecke schnitten, an einem Fahrzeug des Oasis-Pool-Service und einem Pfleger in weißem Kittel und mit einem Stapel Zeitschriften unter dem Arm. Das Gebläse war wieder in Gang und monopolisierte die Luft wie das manische Gebrüll eines neuen Weltenherrschers.

Die üppig geschnitzte Haustür wurde von Ms. Leigh persönlich geöffnet, einer hochgewachsenen jungen Chinesin mit kurzem, geometrisch geschnittenem schwarzem Haar und stahlgefaßter Brille. Sie trug einen grünen Karorock, dazu einen grünen Pullover mit weißem Kragen und weißen Manschetten, und sie sah so tüchtig aus, daß Michael insgeheim vermutete, mit ihrer Tüchtigkeit sei es nicht weit her.

Das bestätigte sich sogleich. »Wie war Ihr Name?«

»Als Sie mich vorhin fragten, war er Michael Dunlop. So heiße ich immer noch.«

Ms. Leigh schien leicht verstimmt. »Ach, einer von diesen Grammatikfreaks, wie? Da werden Sie an Firenze

Ihre Freude haben. Der muß *ich* immer die Grammatik verbessern.«

»Darf ich zu ihr?«

»Warum nicht? Sie ist geradezu aufgelebt, als ich ihr einen Pfarrer angekündigt habe. Vielleicht ist sie ja bekehrungswillig, aber die Miete würde ich an Ihrer Stelle nicht drauf verwetten. Übrigens hat sie heute einen ihrer lichten Tage. Will sagen, daß sie nicht so verdreht ist wie gestern.« Ms. Leigh musterte ihn eingehend von oben bis unten, ehe sie die Tür schloß. »Sie wissen sicher, daß sie nicht alle Tassen im Schrank hat.«

»Ja, aber ich weiß nicht, wie viele fehlen.«

»Das ändert sich von einem Mondwechsel zum anderen. Und auch von Mensch zu Mensch. Vielleicht haben Sie ja Glück.« Auf Ms. Leighs glattem, unbewegtem Gesicht regte sich nichts, aber sie schien sich zu amüsieren. »Kommt allerdings drauf an, was Sie unter Glück verstehen und was Sie von ihr wollen.«

Die Diele hatte fast Ballsaalgröße. Der blanke Kachelboden reflektierte das Licht von zwei kristallenen Lüstern. An einer Wand stand eine Dreiergruppe von Sesselchen aus rosa Samt, die aussahen, als stammten sie aus Miss Firenzes Vergangenheit und als gehörte die Goldlitze darauf eigentlich an eine Offiziersuniform. Die übrigen Möbel waren in dem altspanischen Stil Santa Felicias gehalten - dunkles Holz, Bänke mit steifen Lehnen und Stühle, die keinerlei Zugeständnisse an den menschlichen Körperbau machten.

Der Boden war so glatt, daß Michael fast darauf ausglitt. Das erklärte Ms. Leighs Joggingschuhe und den merkwürdigen Gang der Zofe, die mit einem Frühstückstablett durch die Diele kam.

»Wir sollten Firenze ein paar Minuten zum Schönmachen gönnen«, sagte Ms. Leigh. »Von der Bibliothek geht ein hübscher kleiner Wintergarten ab. Es ist der einzig freundliche Raum in diesem Gemäuer, deshalb benütze ich ihn oft als Arbeitszimmer. Mögen Sie Pflanzen?«

»Sollte ich?«

»Sehr gut, wir verstehen uns«, sagte Ms. Leigh. »Ja, Sie sollten. Pflanzen sind Firenzes Hobby. Welche Blumen haben Sie am liebsten?«

»Rosen.«

»Rosen kann Firenze nicht leiden. Die sind ihr zu sehr wie Frauen, sagt sie, die immer Bewunderung verlangen und sich dann umdrehen und einen kratzen, wenn man ihnen zu nahe kommt.«

»Miss Firenze hält offenbar nicht viel von Frauen.«

»Nein. Komisch, nicht? Oder vielleicht auch nicht. Sie hält auch von Männern nicht viel.«

Der Wintergarten war ein Raum mit Wänden aus Glas, in dem Pflanzen verschiedenster Größe und Gestalt in allen möglichen Behältern standen. Der geflieste Boden senkte sich zu einem Ablauf in der Mitte, und die Luft war schwer und feucht. Das Mobiliar bestand aus einem Schreibtisch in einer Ecke und zwei weißen Korbsofas mit gelben Vinylkissen.

Ms. Leigh prüfte die Unterseite einer rotblättrigen Pflanze, dann riß sie ein Blatt ab und zeigte es Michael. »Sehen Sie dieses feine Netzwerk? Das häßliche kleine Biest, dem wir das verdanken, kann man nicht sehen, aber es ist da, mitsamt seiner ganzen Verwandtschaft. Rote Spinnmilbe. Schwer wegzukriegen. Setzen Sie sich.«

Michael setzte sich auf eins der Korbsofas, das unter seinem Gewicht protestierend knarrte und knisterte. »Ich würde gern etwas über Ihre Tätigkeit hören, Ms. Leigh.«

»Warum?«

»Ich bin bisher noch nie einem Ghostwriter begegnet.«

»Eigentlich bin ich kein Ghostwriter, ich bin eine richtige Schriftstellerin. Jedenfalls sehe ich mich so. Für andere Leute schreibe ich nur, bis mein Mann in Hollywood den Durchbruch geschafft hat. Er ist Schauspieler.«

»Und was machen Sie bei Miss Firenze?«

»Zuhören. Bänder wechseln. Übertragen, was übertragbar ist. Manches ist einigermaßen vernünftig und sogar interessant, dann wieder ist es lästerlich oder ungereimt, da muß ich dann säubern oder Sinn hineinbringen oder die Sachen einfach ignorieren. Zur Hauptsache ignorieren.«

»Dann stimmt es, was man sich erzählt? Daß sie ihre Memoiren schreibt?«

»Memoiren wäre zu viel gesagt, Namen und Daten und Orte gehen bei ihr hoffnungslos durcheinander. Aber irgendwann und irgendwie ist das wohl alles wirklich mal passiert. Ihre Sprache ist oft sehr bildhaft, wohl weil sie sich weder durch Grammatikregeln noch gesunden Menschenverstand oder irgendeine Art der Disziplin einengen läßt. Veröffentlicht wird es natürlich sowieso nicht, aber solange sie redet, bringt es Larry und mir was zu essen und das Honorar für seinen Schauspielunterricht. Aber ich bleibe nicht nur wegen des Geldes. Ihr Buch wird nie herauskommen, aber meins vielleicht.«

»Und wovon handelt Ihr Buch?«

»Von meinem Versuch, ihr Buch zu schreiben. Es könnte ganz lustig werden. Ich habe mir von dem, was sie so macht und sagt, Notizen gemacht. Material habe ich also genug. Einen Titel auch. *Madam*. Ich weiß, ich weiß, Madam kommt schon in Dutzenden von Titeln vor. *Madame Bovary*, *Madame X* und so weiter. Aber das ist mal was anderes. Irgendwie reizvoll, finden Sie nicht auch?«

»Ich finde die ganze Idee durchaus reizvoll.«

»Wirklich?«

»Ja, wirklich«, sagte Michael. »Sie haben also eine Tageschronik von allem, was in der Villa so vor sich geht?«

»Chronik wäre zu viel gesagt. Es ist ein Sammelsurium planloser Notizen über ihre Erinnerungen, ihre Anfälle und Einfälle.«

»Was löst ihre Anfälle aus?«

»Praktisch alles, sogar das Wetter, der Nebel beispielsweise. Da kriegt sie so schwere Depressionen, daß sie sich in ihrem Zimmer einschließt und stundenlang Trübsal bläst. Dadurch hat das Personal viel Zeit. Die Pfleger lesen und spielen Karten oder sehen fern. Ich arbeite an dem Tagebuch. Nach Hause fahren kann ich nicht, denn wenn der Nebel sich hebt, ist sie unter Umständen von einer Minute zur anderen wieder obenauf. Nebel«, erläuterte Ms. Leigh, »ist für sie Ektoplasma, die Geisterwelt, die versucht, sich mit ihr in Verbindung zu setzen. Ghule und Geister und polterndes Nachtgelichter. Sie hatte ihren Geschäftssitz in San Francisco, da hat sie bestimmt eine Menge Nebel erlebt. Und polterndes Nachtgelichter auch.«

Michael konnte erneut bewundern, wie Ms. Leigh es fertigbrachte, ein belustigtes Gesicht zu machen, ohne eine Miene zu verziehen. »Wie verträgt sie sonst das Wetter?«

»Es ist nur gut, daß wir hier wenig Gewitter haben,

denn die machen sie komplett verrückt. Auch die Santanas, diese bösen, trockenen Winde, die aus der Wüste kommen. Vor denen hat sie eine Todesangst. Dann fegt sie durchs Haus, schließt alle Fenster oder Vorhänge und schreit: Sie kommen mich holen.«

»Wer sind ›sie‹?«

»Wenn ich das wüßte, würde ich sie hereinbitten und sagen, nehmt sie mit, ihr dürft sie haben. Aber sonst ist der Job gar nicht so übel. Manchmal, wenn Firenze ausrückt, wird's sogar richtig aufregend. Meist geben wir ihr ungefähr eine Stunde Auslauf und lassen ihr ihren Spaß, dann schicken wir jemanden hinterher. Es ist eine Abwechslung für alle.«

»Wohin geht sie, wenn sie ausrückt?«

»Zum Bach. Sie spielt im Wasser wie ein kleines Mädchen und bringt Blumensträuße mit – oder das, was sie für Blumen hält. Manchmal ist es nur eine Handvoll Gras, einmal hat sie sogar Lacksumach angeschleppt. Wir haben alle gedacht, sie würde wüst aussehen, aber da sind wir wieder einmal gründlich reingefallen. Sie ist immun dagegen. Keine Blase, keine Rötung. Vermutlich könnte sie das Zeug als Salat essen, ohne daß es ihr schaden würde.«

Ein junges Dienstmädchen, das Michael mit dem Frühstückstablett hatte vorbeikommen sehen, trat in die Tür. »Madam hat gerade geklingelt, sie wäre jetzt soweit.«

»Danke, Miriam. Wir gehen gleich hinauf.«

Miss Firenze lag, auf ein halbes Dutzend Kissen gestützt, in der Mitte eines breiten Bettes. Ihr Körper war völlig unter einem schwarzen Gewand verborgen, das an die Roben von Kirchenchorsängern erinnerte.

Das Alter hatte kaum Spuren auf ihrem Gesicht hinterlassen, dafür aber dort das Haar umverteilt. Sie hatte keine Augenbrauen und keine Wimpern mehr, statt dessen wuchs auf ihrer Oberlippe, fast so dicht wie ein Schnurrbart, üppiges grauschwarzes Haar. Darunter leuchtete ein dicker Strich knallroten Lippenstifts. Das noch schwarze Haupthaar war zu einem Zopf im Nacken geflochten. Die Augen waren das Auffallendste an ihren Zügen, sie waren blank und schillerten wie Öltropfen.

Als sie ihren Besucher ansprach, klang ihre Stimme heiser, als seien ihre Stimmbänder durch Überbeanspruchung ausgeleiert.

»Wen haben wir denn da?«

»Ich bin Michael Dunlop, Miss Firenze.«

»Sagt mir gar nichts. Warten Sie. Dreizehn Buchstaben. Unglück. Sie werden mir Unglück bringen.«

»Das glaube ich nicht.«

»Was für ein Zeichen sind Sie?«

»Zeichen?«

»Wann sind Sie geboren?»

»Am 13. Dezember.«

»Wieder dreizehn. Zweimal dreizehn. Gefällt mir nicht. Schaffen Sie ihn weg, er bringt Unglück.«

»Madam vergißt«, sagte Ms. Leigh gewandt, »daß zweimal dreizehn 26 macht, und 26 ist eine gute runde Glückszahl.«

»Wer sagt das?«

»Ihr Buch über Zahlenmystik.«

»Da steht schwarz auf weiß, daß 26 eine Glückszahl ist?«

»Schwarz auf weiß.«

Miss Firenzes blanker Blick wanderte wieder zu Michael. »Kommen Sie hier herüber, damit ich Sie ansehen kann. Stellen Sie sich ans Fenster.«

Michael stellte sich ans Fenster. Es hatte ein schmiedeeisernes Gitter wie das Tor. Er wußte nicht recht, ob es Eindringlinge am Einsteigen oder Miss Firenze am Aussteigen hindern sollte.

»Sie sehen nicht übel aus. Etwas zu mager. Ein Mann sollte ruhig ein bißchen massiv sein. Kernig. Stark. Mögen Sie Blumen?«

»Ja.«

»Welches ist Ihre Lieblingsblume?«

»Die Nelke«, sagte Ms. Leigh. »Auf der Treppe hat er mir erzählt, wie sehr er Nelken liebt.«

»So ein Zufall. Das sind auch meine Lieblingsblumen. Ein angenehmer, würziger Geruch, nicht so süß wie Jasmin oder Rosen. Mögen Sie Rosen?«

»Nicht besonders«, sagte Michael.

»Recht so. Setzen Sie sich.«

Michael setzte sich auf ein Sesselchen aus rosa Samt. Es schien zu dem Dreiersatz zu gehören, den er in der Halle gesehen hatte. Während Miss Firenze ihn musterte, krauste sich die Haut um ihre Augen, und der rote Strich unter dem Schnurrbart verzog sich zu einem andeutungsweisen Lächeln. Es war nicht so sehr ein freundliches als ein verschmitztes Lächeln, vielleicht war ihr jemand eingefallen, der früher mal auf diesem Sesselchen gesessen hatte – oder eine lange Reihe von Jemands.

»Sie sind also Pfarrer.«

»Ja.«

»Was ist das für ein Ding, das Sie da anhaben?«

»Ein Kollar.«

»Nein, nein, das Schwarze meine ich, das aussieht wie

ein verkehrt herum getragenes Unterhemd. So was hab ich früher häufiger im Haus gehabt. Sie und Ihresgleichen, Sie halten sich nämlich nicht immer an das, was Sie predigen. Aber wer tut das schon? Ich selbst habe meinen Mädchen immer gesagt, sie sollen sich dreimal täglich die Zähne putzen, dabei hab ich sie mir immer nur zweimal am Tag geputzt. Hätte ich nur auf mich gehört. Doch, ich hab noch alle meine Zähne. In einer Zigarrenkiste, zusammen mit meinen Gallensteinen und meinem Trauring.«

Aus Ms. Leighs Zimmerecke kam ein Laut, der unverkennbar ein Lachen war.

»Was ist daran so komisch?« fragte Miss Firenze.

»Pardon. Ich wollte eigentlich husten.«

»Warum tun Sie's dann nicht? Sie haben gelacht.«

»Hat es sich wirklich so angehört? Ich habe von jeher einen sehr merkwürdigen Husten, wahrscheinlich milieubedingt.«

»Sie hat für alles eine Erklärung«, sagte Miss Firenze zu Michael. »Und mit diesen großen Worten will sie bei mir nur Eindruck schinden. Irgendwann geb ich ihr doch einen Tritt in den Hintern und schmeiß sie raus. Haben Sie gute Zähne, Herr Pfarrer?«

»Leidlich.«

»Und wie oft putzen Sie sie?«

»Wenn ich gerade dazu komme.«

»Lächeln Sie mal.«

Er gehorchte verlegen. Ihm wurde klar, daß er plötzlich der Situation nicht mehr Herr war und die alte Dame, verrückt oder nicht, die Zügel in die Hand genommen hatte.

»Möchte Madam, daß ich das aufnehme?« fragte Ms. Leigh.

»Das? Was denn?«

»Mangels eines besseren Ausdrucks – dieses Gespräch.«

»Haben Sie das gehört?« Die alte Dame appellierte wieder an Michael. »Immer so sarkastisch. Daß ich es überhaupt mit ihr aushalte, wundert mich. Aus diesen Asiaten werde ich einfach nicht schlau. Ihr Gesicht drückt das Gegenteil aus von dem, was sie innerlich denken. Und außerdem sind sie alle flachbrüstig.«

Ms. Leigh gab wieder einen ihrer merkwürdigen Huster von sich, entschuldigte sich und verließ das Zimmer.

»So«, sagte die alte Dame. »Jetzt können wir in Ruhe reden. Was haben Sie auf dem Herzen?«

»Ich –«

»Sie sind doch bestimmt nicht gekommen, um meine Seele zu retten. Wäre reine Zeitverschwendung, mein Junge. Ich hab keine. Hat mir mal ein Militärseelsorger eröffnet. Mit seiner Seele war's allerdings auch nicht weit her. Nur pflaumenweiche Sehnsüchte wie bei allen Seeleuten. Er war bei der Marine. Waren Sie mal bei der Marine?«

»Nein.«

»Haben Sie Sehnsüchte?«

»Ja.«

»Verheiratet?«

»Ja.«

»Viel reden tun Sie nicht gerade.«

»Ich hatte noch nicht recht Gelegenheit.«

»Gut. Jetzt sind Sie dran. Sagen Sie was.«

Es trat eine kleine Pause ein, dann sagte Michael: »Ich könnte Ihnen wohl erzählen, daß es sich um einen reinen Höflichkeitsbesuch handelt, aber das wäre nicht wahr. Ich bin gekommen, weil ich mir Informationen von Ihnen erhoffe.«

»Worüber?«

»Sie erkunden gelegentlich die Gegend, nicht?«

»Ganz klar – sobald sie mal wegsehen. Ist mir sowieso schleierhaft, wieso ich hier eingesperrt bin. Schuld ist wahrscheinlich dieser Typ von der Bank. Er hat einen feinen Titel, aber der springende Punkt ist das Geld. *Mein* Geld. Er hat Angst, ich könnte es zum Fenster rauswerfen. Und wissen Sie, was er damit macht? *Er* wirft's zum Fenster raus, für ein Rudel von Anwälten und diesen Haufen von Spinnern, die mich angeblich betreuen sollen. Klingt das plausibel?«

»Wenn Sie es so sagen – nein.«

»Dann sind Sie auf meiner Seite.«

»Ich glaube ja«, sagte Michael einigermaßen verblüfft. Die alte Dame richtete sich aus ihren Kissen hoch und umschlang die Knie mit den Händen. Die in der Farbe ihres Lippenstiftes gelackten Nägel waren so lang, daß sie sich nach innen krümmten wie Klauen.

»Sie und ich, wir werden am gleichen Seil ziehen, mein Junge. Wir beide werden die Bank, die Bullen, die Anwälte schlagen, wir werden es mit der ganzen verdammten Marine aufnehmen. Und was sagen Sie jetzt?«

»Ich fürchte, für eine so große Sache habe ich nicht das Zeug.«

»Wir können ja ganz klein und gemütlich anfangen. Erst mal sehen wir, daß wir hier rauskommen.«

»Also ich –«

»Was ist los? Verlieren Sie den Mut, noch ehe der Spaß anfängt?«

»Ich wäre Ihnen wahrscheinlich doch nur ein Klotz am Bein«, sagte Michael. »Außerdem wäre eine weniger direkte Methode wahrscheinlich erfolgversprechender.«

»Lassen Sie das Gesabbel. Was meinen Sie?«

»Ich meine das Buch, das Miss Firenze schreibt.«

»Ach das ... Klar, da kann sich die Marine auch so einiges hinter den Spiegel stecken, aber es dauert so lange. Ich will, daß was passiert. Heute noch.«

»Was für einen Tag haben wir heute, Miss Firenze?«

»Dienstag vielleicht, Mittwoch, so in der Richtung.«

Es war Donnerstag. »Welchen Monat haben wir?«

»Es ist kalt, müßte Winter sein. Warum fragen Sie mich? Nehmen Sie doch einen Kalender.«

Ihre Nägel zupften an der schwarzen Robe, als klaubten sie nach Insekten in der Erde.

»Miss Firenze.«

»Warum stellen Sie lauter so blöde Fragen?«

»Ich versuche herauszubekommen, was dem kleinen Mädchen widerfahren ist, das in dem Haus auf der anderen Seite des Cañons gewohnt hat.«

»Woher soll ich das wissen? Ich hab nie kleine Mädchen genommen, keine jünger als vierzehn und dann auch nur, wenn eins von meinen Mädels ausgestiegen ist, um sich selbständig zu machen, so daß ich knapp mit dem Personal war.«

»Annamay Hyatt war acht.« Aber da war ihm schon klar geworden, wie sinnlos weitere Fragen waren. Sie wußte nicht, welchen Tag oder welchen Monat, wahrscheinlich nicht mal, welches Jahr sie hatten. Wie sollte sie sich daran erinnern, Annamay zu irgendeiner bestimmten Zeit gesehen zu haben? Vielleicht hatte sie Annamay überhaupt nicht gesehen.

»Ich mag Kinder nicht, das war schon immer so«, sagte Miss Firenze vertraulich. »Ms. Leigh hat mir eingeschärft, das niemandem zu verraten, besonders nicht diesen Bullen, die hier überall rumgekrochen sind. Aber es stimmt. Sie hat gesagt, ich soll den Mund halten, sonst würden sie mich noch ins Gefängnis stecken. Die können mich doch nicht ins Gefängnis stecken, nur weil ich keine Kinder mag, oder?«

»Nein.«

»Und noch was. Wo zum Teufel glauben Sie, wo ich jetzt sitze mit Gittern vor den Fenstern und verschlossenen Toren? Ich habe vor, durchzubrennen und zu heiraten.«

»Und wie wollen Sie das anstellen?«

»Das überlassen Sie nur mir. Ich bin eine praktische Frau. Ordinär, sagen manche. Sollen sie doch.« Sie griff nach einer gefalteten Papierserviette auf dem Nachttisch. »Raten Sie mal, was hier drin ist.«

»Keine Ahnung.«

»Nur Mut.«

»Ein Schmuckstück vielleicht?«

»Na hören Sie mal, ich bin doch nicht verrückt! Wie werd ich in einem Haus, in dem sich eine Bande von Dieben rumtreibt, Schmuck liegenlassen? Ich geb Ihnen einen Tip. Das –« sie schwenkte die Serviette »– ist vom Frühstück übriggeblieben.«

»Leider hilft mir das nicht viel weiter.«

»Sie geben auf?«

»Ja.«

Sie schlug die Serviette auseinander. Was zum Vorschein kam, sah aus wie ein Häufchen dunkler Steine. Einen Augenblick dachte er, es sei vielleicht ein Teil ihrer Gallensteinsammlung, die sie zusammen mit ihren Zähnen und ihrem Trauring in der Zigarrenkiste aufbewahrte.

»Rosinen«, eröffnete sie ihm triumphierend. »Da staunen Sie! Rosinen. Hab ich heute früh aus meinem Müsli gerettet. Man weiß nie, wann der Champagner schal wird. Manchen Dollar hab ich draufgezahlt, bis ich das Geheimnis der Rosinen entdeckt hab.«

»Ich wußte gar nicht, daß Rosinen ein Geheimnis haben.«

»Doch, das hab ich von einem der Mädchen. Wenn eine Zweiliterflasche Champagner schal wird, tut man ein paar Rosinen rein, und wie durch Zauberei fängt er wieder an zu moussieren.«

»Wirklich?«

»Meist jedenfalls. Manchmal ist eine schlechte Rosine dabei, aber die hier sehen recht gut aus, finden Sie nicht?«

»Ja. Was das kleine Mädchen betrifft, das verschwunden ist –«

»Viele kleine Mädchen verschwinden«, sagte Miss Firenze streng. »Und es sind noch lange nicht genug. Ebenso ist es mit Hunden, Pferden, Katzen, Kühen. Wird verdammt eng auf der Welt. Der Champagner reicht nicht mehr für alle.« Sie wickelte die Rosinen wieder ein und ließ sie in ihrer Nachttischschublade verschwinden. Weil man ja nie wissen konnte, wann diese flachbrüstige Asiatin die Zauberkraft der Rosinen entdeckte, und dann wäre kein Müsli mehr sicher vor ihr. »Wenn ich wieder heiraten würde«, sagte Miss Firenze, »brauchte ich mir all diese Respektlosigkeit nicht gefallen zu lassen. Mein Mann würde meine Geschäfte führen und dieser dämliche Esel von der Bank in die Röhre gucken. Als ich ihn neulich um ein paar tausend Dollar für eine Europareise gebeten habe, um meinen Stammbaum zu erforschen, hat er mir das glatt abgeschlagen. Mein Name hört sich italienisch an, aber ich glaube, ich stamme ursprünglich aus der Türkei oder Rumänien, so aus dieser Ecke. Genau werde ich das nie erfahren, wenn ich nicht heirate.«

»Was versprechen Sie sich denn davon?«

»Hab ich doch schon gesagt: Mein Mann kümmert sich um meine Angelegenheiten. Im übrigen brauch ich weder die Bank noch den Anwalt zu fragen, ob ich heiraten darf. Ich bin über einundzwanzig, falls Ihnen das entgangen sein sollte.« Sie kicherte hinter vorgehaltener hohler Hand wie ein schüchterner Backfisch. »Finden Sie nicht, daß so eine Heirat eine gute Idee wäre?«

»Das käme auf den Mann an.«

»Eine durchaus schickliche Verbindung. Ein Gentleman und mindestens so alt wie ich. Glauben Sie bloß nicht, ich hätte mich in einen dieser jungen Schnösel verguckt, die sich hier rumdrücken und auf ein Vermögen aus sind. Ich sage ja, ich bin eine praktische Frau.«

Michael war den Umgang mit leicht gestörten Menschen gewöhnt, und von daher konnte ihn Miss Firenze nicht weiter erschüttern. Aber die Mühe, sich in dem Gewirr ihrer Fakten und Phantasien zurechtzufinden, ließ ein leichtes Schwindelgefühl in ihm aufkommen. »Weiß der Herr von Ihren Absichten?« fragte er.

»Es gibt ein stillschweigendes Übereinkommen.«

»Warum stillschweigend?«

»Weil wir noch keine Gelegenheit hatten, miteinander zu reden. Ich werde diese schwachköpfige Bande nicht los, und er kommt nicht herein. Aber er ist reif.«

»Wieso glauben Sie das?«

»Er beobachtet mich ständig durch ein Fernrohr. Wirft mir von seinem Ausguck verzehrende Blicke zu.«

Michael gab es einen regelrechten Stich, als ihm klar

wurde, daß sie Howards Vater meinte. »Woher wissen Sie das, Miss Firenze?«

»Weil ich ihn *sehen* kann. Ich hab einen Feldstecher, den hat mir vor Jahren mal ein Vizeadmiral geschenkt. Ein sehr starkes Glas, und so schwer, daß ich es kaum heben kann. Es steht bei mir auf dem Fensterbrett. Der Herr winkt mir über die Bäume hinweg zu, und ich winke über die Bäume hinweg zurück. Es ist sehr romantisch.«

»Wie heißt er?«

»Das weiß ich nicht. Meinen Namen kennt er auch nicht. Wir werden uns natürlich sagen, wie wir heißen, ehe wir heiraten, er muß ja einen Haufen blödsinniger Papiere für die Anwälte unterschreiben. Er macht einen netten Eindruck. Mag Fische. Sitzt am Teich und schaut die Fische an. Na schön, wenn's weiter nichts ist. Ich bin ja auch manchmal ein bißchen wunderlich.«

»Mr. Hyatt ist der Großvater des kleinen Mädchens.«

»Kleines Mädchen?«

»Des kleinen Mädchens, von dem ich gesprochen habe.«

»Kenn ich nicht. Sie halten mir ständig vor, ich hätte in meinem Haus kleine Mädchen gehabt, aber das stimmt nicht. Ich hab nie eine genommen, die jünger war als vierzehn, nie. Unterstehen Sie sich, mich anzuschwärzen, Sie heuchlerischer Pfaffe Sie. Machen Sie, daß Sie rauskommen, oder ich schreie, Schändung, schrei ich, Sie Scheißkerl.« Sie legte den Kopf zurück und machte den Mund auf und schrie.

Das Gezeter trieb ihn aus der Tür und die Treppe hinunter, als sei eine Sirene hinter ihm her.

Ms. Leigh erwartete ihn in der gekachelten Halle neben einem muskulösen jungen Mann in weißem Kittel. Beide waren die Ruhe selbst.

»Mein Gott, das ist ja wirklich ein Pfarrer«, sagte der Pfleger ziemlich laut, um sich über dem anhaltenden Geschrei der alten Dame verständlich zu machen. »Schön, dann schulde ich dir eben einen Fünfer.«

»Wenn du nicht um alles und jedes wetten würdest, George, würdest du nicht so oft verlieren.«

»Ich hab gedacht, du bluffst wieder. Oder willst mich auf den Arm nehmen.«

»Her mit dem Fünfer.«

»Ich hab im Augenblick nicht –«

»Du hast.«

»Kein Mensch traut mir mehr.«

»Dir hat noch keiner getraut, George.«

»Das ist nicht fair. Ich hab gedacht, du bluffst, wie sonst immer. Du kommst in die Küche und sagst, Madam kriegt Besuch, und du glaubst, es ist ein Pfarrer, und ich sag, fünf Dollar, daß es keiner ist. Für mich war das ne sichere Sache.«

»Eine sichere Sache ist nur, daß du ein hoffnungslos gutgläubiger Trottel bist, George. Nun rück den Lappen schon raus.«

George übergab die fünf Dollar und machte sich auf den Weg zu Miss Firenzes Zimmer. Sein gemächliches Tempo ließ erkennen, daß dies keine ungewöhnliche Situation war.

Ms. Leigh machte schmale Lippen. »Ihr guter Kontakt mit Firenze hat ja nicht lange angehalten. Das ist das Dumme bei diesen verrückten Weibern. Sie rasten nie nach Plan ein und aus. Was war denn?«

»Ich habe ihr eine Frage gestellt, die ihr nicht gefallen hat.«

»Über ihre Vergangenheit?«

»So hat sie es wohl verstanden, aber das stimmt gar nicht. Es ging um Annamay Hyatt.«

»Oje.« Ms. Leigh nahm die Brille ab und rieb sie an dem Ärmel ihres grünen Pullovers, als wollte sie einen unsichtbaren Fleck wegputzen, der ihr die Sicht trübte. »Daß ihr das nicht geschmeckt hat, kann ich mir vorstellen. Der Fall hat sie sehr mitgenommen. Wenn was darüber im Fernsehen war, bekam sie Zustände. Und wenn sie uns im Haus darüber reden hörte, hat sie uns entlassen. Ich bin mindestens zwanzigmal entlassen worden, aber da sie zum Heuern und Feuern nicht befugt ist, bin ich noch da.«

»Warum hat sie denn so heftig reagiert?«

»Es liegt in ihrem Wesen, auf alles heftig zu reagieren, was ihr mißfällt. Sie hatte, soweit ich weiß, keinerlei Beziehung zu dem kleinen Mädchen. Ich weiß nicht einmal, ob sie es je gesehen hat. Die Pfleger halten ihr Kinder nach Möglichkeit vom Leibe, weil sie sie nicht mag. Kinder machen sie nervös. Sie spricht oft von Kindern, wenn sie ihre Angstzustände hat. Kinder gehören zu denen, die sie holen wollen, wie sie sagt. Ich habe viele Hinweise darauf in meinen Notizen, besonders an Tagen, nachdem sie ausgerückt ist und irgend etwas sie erschreckt hat, ein plötzliches Gewitter etwa oder aufziehender Nebel.«

»Könnten Sie so etwas wohl für mich nachschlagen?»

»Machen ließe sich das schon, es ist nur zeitaufwendig.« Ms. Leigh setzte die Brille wieder auf. »Die Schauspielstunden für meinen Mann Larry sind sehr teuer.«

»Sie bekommen Ihre Zeit natürlich bezahlt.«

»Wie hoch?«

»Vielleicht nicht so hoch, um aus Larry einen neuen Dustin Hoffman zu machen, aber eine angemessene Summe.«

»Larry ist größer als Hoffman und sieht besser aus.«

»Dann wird die Sache ja wohl nicht ganz so teuer«, sagte Michael. »Wie wäre es mit fünfundzwanzig Dollar pro Stunde zuzüglich Eilzuschlag?«

»Ein faires Angebot. Ich will sehen, was sich tun läßt. Aber Wunder dürfen Sie nicht erwarten. Meist – oder jedenfalls oft – sind es nur Faseleien einer verrückten Alten, die Angst davor hat, von ihrer Vergangenheit eingeholt zu werden.«

»Aber zwischen den Faseleien findet sich vielleicht hier und da doch ein Körnchen Wahrheit. Für den Vater des Kindes«, fügte Michael hinzu, »ist ein Körnchen besser als nichts. Es ist doch denkbar, daß Miss Firenze an dem Tag, als Annamay verschwand, irgend etwas gesehen oder gehört hat. Von der Polizei ist sie nicht vernommen worden, da ihre Anwälte es nicht erlaubten.«

»Natürlich nicht. Sie hätte nur Lügengeschichten am laufenden Band produziert, um im Mittelpunkt des Interesses zu bleiben. Und womöglich hätte die Polizei eine geschluckt. Denkbar, daß sogar etwas Wahres daran gewesen wäre. Aber wahrscheinlich ist es nicht. Sie sagt selten die Wahrheit, wenn sie im Rampenlicht steht. Nur, wenn sie Angst hat. Dann läßt sie Sachen raus, die sie normalerweise verheimlicht, wie ihr wahres Alter – sie ist achtundsiebzig und nicht dreiundsiebzig – und den Namen ihres ersten und letzten Mannes, Joe Willie Smith, eines schwarzen GI, der in Korea gefallen ist. In den amtlichen Unterlagen steht nichts über diese Tatsachen.«

»Und woher wollen Sie wissen, daß es Tatsachen sind?«

Ms. Leigh sagte mit leisem Lächeln: »Wir flachbrüstigen Asiatinnen haben alle das Zweite Gesicht, wußten Sie das nicht?«

»Man lernt eben immer dazu.«

»Ohne das Zweite Gesicht hält man es hier nicht aus. Firenze ist eine sehr überzeugende Lügnerin, weil sie selber glaubt, was sie sagt.«

»Ist sie schon einmal über den Bach in die Avocadopflanzung der Hyatts gegangen?«

»Irgendwann hat sie hier bestimmt schon die ganze Gegend unsicher gemacht. Hin und wieder bekommen wir eine Beschwerde aus der Nachbarschaft, aber meist geht sie einfach am Bach entlang und rupft Blumen und Gras und dergleichen.«

Miss Firenzes Geheul war jäh verstummt, und George erschien oben am Treppenabsatz.

»He, Leigh, rühr dich mal nach oben, die Alte will was von dir.«

»Sag ihr, ich komme gleich.« Ms. Leigh streckte Michael die Hand hin. »Entschuldigen Sie, wenn ich Sie nicht zur Tür bringe. Sie ist nach so einem Ausbruch oft wieder ganz ruhig, und dann bekomme ich ein bißchen brauchbares Material. Wie kann ich Sie erreichen?«

Michael gab ihr seine eigene Nummer und die Nummer des Hyattschen Gästehauses. »Sie können jederzeit anrufen.«

»Gut. Ich will sehen, was sich tun läßt, Mr. Dunlop.«

»Schönen Dank.«

Sie schüttelten sich noch einmal die Hand, und Michael ging.

Vor dem Haus stand noch der Wagen vom Oasis-Pool-Service, doch inzwischen waren noch ein Fahrzeug des All-American-Tree-Service und des Channel-Hospital-and-Uniform-Supply hinzugekommen. Die beiden Gärtner schnitten noch immer an der Ligusterhecke herum.

Die Hecke schien sich bis ins Unendliche zu erstrecken, in beiden Richtungen war kein Abschluß in Sicht, doch die Gärtner waren es offenbar zufrieden, bis ins Unendliche dort weiterzuarbeiten. Vielleicht bis ins Frühjahr hinein, wenn der Liguster blühte und Bienenschwärme und der übermäßig süße Blütenduft sie vertreiben würden. Auf halbem Wege blieb Michael in der Auffahrt stehen, wandte sich um und sah zur Villa zurück. Madame Firenze war auf ihren Balkon im ersten Stock getreten und winkte ihm huldvoll, aber förmlich zu, wie eine Majestät ihren Untertanen.

Er winkte nicht zurück.

Als er durch die Avocadopflanzung der Hyatts zurückging, liefen die Hunde ihm entgegen, der Schäferhund hysterisch bellend, der Neufundländer schweigend und abgeklärt wie gewöhnlich. Beide wirkten ungepflegt. Neuf hatte sich in dem langen Fell seiner Beine und dem buschigen Schwanz Dutzende von Kletten eingefangen, und Schäfs Bauch starrte von Fuchsschwanzhülsen. Kletten waren für Tiere zwar lästig, aber relativ harmlos, aber der Fuchsschwanz konnte gefährlich werden, die Hülsen gruben sich immer tiefer in die Haut, als wären sie lebendig. Michael holte sie alle sorgsam heraus und behielt sie in der Hand, um sie in die nächste Mülltonne zu werfen, damit sie sich nicht aussamten.

Auch das Schloß wirkte verwahrlost, die Fenster waren schmutzig, der Rasen davor verdorrt, die Grillgrube war voll von Eukalyptusschoten und Kiefernnadeln und Platanenblättern. Im Teich waren keine Fische und nur fünf, sechs Zentimeter schmutziges Wasser.

Die Eingangstür stand ein Stück weit offen, als habe

jemand vergessen abzuschließen, und der Wind, einer der Hunde oder ein herumstreifendes Opossum habe sie aufgedrückt. Als Michael sie zumachen wollte, sah er, daß überall im Raum Platanenblätter verstreut waren, auf der kleinen Couch, dem Eßtisch und dem Herd, sie bedeckten das Etagenbett, auf dem Marietta und Luella Lu lagen und ihrer Herrin harrten. Ein Blatt saß auf Mariettas kahlem Schädel wie ein flotter neuer Hut. Luella Lu lag auf der Seite, ihr angeleimtes Auge starrte durch Michael hindurch.

Die beiden Hunde hatten sich – Schäf ungewohnt still – vor die Tür gesetzt, als hätten sie vergessen, daß man ihnen früher, als sie noch königliche Paladine gewesen waren, den Eintritt gestattet hatte. Michael hatte nie einen Hund besessen und nie eine wirkliche Beziehung zu Hunden gehabt – bis zu diesem Augenblick, da er sich fragte, wieviel von Annamay in ihren Köpfen weiterleben mochte, von ihrer Stimme, ihrer Berührung, ihrer Witterung, ihrem Lachen.

Er machte die Tür zu und ging über den Weg auf das Haupthaus zu; die Hunde folgten ihm. Wären sie nicht plötzlich zum Kugelfisch-Teich hinübergesprungen, hätte er den alten Herrn, der am Teichrand saß, gänzlich übersehen.

»Guten Morgen, Michael«, sagte Mr. Hyatt.

»Guten Morgen, Mr. Hyatt.«

»Dann waren Sie das, der vorhin in der Avocadopflanzung herumgetrampelt ist?«

»Bin ich getrampelt?«

»Und ob. Ich habe ein gutes Gehör. Ein Glück, daß Sie sich für Ihren jetzigen Beruf entschieden haben. Sie wären ein schlechter Kundschafter geworden.«

»Das glaube ich auch.«

»So spät im Jahr gibt es natürlich viele Blätter, die auch sehr viel Lärm machen, zumindest bis zum ersten Regen. Dann werden sie weich und schmiegen sich an die Erde, bis sie wieder in sie eingehen.« Mr. Hyatts Gesicht war fast ganz unter einem grob geflochtenen Strohhut verborgen, wie ihn die mexikanischen Erntearbeiter trugen. »Dieser unzeitige Regen Ende Juli ist schuld daran, daß man sie nicht früher gefunden hat. Die Blätter wurden weich und schmiegsam und legten sich um sie. Und die Erde forderte sie für sich, ohne daß wir etwas davon erfuhren. Das haben Sie bei der Beerdigung schön gesagt. Könnten Sie es bitte noch einmal wiederholen?«

»Es ist alles von Staub gemacht und wird wieder zu Staub.«

»Ja. Ja, selbst diese Kugelfische können nicht ewig leben. Aber sie geben sich redlich Mühe. In Japan, wo sie von einer Generation zur anderen weitergereicht werden wie Erbstücke, bewundert man sie sehr, ihrer Langlebigkeit und ihres Mutes wegen. Das eine bedingt nämlich das andere. Es ist nicht leicht, alt zu werden. Ich glaube, der Rekord bei den Kugelfischen steht auf hundertachtundzwanzig Jahren. Der Magoi, dieser Schwarze da, ist schon älter als ich.«

»Ich sehe ihn gar nicht.«

»Er liegt unten am Grund, vielleicht schläft er, jedenfalls denkt er nicht. Eigentlich sind sie furchtbar dumm. Manche Leute glauben, daß sie zahm sind, weil sie an den Teichrand kommen, wenn man in die Hände klatscht und ihnen Futter gibt. Aber das stimmt nicht. Ihnen geht's nur ums Fressen. Passen Sie mal auf.« Mr. Hyatt klatschte in die Hände, dann holte er etwas aus der Tasche, was wie

Hundekuchenkrümel aussah. Er warf es ins Wasser. Die bunten Kugelfische kamen sofort zum Fressen. Dann erschien der Magoi, und die anderen schwammen zur Seite und machten ihm Platz.

»Manche mögen das für die im Orient übliche Achtung vor dem Alter halten«, sagte Mr. Hyatt. »Alles Unsinn. Er ist einfach größer als sie. Sehen Sie die feierliche Gemessenheit, mit der er sich bewegt? Als hätte er nichts zu versäumen. Und das hat er ja auch nicht, vielleicht lebt er noch weitere hundert Jahre. Und wozu? Das ist alles so sinnlos. Er dient keinem nützlichen Zweck im Weltenplan, sein Gehirn ist minimal. Die Natur leistet sich manchmal schreckliche Mißgriffe, das muß man schon sagen. Läßt zu, daß wertvolle menschliche Wesen so jung sterben und dieses Geschöpf weiterlebt.«

Der schwarze Magoi fraß ein paar Futterkörnchen. Er war so groß wie ein Puter und hatte ein dickes, trauriges Gesicht mit rechts und links von seinem O-förmigen Mund lang herabhängenden Schnurrbartenden. Mitten auf seiner Stirn war ein Fleck von der Größe und Farbe eines Fünf-Dollar-Goldstückes. Der alte Herr betrachtete den Magoi verbittert, als mißgönne er ihm die Jahre, die man Annamay genommen hatte.

Michael sagte: »Der Teich am Schloß ist leer.«

»Ja. Ich habe ihn selber leergemacht. Die Waschbären hatten alle Goldfische aufgefressen. Auch über die Kugelfische würden sie sich hermachen, aber das Wasser ist zu tief. Für einen Waschbären muß das Wasser so flach sein, daß er aufrecht darin stehen kann, um die Fische zu fangen.«

»Mr. Hyatt –«

»Sinnlos«, sagte der alte Herr. »Nicht einmal schön –

wenn man von dem Goldstück auf seinem Kopf absieht. Jede Kreatur wird im Alter sinnlos. Da sollte sich eine Lösung finden lassen.«

»Vielleicht gibt es keine.«

»Sie sollten sich darum bemühen, Michael.«

»Ich will's versuchen.« Michael zögerte, von der offenstehenden Tür des Schlosses anzufangen, aber dann gab er sich einen Ruck. »Als ich zum Schloß kam, stand die Tür offen, Mr. Hyatt.«

»Aber nicht richtig offen, oder? Sie meinen wahrscheinlich, daß amtlicherseits vor einiger Zeit das Siegel abgenommen worden ist.«

»Die Tür stand auf.«

»Das kann nicht sein. Ich habe selbst zugeschlossen, als ich den Fischteich geleert habe.« Die Stimme des alten Herrn klang ruhig, aber seine Hände zitterten. »Haben Sie hineingeschaut?«

»Ganz kurz.«

»War zu erkennen, ob ein Unbefugter sich daran zu schaffen gemacht hatte?«

»Der Wind hatte Blätter und Dreck hineingeweht. Ob etwas fehlt, weiß ich nicht.«

»Ein Unbefugter«, flüsterte der alte Herr. »Ein Unbefugter im Schloß meiner Annamay.«

»Wahrscheinlicher ist, daß Sie vergessen haben abzuschließen, Mr. Hyatt.«

»Nein, nein, bestimmt nicht. Ständig wirft man mir vor, ich hätte dies oder jenes vergessen, und manchmal stimmt es auch. Ich vergesse tatsächlich hin und wieder etwas. Aber nie würde ich vergessen, den Palast abzuschließen.« Er schüttelte so energisch den Kopf, daß ihm der Strohhut nach vorn übers Gesicht rutschte und ins Gras fiel. Er schien es gar nicht zu merken. »Das ist meine vornehmste Pflicht. Mein Sohn Howard denkt sich alle möglichen Aufgaben für mich aus, weil er meint, das würde mich freuen. Und ich erledige sie, weil es *ihn* freut. Es ist ein Spiel, bei dem wir so tun, als sei ich noch etwas nütze auf der Welt.«

»Aber so sieht –«

»Bitte widersprechen Sie nicht, Michael, es wäre nur Zeitverschwendung. Ich habe über das Problem des Alters länger nachgedacht als Sie, länger als Sie es je werden tun können. Gewiß, mein Sohn und meine Schwiegertochter lieben mich. Doch wenn ich morgen stürbe, würde ich keine merkliche Lücke hinterlassen, weil ich keinen echten Platz auf der Welt, keine echten Aufgaben mehr habe. Meine einzige echte Aufgabe ist es, das Schloß in dem Zustand zu erhalten, in dem Annamay es verlassen hat. Niemand darf hinein, nicht einmal Dru. Manchmal ist Dru hergekommen und hat durchs Fenster geschaut, als dächte sie, Annamay säße darin und versteckte sich vor uns. Sie ist eines Besseren belehrt worden. Sie war auf der Beerdigung.«

»Das Türschloß ist ein sehr einfaches Modell«, sagte Michael. »Das kriegt praktisch jeder auf.«

»Hat denn heutzutage niemand mehr Achtung vor einer verschlossenen Tür?«

»Leider nein, Mr. Hyatt.«

»Die Welt ist hart geworden. Vielleicht ist es besser, daß Annamay das nie erfahren hat. Für sie war jeder Tag ein Sonnentag, jeder Fremde war ihr Freund.« Er setzte den abgetragenen Strohhut wieder auf und zog ihn tief in die Stirn, so daß Michael nicht sehen konnte, wie feucht seine Augen waren. »Wir wollen rüber zum Schloß gehen. Es muß so erhalten bleiben, wie Annamay es hinterlassen hat.«

Mr. Hyatt schwankte ein wenig, als er sich aus dem Rotholzsessel erhob, wehrte aber ab, als Michael ihm den Arm bieten wollte.

»Nein«, sagte er scharf. »Fangen Sie nicht auch noch an wie Howard. Ich bin nicht altersschwach. Erst neulich habe ich einer älteren Dame über den Bach geholfen. Ich kam mir vor wie ein Pfadfinder, besonders, als sie mir einen Blumenstrauß schenkte.«

»Kannten Sie die Frau?«

»Vom Sehen.« Er nickte zur Villa hinüber. »Sie wohnt da drüben, angeblich ist sie total übergeschnappt. Aber geredet wird ja über jeden. Wer soll da richten?«

»In diesem Fall hat das ein Richter besorgt«, sagte Michael. »Sie ist gerichtlich für geschäftsunfähig erklärt worden.«

»Unfähig für welche Art von Geschäften?«

»Ihre eigenen. Vermutlich geht es hauptsächlich um finanzielle Angelegenheiten.«

»Ich bitte Sie, Michael! Ich kenne Hunderte von Leuten, die unfähig sind, ihre finanziellen Angelegenheiten selbst zu regeln. Stützen der Gesellschaft, Politiker, Pädagogen, die auf Warentermingeschäfte setzen wie auf Rennpferde und Aktien nicht von Festverzinslichen unterscheiden können. Werden solche Leute für geschäftsunfähig erklärt? Keineswegs. Sie werden wiedereingesetzt, im Amt bestätigt, wiedergewählt.«

»Miss Firenzes Unfähigkeit geht aber offenbar über das rein Finanzielle hinaus.«

»Haben Sie sie gesehen, mit ihr gesprochen?«

»Ja.«

Sie waren indessen langsam auf das Schloß zugegangen, aber jetzt blieb Mr. Hyatt stehen und packte Michael am Arm.

»Haben Sie sie auf Annamay angesprochen?«

»Ja.«

»Wußte sie etwas?«

»Nein.«

»Niemand weiß etwas. Ein kleines Mädchen verschwindet, und es dauert Monate, bis man die Leiche findet. *Das* ist Unfähigkeit. Gegen diese Art von Unfähigkeit sollten die Gerichte vorgehen.« Er senkte die Stimme. »Sie und Howard haben den Fall noch am Wickel?«

»Ja.«

»Ich habe Sie gestern abend darüber sprechen hören, als ich am Gästehaus vorbeikam und die Fenster offenstanden.«

Der vergangene Abend war kalt gewesen, und Michael erinnerte sich deutlich, daß Howard die Fenster an beiden Seiten geschlossen hatte. Doch wenn Mr. Hyatt gewillt war, sich anders zu erinnern, brachte es nichts, ihn zu korrigieren.

»Warum ziehen Sie und Howard mich nicht ins Vertrauen, Michael?«

»Bisher gibt es noch keinen Anlaß für vertrauliche Mitteilungen irgendwelcher Art.«

»Aber Sie werden mich zu gegebener Zeit ins Vertrauen ziehen?«

»Das kommt auf Howard an. Die Entscheidung liegt bei ihm.«

»Dann werde ich weiter im dunkeln tappen«, sagte der alte Herr traurig. »Wenn ich Fragen stelle, wird Howard mich einfach an eine meiner sogenannten Aufgaben schikken, wird mich ein paar alberne Schiffe im Kanal aufzeichnen oder mich zur Post fahren lassen oder sonst etwas, um mich aus dem Weg zu haben, weil ich störe. Ich bin so nutzlos wie der Magoi, ich nehme nur Platz weg und schlage die Zeit tot, bis sie mich totschlägt.«

»Howard liebt, achtet und bewundert Sie, Mr. Hyatt.«

»Das war einmal. Früher verdiente ich Achtung und ein gewisses Maß an Bewunderung, vielleicht sogar ein wenig Liebe.«

»Es ist mir schrecklich, Sie so reden zu hören, Mr. Hyatt.«

»Gewiß, Michael. Pfarrer sind immer am allerwenigsten bereit, die Wahrheit zu hören. Sie steht zu oft ihrer Weltsicht entgegen.«

Sie kamen zum Schloß, und Mr. Hyatt machte die Eingangstür auf. Blätter regten sich und raschelten wie lebendige Wesen, die davonhuschten, um sich vor einer Gefahr in Sicherheit zu bringen.

»Es war jemand hier, Michael. Es gibt Anzeichen. Die eine Puppe liegt auf der Seite. Als ich zuletzt hier war, hat sie auf dem Rücken gelegen. Und die Kissen auf der Couch sind nicht am gewohnten Platz. Und hier, schauen Sie – eine Teetasse in der Spüle. Als ich wegging, war das Geschirr vollzählig im Schrank. Es gibt noch mehr Anzeichen, Winzigkeiten, die ich nicht recht festmachen kann. Aber ich weiß es. Ich *weiß* es.«

Inzwischen atmete er so schwer und so schnell, daß Michael fürchtete, er könne einen Herzanfall bekommen, und ihn zum Hinsetzen bewegen wollte. Doch Mr. Hyatt mochte sich nicht setzen. Er öffnete und schloß Schubladen und Schränke. In dem begehbaren Schrank mit der

Schiebetür hingen noch immer ein paar Sachen von Annamay und ein paar größere Kleidungsstücke (von Kay? von Chizzy?), die die Kinder für ihre Erwachsenenspiele benutzt hatten. Zwei Turnschuhe lagen da, die nicht zueinander paßten, Socken, ein Pullover und in einer Ecke ein Paar hochhackige Sandalen. Sie waren groß und breit, mit Straßriemchen und Stilettoabsätzen.

»Komisch«, sagte Mr. Hyatt. »Die habe ich noch nie hier gesehen.«

»Sie werden wohl Kay oder Chizzy gehören.«

»Ach du liebe Zeit! Kay würde nie so etwas Nuttiges tragen, und Chizzy könnte unmöglich mit solchen Absätzen herumlaufen, ohne sich den Hals zu brechen. Außerdem sind sie ihr viel zu groß.«

»Vielleicht hat Annamay sie von einem der Hausmädchen.«

»Unsere Mädchen sind alle Mexikanerinnen, von ziemlich kleinem Wuchs, mit kleinen Händen und Füßen. Die hier sehen aus, als gehörten sie einer großen Schwarzen, aber unter unserem Personal haben wir keine großen schwarzen Frauen.«

Michael nahm die Schuhe aus dem Schrank und besah sie sich genauer. Sie waren fast neu, auf den Sohlen waren nur ein paar Kratzer. Er stellte sie zurück und schloß die Tür.

»Ich habe diese Schuhe noch nie gesehen«, wiederholte Mr. Hyatt. »Aber vielleicht habe ich nur nicht darauf geachtet, und sie waren die ganze Zeit hier.«

»Vielleicht.«

»Was meinen Sie, ob wir hier schnell noch ein bißchen saubermachen, bevor wir wieder gehen?«

»Nein. Ein paar Blätter und ein bißchen Schmutz tun

niemandem weh, und ich möchte, daß Howard den Raum so sieht, wie er jetzt ist.«

»Warum?«

»Es könnte sein, daß er die Polizei bittet festzustellen, ob es sich um einen Einbruchsversuch handelt.«

Der alte Herr schwieg einen Augenblick. »Nein, Michael, Howard hat das Vertrauen zur Polizei verloren. Wer könnte ihm das verdenken? Sie haben keine Verhaftungen vorgenommen, und auch die Leute, die sie zur Vernehmung dabehalten hatten, haben sie nach ein paar Stunden wieder laufenlassen. Dabei muß die Polizei wissen – so wie Howard es weiß, so wie ich es im tiefsten Inneren weiß –, daß einer dieser Menschen sich schuldig gemacht hat. Glauben Sie an die Unschuld eines Menschen, bis seine Schuld bewiesen ist?«

»Das Gesetz will es so, und daran muß ich mich halten.«

»Das war nicht meine Frage. Von Daranhalten habe ich nichts gesagt. Gewiß, Sie halten sich daran. Aber glauben Sie an die Unschuld eines Menschen, bis seine Schuld bewiesen ist?«

»Nein.«

»Sie wissen, daß Dutzende von Schuldigen frei herumlaufen, ja, sogar in Ihrer Gemeinde sitzen, nicht wahr?«

»Ja.«

Mr. Hyatt schloß ab und steckte den Schlüsselbund wieder in die Tasche. Dann ging er vorauf zum Haupthaus hinüber, und bei jedem Schritt schüttelte er den Kopf wie ein Automat, ein Spielzeugsoldat ohne einen Krieg.

Michael verabschiedete sich von ihm dort, wo er ihn getroffen hatte, in dem Rotholzsessel neben dem Teich.

Die bunten Kugelfische schwammen noch immer ziellos im Kreis herum, aber der alte schwarze Riese hatte sich wieder in sein Refugium im tiefsten, schwärzesten Wasser zurückgezogen.

7

Chizzy kochte wieder.

Als sie sich darangemacht hatte, den Gefrierschrank zu putzen, war sie auf fünf Pfund Hackfleisch gestoßen, die verwertet werden mußten, weil das Verfallsdatum auf dem Etikett überschritten war. Sie briet die ganze Partie in einer flachen Bratform, gab Zwiebeln, Tomaten und Gewürze hinzu und verteilte das Fleisch auf vier kleinere Formen. In die eine kam Reis, in die zweite Bohnen, in der dritten waren Nudeln, in der vierten Weizengrütze.

Dann setzte sie sich vor die vier Fleischgerichte und heulte sich aus, weil niemand da war, der sich darüber hermachen würde. Kay war mit Ben York essen gegangen, Mr. Hyatt hatte gesagt, er habe keinen Hunger, und Howard hatte sich im Gästehaus eingeschlossen und einen Zettel auf den Küchentisch gelegt, daß er nicht gestört werden wollte. Michael war gleichfalls da, das wußte sie, denn sie hatte seinen Wagen in der Einfahrt gehört. Sein Wagen machte ebensoviel Krach wie der von Ben, aber auf andere Art. Der von Ben vermittelte den Eindruck von Kraft und Tempo. Der von Michael röchelte und keuchte und schnaufte wie ein abgewrackter Tippelbruder auf seiner letzten Tour.

Chizzy erledigte das Weinen ebenso flink und umsichtig wie ihre Hausarbeit. Ziemlich rasch war es wieder vorbei, und sie schrubbte sich mit einem feuchten Tuch das Gesicht. Dann entschied sie über eine zweckmäßige Verteilung des Gekochten. Einen Topf würde sie persönlich bei Howard und Michael abliefern, denn den Zettel, auf dem »Nicht stören!« stand, bezog sie nicht auf sich. Eine Form würde sie in den Kühlschrank stellen, die dritte Ernestina, dem Mädchen von nebenan, bringen, die vermutlich Chilipulver und *jalapeños* dazugeben und damit alles verderben würde. Als Adressatin für den vierten wurde kurz Mrs. Cunningham in Betracht gezogen, aber bei dem Hackbraten hatte diese sich so merkwürdig benommen, daß Chizzy beschloß, die verbleibende Portion selbst zu essen. Sie stellte sie im Ofen warm, indes sie mit den gefütterten Handschuhen, die sie sonst zum Grillen nahm, die für Howard bestimmte Form zum Gästehaus hinübertrug.

Es war sieben. Vor Sonnenuntergang war vom Meer her Nebel aufgezogen, und die graue Nacht wirkte aus irgendeinem Grund bedrohlicher als schlichte Schwärze. Außerdem hatte Chizzy – was sie nie zugegeben hätte – sowieso Angst vor der Nacht. Sie machte die vielen kleinen Lämpchen an, die sich an den Gartenwegen entlangzogen, und nahm sicherheitshalber die beiden Hunde mit.

Die senkrechten Lamellenjalousien des Gästehauses waren geschlossen, nur seitlich sickerte Licht heraus. Obschon die Fenster zu waren, konnte sie doch hören, daß drinnen gesprochen wurde, sie erkannte Howards und Michaels Stimmen sowie eine dritte, lauter und höher als die beiden anderen. Chizzy drückte, Trost und Wärme suchend, den Schmortopf an die Brust und klopfte mit der Schuhspitze an die Tür.

Schlagartig wurde es still, dann fragte Howard: »Wer ist da?«

»Ich. Ich hab Ihnen –«

»Hast du den Zettel nicht bekommen, daß ich nicht gestört werden will?«

»Ja. Aber ich hab nicht gedacht, daß Sie mich meinen.«

»Der Zettel war an dich gerichtet.«

»Ich hab gedacht, Sie meinen vielleicht... na ja, die breite Öffentlichkeit eben.«

»Die breite Öffentlichkeit hat keinen Zugang zu meiner Küche.«

Im Haus lachte jemand. Bestimmt nicht Howard, wahrscheinlich auch nicht Michael. Blieb der Unbekannte. Chizzy konnte sich nicht erklären, was es da zu lachen gab. Keiner hatte etwas Komisches gesagt, und in einer kalten, grauen Nacht vor der Tür zu stehen und wie ein gewöhnlicher Dienstbolzen abgekanzelt zu werden, war nun ganz bestimmt nicht komisch. Sie spürte, wie ihr Gesicht rot anlief.

»Sie machen jetzt sofort auf, Mr. Howard«, sagte sie in dem energischen Ton, in dem sie mit den Hunden sprach. »Ich habe Ihnen und dem Herrn Pfarrer etwas zum Abendessen gebracht und denke nicht daran, die ganze Nacht damit draußen stehenzubleiben.«

Die Tür öffnete sich etwa dreißig Zentimeter weit. »In Ordnung, Chizzy. Schönen Dank.«

»Schalten Sie den Ofen auf hundertfünfzig Grad und lassen Sie's warmstehen, bis Sie soweit sind.«

»Ich bin jetzt schon soweit«, sagte der Unbekannte und lachte erneut.

Er saß im Sessel neben einer Stehlampe, deren sämtliche Birnen brannten, und sie sah ihn ganz deutlich, wenn sie auch von seinem Gesicht wenig erkennen konnte. Die Augen waren fast ganz unter dunklen, buschigen Brauen versteckt, die über dem Nasenrücken zusammenstießen, der Mund war nur eine Trennlinie zwischen seinem wuchernden Schnauzer und dem langen Vollbart. Sein Haar reichte bis zu den Schultern, und nur dessen stahlgraue Farbe ließ den Schluß zu, daß der Mann in mittlerem Alter oder vielleicht schon darüber war. Eins aber stand für Chizzy fest: Er hatte getrunken. Das Zimmer roch wie eine Kneipe.

Chizzy ging zur Kochnische hinüber und stellte die Bratform in den Backofen. Dabei spürte sie mit einigem Unbehagen, daß der Unbekannte sie beobachtete.

»Das ist sie«, sagte er. »Die kleine Walze, die mich mit einem Besen gejagt und dabei gekreischt hat wie eine Banshee.«

»Jetzt machen Sie aber einen Punkt«, protestierte Chizzy. »Ich hab Sie in meinem ganzen Leben noch nicht gesehen.«

»Ich war in Berufskleidung, wegen der Touristen. In einer weißen Robe sehe ich mehr nach einem Propheten aus.«

»Wie kann ich gekreischt haben, wie Sie sagen, wenn ich so'n Tier noch nicht mal im Zoo gesehen hab, bitteschön?«

»Die Banshee ist ein Gespenst, Gnädigste, eine irische Todesfee. Sie schreit und klagt vor dem Haus, und kündigt seinen Bewohnern somit an, daß ein Todesfall bevorsteht.«

Chizzy war mit erhobenen Händen mitten im Zimmer stehengeblieben. Sie trug noch immer die Grillfäustlinge, aber jetzt sahen sie eher aus wie nach Maß gefertigte Boxhandschuhe.

»So redet man nicht vor Leuten, die noch Trauer tragen, Mister.«

»Ich habe nur eine Auskunft erteilt, es war nicht persönlich gemeint.«

»Behalten Sie Ihre frechen Auskünfte für sich. Das interessiert hier keinen.«

Sie hatte noch einiges zu diesem Thema zu sagen und holte schon Atem, um es loszuwerden, aber da nahm Howard sie am Arm und schob sie zur Tür. Ehe sie wußte, wie ihr geschah, stand sie zornig und gedemütigt wieder draußen in der kalten grauen Nacht. Ein Wildfremder hatte sie beleidigt, Howard sie abgekanzelt, und der Pfarrer hatte nicht einmal den Mund aufgemacht, um sich für sie einzusetzen, geschweige denn, um ihr für das Essen zu danken.

Zu allem Überfluß hatten die Hunde sie im Stich gelassen, waren ihren eigenen Bedürfnissen nachgegangen. Auf dem Rückweg zum Haus hörte sie Schäf zweimal laut und zornig bellen, dann verstummte er, was ihm gar nicht ähnlich sah.

Die Stille ging ihr unter die Haut. Wenn Schäf erst einmal anfing zu bellen, war er nicht zu bremsen, bis er sich ausgebellt hatte, das nahm seinen Lauf wie ein Schnupfen. Sie sah im Geist schon schaudernd vor sich, wie jemand ihn packte und ihm die Schnauze zuhielt oder ihn würgte. Ihr schwanden fast die Sinne vor Erleichterung, als er plötzlich gesund und munter vor ihr auf dem Gartenweg auftauchte und wedelte.

Mr. Hyatt kam hinter einem Escalloniabusch hervor, er sah aus wie ein Stück Nacht in seinem alten grauen Tweed.

»Chizzy?«

»Da haben Sie mir aber einen schönen Schrecken eingejagt«, sagte sie ärgerlich.« Ich denke, Sie sind im Haus und sehen die Sieben-Uhr-Nachrichten.«

»Ich habe die Sechs-Uhr-Nachrichten gesehen«, gab er zurück. »Und die Fünf-Uhr-Nachrichten.«

»Wer denkt denn aber auch, daß Sie hier draußen im Gebüsch rumschlumpfen.«

»Rumschlumpfen?«

Sie merkte an seinem Tonfall, daß irgend etwas mit dem Wort nicht stimmte, wußte aber nicht, was es war, deshalb wiederholte sie mit Nachdruck, damit es glaubhafter klang: »In unserer Familie heißt das rumschlumpfen. Mr. Howard würde das jedenfalls ganz und gar nicht gefallen.«

»Die Gartenwegbeleuchtung ging an, und da wollte ich nachsehen, was los ist.«

»Nichts ist los.«

»Du warst im Gästehaus.«

»Ich hab ihnen zu essen gebracht.«

»Was führen sie im Schild?«

»Ich weiß es nicht.« Sie legte ihm die Hand auf den Arm in der Absicht, ihn zum Haus zurückzuführen. Statt dessen ertappte sie sich dabei, daß sie sich an ihn klammerte. »Mr. Hyatt, ich *weiß* es nicht. Es ist ein Mann dabei, der sieht ganz schauderhaft aus. ›Kleine Walze‹ hat er mich genannt und behauptet, ich hätte ihn mit einem Besen gejagt und wie eine Banshee geschrien.«

»Ein bißchen stämmig bist du schon«, sagte der alte Herr milde. »Und deine Stimme ist auch nicht zu verachten. Hast du mal Gesangsstunden gehabt?«

»Nein. Aber ich habe sechs Jahre im Pfingstchor gesungen.«

»Das erklärt einiges.«

»Ich will ja nicht angeben, aber es war ein sehr guter Chor. Zu Weihnachten haben wir mal eine Platte aufgenommen und sie an den Präsidenten geschickt. Er hat sich schriftlich bei uns bedankt. Ich weiß nicht, wer damals Präsident war, aber es war ein sehr netter Brief. Der Chorleiter hat ihn einrahmen lassen und an die Wand gehängt.«

Sie fühlte sich plötzlich viel besser, war nicht mehr die dicke kreischende Rächerin, sondern Mitglied eines Chors, der vom Präsidenten der Vereinigten Staaten mit besonderer Anerkennung bedacht worden war.

»So, und jetzt schleunigst ab mit Ihnen ins Haus«, sagte sie zu Mr. Hyatt und strich seinen Jackenärmel glatt, als wolle sie jede Spur ihres Klammergriffs beseitigen. »Dann sehen Sie noch den Rest der Sieben-Uhr-Nachrichten.«

»Ich hab die Fünf-Uhr-Nachrichten gesehen«, wiederholte er, »und die Sechs-Uhr-Nachrichten.« Und höchstwahrscheinlich würde er die Zehn-Uhr-Nachrichten sehen und, wenn er noch wach war, die um elf. Es würden immer dieselben Meldungen sein, nur von anderen Stimmen vorgetragen.

Der Gast lehnte sich gemütlich in dem Sessel zurück. Der Raum war angenehm, sein Gastgeber war höflich und hatte eine sanfte Stimme, und das Essen, das die Alte gebracht hatte, roch verlockend. Da niemand Anstalten machte, ihm etwas anzubieten, entschloß er sich zu einem Wink mit dem Zaunpfahl.

»Ich hab schon eine Weile nichts Vernünftiges in den Magen gekriegt«, sagte er zu Howard. »Im November tut sich nicht viel mit den Touristen, und die sind meine Haupteinnahmequelle.«

»Essen können Sie später«, sagte Howard. Er warf einen

Blick auf den Zettel, den Michael ihm reichte. »Cassius Cassandra. Ist das Ihr richtiger Name?«

»Es ist der Name, unter dem man mich kennt. Wenn Sie in meine Gegend kommen und nach Cassius oder Mr. Cassandra fragen, weiß jeder, wen Sie meinen. Von einem Desmond Walsh hat da noch keiner was gehört. Das ist der Name auf meiner Geburtsurkunde. Desmond Thomas Walsh.«

»Wissen Sie, weshalb Sie hier sind, Mr. Walsh?«

»Klar. Ich habe Geld gekriegt. Eine Anzahlung von ihm –«

Er deutete auf Michael, der am Tisch saß. »Den Rest sollen *Sie* zahlen.«

»Wofür bekommen Sie das Geld?«

»Damit ich die Wahrheit sage. Eigentlich komisch, wenn man sich's recht überlegt. Die Kassandra der griechischen Sage hat immer die Wahrheit gesagt, bloß geglaubt hat ihr keiner.«

»Kassandra hat die Zukunft vorausgesagt«, gab Howard zurück. »Was ich von Ihnen hören will, ist die Vergangenheit.«

»Und wenn ich nicht das sage, was Sie hören wollen? Krieg ich das Geld dann trotzdem?«

»Ja.«

»Klingt vernünftig. Also los.«

»Mr. Dunlop und ich haben uns eine Kopie der Aussage beschafft, die Sie im August bei der Polizei zu Protokoll gegeben haben. Mich interessiert, wie sich diese Aussage zu dem verhält, was Sie jetzt in Erinnerung haben.«

Daß man ihn möglicherweise bei einer Lüge ertappen könnte, schien Walsh nicht zu stören. »Sicher gibt es hier und da Abweichungen. Die Wahrheit ist relativ. Und als die Bullen mich verhörten, hatte ich wahnsinnige Angst, als Sittenstrolch angeklagt zu werden. So was kann sehr unangenehm sein. Schon in der Untersuchungshaft, ehe man die Möglichkeit hat, Einspruch zu erheben, wenn sich da rumspricht, daß man was mit Kindern gemacht hat, machen einen die anderen Häftlinge ganz schön fertig. Bonbononkel, so nennen sie solche Typen. Unter anderem.«

»Sind Sie mal deswegen angeklagt worden, Mr. Walsh?«

»Nein, Sir. Aber in U-Haft hab ich schon das eine oder andere Mal gesessen, das will ich gar nicht abstreiten. Meist wegen Suff, keine großen Sachen.«

»Wissen Sie, wer ich bin und wo Sie sind?«

»Mr. Dunlop hat's mir gesagt, auf dem Weg vom Hotel hierher.«

»Waren Sie schon auf diesem Grundstück?«

»Einmal. Als die kleine Walze mich mit dem Besen gejagt hat.«

»Was wollten Sie hier?«

»Ich wollte mir ein paar Avocados holen. Nicht pflükken, wohlgemerkt, nur aufsammeln, was runtergefallen war. Außerdem bin ich gern draußen in der freien Natur, und weiter raus kommt man nicht ohne Wagen oder Fahrrad.«

»Und nachdem Sie ein paar Avocados aufgelesen hatten, verließen Sie das Grundstück wieder?«

»Das hatte ich vor. Dann sah ich durch die Bäume dieses niedliche Häuschen und hab mir gedacht, ob da vielleicht ein Zwerg wohnt. Früher bin ich mit Schaustellern durchs Land gezogen, da war auch mal ein Zwerg dabei. Paul Bunyan Junior nannte sich der. Ein richtiger kleiner Nörgelpeter, ständig hat er rumgejammert, daß die Welt zu groß für ihn sei. Da hab ich ihn dann immer mit einer Portion Philosophie wieder runtergeholt. Hören Sie, Mann, hab ich gesagt, die Welt ist für uns alle zu groß. Über so was hat er gern geredet, er war ein profunder Denker.«

»Haben Sie das Häuschen betreten?«

»Nein. Plötzlich tauchte die kleine Walze auf, mit zwei wüst aussehenden Hunden. Vor den Hunden hab ich mich nicht gefürchtet, die wedelten beide. Aber die Alte, die meinte es ernst. Frauen haben immer auch so einen brutalen Zug.«

»Sind Sie verheiratet, Mr. Walsh?«

Walsh überlegte. »Was hab ich bei der Polizei gesagt?«

»Lassen Sie hören, was Sie jetzt zu sagen haben.«

»Nicht eigentlich. Ich weiß nicht, ob ich verheiratet bin oder nicht. Meine letzte Frau hat sich nach Mexiko abgesetzt, mit einem Typ, den sie beim Bingo kennengelernt hat. Vielleicht hat sie sich scheiden lassen, vielleicht auch nicht.«

»Waren Sie noch einmal hier, nachdem man Sie von diesem Grundstück gejagt hatte?«

»Der Polizei habe ich wohl erzählt, daß ich nie wieder hier war. Aber das heißt noch nicht, daß ich nicht hier in der Gegend war.«

»Und Sie waren hier in der Gegend?«

»Klar. Fünf, sechs Mal bin ich bestimmt am Bach entlanggegangen, habe mir die Füße gekühlt und nachgedacht. Alle möglichen Leute gehen da lang. Fließendes Wasser wirkt auf die meisten Menschen faszinierend. Vielleicht, weil alle Dinge immer in Fluß sind, wie Heraklit geschrieben hat.«

»Und gehen Sie nach wie vor am Bach spazieren?«

»Nein. Näher als heute, wo ich hier bei Ihnen sitze, bin ich da schon lange nicht mehr rangekommen.«

»Warum nicht?«

»Weil die Kleine verschwunden ist. Danach ist alles anders geworden. Die Natur war nicht mehr schön und sauber. Das Wasser sah schmutzig aus. Und ich hatte das Gefühl, als lauerte hinter jedem Baum ein Bulle.«

»Haben Sie jemals mit meiner Tochter Annamay gesprochen?«

»Ich hab mit einem kleinen blonden Mädchen gesprochen. Wie sie hieß, hab ich nicht gewußt, bis ich nach ihrem Verschwinden das Foto in der Zeitung sah. Ein nettes, freundliches kleines Mädchen, enorm wißbegierig. Alle Kinder fragen nach meinem Tamburin. Ich hab ihr gesagt, daß ich draufschlage, um auf mich aufmerksam zu machen. Es ist mein Arbeitsgerät. Prophezeien geht nicht ohne Publikum, und das ist eben meine Art, zu einem Publikum zu kommen. Prophezeiungen sind mein Geschäft, auch wenn die Bullen es Bettelei nennen oder gar Erpressung. Von Erpressung kann überhaupt keine Rede sein. Wenn ich vor einem Laden stehe und wahrsage, und der Ladenbesitzer drückt mir was in die Hand, damit ich weitergehe, ist das keine Erpressung. Für ihn ist es die vernünftigste Lösung, und für mich ist es besser als Sozialhilfe. Oder ich geh einem Touristenehepaar nach und prophezeie ihm, daß morgen die Welt in die Luft fliegt oder etwas anderes, was sie nicht hören wollen, weil sie noch eine Woche Urlaub haben, dann stecken die mir vielleicht was zu, damit ich weggeh. Ich will gar nicht behaupten, daß es die feine Art ist, sich durchs Leben zu schlagen, aber das Geschäft ist mindestens so redlich wie manches andere, Ihrs nicht ausgenommen, Mr. Hyatt. Finanzielle

Vorhersagen sind oft nicht fundierter als meine Prophezeiungen. Und was Sie angeht, Sir –« er deutete mit einem Finger, dem das vorderste Glied fehlte, als habe ein unseliger Adressat seiner Prophezeiungen es abgehackt, auf Michael, »Sie und Ihresgleichen verbreiten sich über Himmel und Hölle und lassen dann den Kollekteteller rumgehen. Wissen Sie, warum die Leute Geld auf den Kollekteteller tun? Weil sie Angst haben. Und aus dem gleichen Grund krieg ich Geld von dem Ladenbesitzer und von den Touristen. Aber kein Mensch nennt Ihr Geschäft Erpressung.«

»Haben Sie eine Ahnung«, sagte Michael sarkastisch.

»Manche also doch?«

»Manche doch.«

»Also sitzen wir sozusagen alle drei im gleichen Boot. Mr. Hyatt hat den besten Platz. Aber wenn das Boot leck schlägt, wird er genauso naß wie wir zwei.«

»Ist das eine Ihrer Prophezeiungen, Mr. Walsh?«

»Nein, Sir, das ist schlicht die Wahrheit.«

»Wahrheit ist, wie Sie selbst gerade sagten, relativ.«

»Es gibt da ein paar Grundwahrheiten, die wir alle verkraften müssen.«

»Na schön, mal sehen, wie Sie folgendes verkraften«, sagte Howard. »Am frühen Nachmittag des Tages, an dem meine Tochter verschwand, wurden Sie von einem der Hausbesitzer aus der Nachbarschaft beobachtet, wie Sie an der Nordseite des Baches entlanggingen. Mr. Cunningham stand an seiner Grundstücksgrenze, weil er seine Katze vermißte.«

»Vielleicht vermißte er seine Katze, vielleicht vermißte er aber auch ein Hühnchen, das aus dem Hühnerhaus entlaufen war. Und ich meine keins mit Federn. Jedenfalls rief er den Namen Randy. Nicht laut, mehr schmeichelnd. Als er mich sah, ging er die Anhöhe hinauf zurück zu einem Haus.«

»Und was taten Sie, Mr. Walsh?«

»Ich setzte mich ans Ufer und ließ das Wasser an mir vorbeifließen. Es ist schöner als am Meer, wenn die Wellen ans Ufer schlagen, da hat man den Eindruck, daß es immer dasselbe Wasser ist, tagein tagaus, aber Wasser, das einen Fluß oder einen Bach herunterfließt, ist immer anders. Jeder Tropfen, der an Ihnen vorbeikommt, ist anders. Ich wette, Heraklit hat viel an Flußufern gesessen.«

»Wie lange waren Sie dort?«

»Das weiß ich nicht mehr genau, aber lange bestimmt nicht, denn plötzlich wurde es unheimlich still. Dann kam der Wüstenwind wie ein Hauch der Hölle von jenseits der Berge. Bei diesen Teufelswinden weiß man nie, woran man ist. Manchmal sind sie ganz schnell wieder vorbei, manchmal wehen sie stundenlang. Ich habe noch eine Weile gewartet, dann wurde mir die Kehle trocken, meine Nebenhöhlen waren verstopft, ich hab mein Taschentuch naßgemacht und mir ums Gesicht gewickelt, dann sah ich zu, daß ich wegkam. Ich hab mich dann in mein Hotelzimmer gesetzt, die Fenster zugemacht und die Jalousien heruntergelassen und mir im Fernsehen so eine rührselige Serie angesehen. Gegen so einen Wüstenwind kommst du nicht an. Wenn du nicht aufpaßt, fetzt er dir die Haut vom Körper.«

»Trugen Sie bei dieser Gelegenheit Ihre sogenannte Berufskleidung?«

»Ja. Deshalb haben mich die Bullen ja auch so rasch gefunden, nachdem Cunningham erzählte, daß er mich gesehen hat. Es gibt nicht viele Leute in der Stadt, die mit einer weißen Robe und einem Tamburin rumlaufen. Auf die Dauer aber sollte es sogar günstig für mich sein. Wenn ich etwas Böses im Schilde führte, hätte ich dann etwas angezogen, woran man mich so leicht erkannte? Die Presse hat wer weiß was für eine kriminalistische Großtat draus gemacht, daß die Bullen mich so schnell gefunden haben. Ehre, wem Ehre gebührt, dabei hätte mich auch ein einäugiger besoffener Dorftrottel gefunden. Vielleicht war das ja auch einer, der mich gefunden hat.« Walshs Schnurrbartenden gingen in die Höhe, wohl in der Andeutung eines Lächelns.

»Sie kommen mit der Polizei nicht zurecht, Mr. Walsh?«

»Aber doch. Ich komme mit allen Leuten zurecht. Nur daß die mich wie einen Verrückten behandeln, nehme ich ihnen übel, wo ich doch ein regelrechter Geschäftsmann bin, ganz wie Sie. Vielleicht ein bißchen ausgefallen, meine Art, mir die Brötchen zu verdienen, aber was tun denn Sie? Sie spielen mit Papiergeld rum. Und der da –« wieder deutete Walsh mit seinem verstümmelten Finger auf Michael, »rüttelt krampfhaft an den Käfiggittern der Menschenseele. Gewiß, wenn's heißt, daß einer von uns verrückt ist, tippt wohl jeder zunächst auf mich. Aber ist das auch der richtige Tip? Denken Sie mal darüber nach.«

Es gab eine Pause, in der vermutlich alle drei darüber nachdachten. Aber Pausen – insbesondere solche, in denen er pausieren mußte – schätzte Walsh nicht. Er sagte: »Was die kleine Walze da angeschleppt hat, riecht inzwischen geradezu unverschämt gut. Wäre es sehr unbescheiden von mir, wenn ich Sie um einen kleinen Teller davon bitte?«

»Ich lasse Ihnen für die Heimfahrt ein Taxi kommen«, sagte Howard. »Während wir warten, können Sie essen.«

»Ich kann nicht im Taxi vor meinem Hotel vorfahren. Die meisten Leute da glauben, daß ich einen eigenen Wagen habe. In dem Glauben möcht ich sie gern lassen. Hebt mein Prestige.«

»Sie können sich ja einen Block davor absetzen lassen.«

»Na schön.«

Howard machte eine Flasche Wein auf, und Michael nahm – mit zwei Handtüchern als Topflappen – die Bratform aus dem Ofen. Dann räumten sie die Papiere vom Tisch und setzten sich zu dritt zum Essen.

Walsh brachte den Trinkspruch aus:

Mir zum Wohl und dir ein Prost,
daß die Freundschaft ewig bleibe.
Wenn dann doch der Hader tost,
mir ein Prost, ansonsten Scheibe!

Es fiel mehr in die Sparte Wahrheit als in die der Prophezeiungen.

Um neun war er weg, und sie strichen einen weiteren Namen von der Liste – Cassius Cassandra, ›Seabreeze Hotel‹, Beruf: Prophet. Sie hatten vorher schon einige Namen gestrichen, unter anderem auch den auf der Liste direkt über ihm: Miss Firenze. Nun setzten sie zwei Namen darunter: Peter Cunningham und Randy.

»Warum eigentlich Randy?« fragte Michael.

»So heißt der junge Mann oder der Junge, nach dem Cunningham gerufen hat. Walsh sagt, er hat bei der Polizei nichts davon erzählt, und so etwas suchen wir ja, ein Versäumnis, einen Hinweis, der übersehen worden oder dem man nicht nachgegangen ist.«

»Wir wissen nicht einmal, wie er mit Nachnamen heißt.«

»Vielleicht ist ja Mr. Cunningham so freundlich, uns den Nachnamen zu liefern. Sonst, wenn er es nicht aus Freundlichkeit tut«, fügte Howard grimmig hinzu, »tut er es vielleicht aus Angst.«

»Ich bin gegen jede Form von Gewalt oder Einschüchterung, Howard.«

»Tatsächlich?«

»Entschieden.«

»Aber nicht so entschieden wie – sagen wir vor einem halben Jahr.«

»Nein.«

»Du hast dich geändert, Mike. Mehr als ich.«

»Man fällt tiefer von einem Sockel als von einem Börsenstuhl. Ich habe mich nicht um den Sockel gerissen, er wurde einfach mitgeliefert, und ich bin froh, daß ich ihn los bin.«

»Wie meinst du das?«

»Ein andermal, Howard. Zurück an die Arbeit.«

Sie setzten die am späten Nachmittag begonnene Suche fort. Unter den Akten, die Miss Garrison kopiert und Michael in der Kirche übergeben hatte, mußte irgendwo auch eine Aufstellung der Sachen sein, die man in dem begehbaren Schrank im Schloß gefunden hatte, aber bisher war sie noch nicht zum Vorschein gekommen. Unter dem Stichwort *Kleidung* fand sich nur eine Beschreibung der Sachen, die Annamay getragen hatte, als sie und Dru nach dem Mittagessen aus dem Haus gegangen waren. Sie wurden weder unter dem Stichwort *Garderobe* noch unter

Schrank oder *Kleiderschrank* fündig, offenbar hatte man die Sachen in dem Schrank des Schlosses doch nicht für wichtig genug gehalten, um eine gesonderte Liste anzulegen.

Schließlich stießen sie in dem Bericht des Sergeanten, der als erster das Schloß durchsucht hatte, nachdem Annamay als vermißt gemeldet worden war, auf einen Hinweis.

Spielhütte, begehbarer Kleiderschrank, Inhalt:
Kinderpullover, grün
2 Tennisschuhe, einer weiß, einer blau
1 T-Shirt, Baumwolle,
Nylonschlüpfer, rosa,
(Obige Gegenstände wurden von Mrs. Chisholm, der Haushälterin, als Annamay Hyatt gehörig identifiziert.)
2 Abendkleider, eins schwarzer Chiffon, eins blaue Seide, beide schadhaft.
1 schwarzer Filzhut mit rosa Rose.
(Diese Kleidungsstücke hatten laut Mrs. Chisholm Kathleen Hyatt, Annamays Mutter, gehört und waren dem Kind zum Erwachsenenspielen überlassen worden.)

Von den hochhackigen Sandalen mit den Straßriemchen war in der Liste nicht die Rede.

8

Drus Zeugnis für das Winterhalbjahr bekam ihre Mutter per Einschreiben zugestellt, Dru brachte es nicht selbst nach Hause. Das an sich war schon ungewöhnlich. Noch ungewöhnlicher war der Begleitbrief:

Liebe Mrs. Campbell,
leider ist es uns nicht gelungen, Sie anderweitig über Botschaften zu erreichen, die wir Dru zu getreuen Händen übergeben hatten. Ich nehme Anliegendes zum Anlaß, um mich brieflich mit Ihnen in Verbindung zu setzen und Ihnen die Veränderungen in Drus Verhalten und ihrem Notendurchschnitt vorzutragen.

Die ganze Schülerschaft war selbstverständlich über Annamay Hyatts Tod tief betroffen, wodurch sich uns eine Reihe von Verhaltensproblemen stellte. Der Schock ist allmählich abgeklungen, und die Kinder haben mehr oder minder wieder zu ihrem Normalzustand zurückgefunden. Das Gegenteil ist bei Dru der Fall. Anfangs schien sie ganz ruhig, gleichsam als sei sie der Meinung, es werde um nichts und wieder nichts ein großes Getue gemacht und ihre Cousine könne jeden Tag unversehrt wieder auftauchen.

Dru, eine aufgeweckte und motivierte Schülerin, ist zunehmend unaufmerksam im Unterricht und böswillig – aggressiv beim Sport. Sie machte sich auch einer Reihe von

Verstößen gegen Schulregeln schuldig, wie anstößiger Ausdrucksweise, des Rauchens in den Toiletten und Schwänzens. Zu der Dru, die wir vom Kindergarten auf kennen, wollen diese Vorkommnisse beim besten Willen nicht passen.

Ich meine, wir sollten gelegentlich gemeinsam überlegen, wie dem Kind geholfen werden kann.

Mit freundlichen Grüßen, Ihre Isabelle F. Thomson

Vicki las den Brief zweimal und warf einen kurzen, widerstrebenden Blick auf das Zeugnis. Dann rief sie ihren Mann, John Campbell, im Museum of Natural History an und bat ihn, sofort heimzukommen, da etwas Schreckliches passiert sei.

Zehn Minuten später traf John ein. Er war darauf gefaßt, das Haus in Flammen vorzufinden, von einem Rohrbruch überflutet oder zumindest von Einbrechern verwüstet. Statt dessen fand er Vicky an der Bar auf der Veranda vor einem Gin and Tonic.

»Also, was ist?« fragte er.

»Dru hat ein C minus in Sozialkunde.«

»Ich bin überwältigt. Entsetzt. Sprachlos. Kann ich jetzt wieder an meine Arbeit gehen? Ich war gerade in einer Besprechung.«

»Bitte sehr, geh nur an deine Arbeit. Aber ich wette, wenn Dru *deine* Tochter wäre, würdest du dich nicht dagegen sträuben, ein wenig Zeit auf ihre Probleme zu verwenden.«

»Dru ist nicht mein Fleisch und Blut, aber ich betrachte sie als meine Tochter.«

»Dann schau dir das an.« Vicki breitete das Zeugnis und den Brief der Lehrerin auf der Bar aus. »Keine bessere

Note als C, bis auf Biologie, und das war die Arbeit über die Seidenraupen, bei der du ihr geholfen hast. Und lies bloß, was dieses gemeine Weibsbild über Drus Verhalten schreibt. Mir ist an ihr keine Veränderung aufgefallen.«

»Mir schon.«

»Warum hast du dann nichts gesagt?«

»Ich sage jetzt etwas.« John setzte die Lesebrille auf und studierte das Zeugnis genau. »Was soll eigentlich die ganze Aufregung? So schlecht ist das doch gar nicht.«

»Früher hatte sie überall nur As.«

»In diesem Halbjahr eben nicht. Vielleicht auch noch länger nicht. Sie muß sich erst wieder fangen. Das Kind hat einiges mitgemacht. Annamay war nicht nur ihre Cousine, sondern auch ihre beste Freundin.«

»Was ich jetzt sage, kommt dir vielleicht albern vor, du bist ein Mann und verstehst so etwas nicht. Aber ich überlege mir, ob Dru plötzlich aufgegangen ist, daß sie nicht hübsch ist. Für ein Mädchen ist es ein ganz schreckliches Handicap, nicht hübsch zu sein.«

»Woher willst du das wissen?«

Sie sah ihn mißtrauisch an. »Das war vermutlich als Kompliment gemeint. Mir ist nicht nach Komplimenten zumute, ich meine es ganz ernst. Nächsten Sommer können wir ihre Zähne richten lassen, und irgendwann können wir auch was für ihre Nase tun. Aber die großen Ohren hat sie von Gerald, und sie wächst zu rasch.«

»Du hast Gerald trotz seiner großen Ohren geheiratet«, sagte John. »Weshalb hast du ihn eigentlich genommen?«

»Das weiß ich nicht mehr.«

»Wirst du das eines Tages auch über mich sagen?«

»Vielleicht – wenn du mich nicht endlich ernst nimmst. Daß Dru ein schlechtes Zeugnis hat, mag für dich keine

Katastrophe sein. Aber wenn sie nicht hübsch ist, muß sie zumindest gut in der Schule sein. Ein Jammer, daß sie nicht meiner Familie nachschlägt.«

»Das hättest du dir überlegen sollen, ehe du mit Mr. Segelohr ins Heu gegangen bist.«

»Diese Bemerkung ist ordinär und fehl am Platz.«

»Hast du dir selber zuzuschreiben. Du weißt genau, wie ungern ich dich von Gerald oder einem deiner anderen Männer, mit denen du liiert warst, sprechen höre – oder wie immer du das nennst.«

»Liebhaber.«

»Meinetwegen Liebhaber.«

»Also ehrlich, Geralds Figur war schon toll.«

»Verschon mich mit einer Beschreibung seiner Figur, seiner Ohren oder sonstiger Teile seiner Anatomie. Zurück zum Thema. Du hast mich aus einer wichtigen Besprechung geholt, um über Drus Probleme zu reden, also jetzt rede bitte. Bisher ist nur herausgekommen, wie sehr du es bedauerst, daß sie nicht deiner Familie nachschlägt.«

»Tu ich auch. Annamay sah mir und Kay so ähnlich, es ist wirklich ein Jammer, daß Dru –«

»Ich weiß, ich weiß. Mr. Segelohr ...«

»Selbst Gerald sieht die Ähnlichkeit, und der sieht sonst doch den Wald vor lauter Bäumen nicht. Er trägt eine Brille. Arme Dru! Vielleicht braucht sie später auch eine. Das gäbe mir noch den Rest.«

»Ich trage auch eine Brille.«

»Nur zum Lesen. Gerald braucht sie ständig, damit er überhaupt was sieht – besonders Frauen. Vielleicht hat er deshalb eine Vorliebe für große Frauen; die sieht man besser.«

»Wenn Mr. Segelohr so viele Fehler hat, begreife ich nicht, wieso er ein derart makelloses Juwel wie dich erobern konnte.«

»Jetzt wirst du boshaft.«

»Nein, wirklich, es interessiert mich. Wie hat er es geschafft?«

»Er hat viel gelogen.«

»Und?«

»Ich habe ihm geglaubt. Ich bin unrettbar naiv. Ich glaube alles, was man mir erzählt, und fühle mich jedesmal schrecklich hintergangen, besonders wenn es sich um meine eigene Tochter handelt.«

»Was soll das heißen?«

»Dru schwindelt mich neuerdings an. Nicht sehr schwerwiegend, bis jetzt jedenfalls noch nicht. Aber es macht mir doch Sorgen. Neulich hat sie mir gesagt, sie würde nach der Schule zu Heather Park gehen. Zufällig habe ich nachmittags Heather und ihre Tante auf der Carlton Plaza getroffen. Ohne Dru. Sie ist so verschlossen geworden. Eine Zehnjährige dürfte keine Geheimnisse vor ihrer Mutter haben.«

»Das kommt auf die Zehnjährige an«, sagte John. »Und die Mutter.«

»Annamay war ganz anders. Offen und ehrlich. Man wußte immer, was sie gerade dachte.«

»Annamay ist tot. Dru lebt. Ein Vergleich zwischen den beiden ist sinnlos und destruktiv. Hör auf damit.«

»Ist das ein Befehl?«

»In der Tat.«

Sie sah aus, als sei sie drauf und dran, in Tränen auszubrechen, dann nahm sie sich zusammen und mixte sich statt dessen noch einen Drink. Ihm bot sie keinen an.

»Gut, Johnny, wenn du so gescheit bist, nimmst am besten du die Sache in die Hand. In ein paar Minuten kommt sie nach Hause. Rede du mit ihr.«

»Vielleicht«, sagte John. »Vielleicht lasse ich aber auch sie reden.«

»Sehr cool, vernünftig und verständnisvoll gesagt. Laß sie reden. Das Schweigen dürfte ohrenbetäubend sein. Die Kommunikation mit ihr ist gleich Null.«

»Vielleicht braucht sie einen neuen Ansprechpartner. Ich stehe zur Verfügung.«

»Was sie wahrscheinlich braucht, ist Hilfe von einem Fachmann. Ich überlege, ob ich nicht einen Termin mit diesem neuen Kinderpsychiater machen soll, zu dem Sarah Fitzroy mit ihren Bälgern geht.«

»Nein.«

»Was heißt ›Nein‹?«

»Für den Krampf mit den Psychoheinis ist sie einfach noch zu jung. Laß sie in Ruhe, Vicki! Was sie zur Zeit durchmacht, nennt man Erwachsenwerden.«

»Aber sie entwächst mir, John. Und ob sie zu einem Psychoheini soll oder nicht, entscheide ich. Sie ist meine Tochter.«

»Meine auch. Und mir gefällt sie so, wie sie ist, ohne daß ein Dr. Klaps, ein Dr. Nasenbrech oder irgendein Dentalathlet an ihr herumpfuscht.«

Er wartete im Südpatio auf sie, vor dem als Windschutz ein zwei Meter hoher Zaun aus Rotholz-Halbrundstäben stand. Den Zaun hatte Vickis erster Mann gezogen, und nur in diesem Zusammenhang hatte sie ihn je erwähnt. (»Dieser verdammte Zaun kriegt Schlagseite. Dabei hat Wilbur behauptet, er hält ewig.« »Das darfst du Wilbur nicht anlasten«, hatte John gesagt. »Der Yuccastamm drückt gegen den Zaun, früher oder später muß ein neuer her.«)

Als John jetzt einen Blick auf den Zaun warf, stellte er fest, daß er sich noch um zwei, drei weitere Grad geneigt hatte. Den Zaun zu ersetzen würde sie teuer zu stehen kommen, denn der Preis für Redwood-Halbrundstäbe war inzwischen in astronomische Höhen geklettert.

Er setzte sich auf die Schaukel und wiegte sich vor und zurück, bis ihm von der Bewegung leicht schwindlig war. Trotz der vor Vicki zur Schau getragenen Sicherheit war ihm nicht sehr wohl in seiner Haut, weil er nicht recht wußte, wie er die Frage von Drus Zeugnis am besten angehen sollte. Er hatte beträchtliche Erfahrung mit Kindern jeden Alters, allerdings nur von Berufs wegen. Kinder zeigten sich meist von ihrer besten Seite, wenn man sie durchs Museum führte oder an den Strand zur Beobachtung der Lebewesen im Watt oder in die Sumpfbuchten zur Beobachtung von See- und Strandvögeln. Sein erster engerer Kontakt zu einem Kind war Dru gewesen, nach der Heirat mit ihrer Mutter. Die damals erst neunjährige Dru behandelte ihn wie einen Altersgenossen, und er merkte, daß er es mit ihr ebenso machte. Sie führten ernsthafte Gespräche, insbesondere beim Frühstück, das sie abwechselnd bereiteten, weil Vicky gern ausschlief und die Köchin erst um elf kam. Sie waren echte Freunde, glaubte John.

Es war fast drei, als er am Ende der Auffahrt den Schulbus kreischend bremsen und neuerlich einen Teil seiner ungebärdigen Fracht ausladen hörte.

Dru sah nicht ungebärdig aus. Sie trug die adrette Schuluniform, bestehend aus dunkelgrünem Trägerrock mit passender Strickjacke und weißer Bluse, das lange braune Haar war im Nacken mit einem grünen Band zusammengenommen. Sie hatte einen Rucksack über der Schulter und ein rötlichbraun gestreiftes Kätzchen auf dem Arm.

»Hi«, sagte John.

»Hi.«

»Was hast du denn da für einen Freund?«

»Eine Katze.«

»Ein Er oder eine Sie?«

»Eine Sie, glaube ich. Bei jungen Katzen kann man das so schwer sagen. Was meinst du, ob du's erkennen kannst?«

»Ich kann's ja mal versuchen.«

Das Kätzchen wechselte – nicht ohne Protest – von einem Arm zum anderen.

»Es ist ein Kater«, sagte John. »Und er hat Hunger. Am besten holst du gleich Milch aus dem Kühlschrank und gibst ein bißchen warmes Wasser dazu.«

Es war kein sehr geeigneter Start für ein Gespräch über Zeugnisse, aber das war nun nicht zu ändern. Er legte sich den kleinen Kater an die Schulter, bis Dru mit einem Schälchen Milch zurückkam. Sie sahen zu, wie das Tierchen mit der winzigen rosa Zunge die Milch schlabberte.

»Niedlich, nicht?« sagte Dru.

»Sehr. Aber du solltest keine herrenlosen Tiere mit nach Hause bringen.«

»Hab ich ja gar nicht. Ich hab ihn offen und ehrlich gewonnen.«

»Wo?«

»In der Schule.«

»Macht ihr da neuerdings Tombola?«

»Nein. Kristy Doughertys Mutter hat ihn in einem

Korb in die Schule gebracht und gesagt, wer von uns auf den pfiffigsten Namen kommt, kann ihn behalten. Und ich hab Marmelada vorgeschlagen und hab gewonnen. Jetzt kann ich damit nichts anfangen, weil es ein Er ist. Ich könnte ihn ja John nennen, nach dir.«

»Vielleicht solltest du ihm überhaupt keinen Namen geben, bis feststeht, ob er bleibt.«

»Natürlich bleibt er. Er gehört mir. Ich hab ihn gewonnen.«

»Und wenn deine Mutter –«

»Sie kann ihn mir nicht wegnehmen. Er gehört mir. Ich hab ihn offen und ehrlich gewonnen.«

Was John weniger offen und ehrlich fand, war Mrs. Doughertys Verfahren, sich einen Wurf junger Katzen vom Hals zu schaffen, aber zu Erörterungen ethischer Fragen war dies wohl kaum der rechte Moment. Dru beugte sich schützend über das Kätzchen, während es weitertrank.

»Hör mal einen Moment zu, Dru.«

»Ich hab ihn ganz offen und ehrlich gewonnen«, wiederholte sie. »Wenn er nicht bleiben darf, bleib ich auch nicht. Ich lauf weg wie Annamay, und dann denken alle, ich bin tot, und machen eine Beerdigung und weinen, und dann lach *ich* mir ins Fäustchen.«

»Glaubst du das wirklich? Daß Annamay lebt und sich irgendwo ins Fäustchen lacht?«

Sie ließ nicht erkennen, ob sie die Frage gehört hatte.

»Du warst auf ihrer Beerdigung, Dru. Du hast Annamays Sarg gesehen.«

»Vielleicht war sie nicht drin. Es war nur ein Haufen Knochen. Eine in der Schule hat gesagt, es könnten auch Tierknochen sein.«

»Es waren keine Tierknochen, es waren Annamays Knochen.«

»Bewiesen hat das keiner. Schließlich stand ja nicht ihr Name drauf, sie hatten keine besonderen Kennzeichen.«

»Keine besonderen Kennzeichen, nein. Aber die Jury –«

»Das sind auch nur Menschen. Menschen irren sich immerfort.«

Er hockte sich neben sie auf die Bodenplatten und streichelte ihr Haar, so wie sie das Kätzchen streichelte. »Hör zu, Dru. Es wäre schön, wenn wir denken könnten, daß Annamay irgendwo lebt, aber es stimmt einfach nicht.«

»In der Religionsstunde hat eine gesagt, daß nur sehr gute Menschen jung sterben. So gut war Annamay aber gar nicht. So gut bestimmt nicht.«

»Im Lauf deines Lebens wirst du vielerlei Dinge hören. Du wirst selbst entscheiden müssen, welche plausibel sind und welche nicht. Und das wird dir auch gelingen, daran habe ich gar keinen Zweifel. Du bist doch ein gescheites Mädchen.«

»Das findet sonst keiner.«

»Alle finden das.«

»Gar nicht wahr. Ich hab für dieses Halbjahr ein schlechtes Zeugnis, das weiß ich, als nämlich am Mittwoch die Zeugnisse verteilt worden sind, haben nur zwei von uns ihrs nicht in die Hand gekriegt, ich und Mary Jo, und Mary Jo ist das Klassenkamuffel.«

»Ich habe dein Zeugnis in der Tasche«, sagte John. »Möchtest du es sehen?«

Sie schüttelte den Kopf.

»Komm, schau's dir ruhig an. So schlecht ist es gar nicht, da hab ich schon schlechtere gesehen. Meine waren immer schlechter.«

»Glaub ich nicht.«

»Ehrenwort. So, und jetzt setzen wir uns da an den Tisch, du und ich und der Marmeladentiger, und schauen uns das Zeugnis an und überlegen, was wohl schiefgelaufen ist.«

»Die Lehrerin kann mich nicht leiden, das ist schiefgelaufen.«

»Das könnte ein Grund sein, aber wahrscheinlich kein sehr ausschlaggebender.«

»Wenn die Guten jung sterben, lebt die bestimmt ewig«, sagte Dru. »Die Kinder nennen sie alle die Hexe.«

»Und wie nennst du sie?«

»Ins Gesicht oder hinter ihrem Rücken?«

»Zunächst mal ins Gesicht.«

»Isabelle.«

»Du redest sie mit Isabelle an?«

»Ja.«

»Warum?«

»Weil ich so gern seh, wie sie rot anläuft. Es ist sehr interessant. Das Rot fängt am Hals an und klettert nach oben, bis sogar die Nasenspitze rosa ist, wie bei einem Kaninchen.«

»Heiliger Strohsack«, sagte John.

»Es ist ein sauberes wissenschaftliches Experiment. Finde ich.«

»Offenbar ist Miss Thomson nicht deiner Meinung.«

»Sie hat keinen Sinn für Humor.«

»Meiner ist inzwischen auch schon etwas strapaziert. Jetzt komm.« Er zog sie hoch, und sie setzten sich an den runden Glastisch, das Zeugnis und das Kätzchen vor sich.

»Du liest ausgezeichnet«, sagte John. »Warum das C in Englisch?«

»Isabelle –«

»Miss Thomson.«

»Miss Thomson möchte, daß ich lese, was sie will, und ich will lesen, was ich will.«

»Da muß ich leider Miss Thomsons Partei ergreifen. Es ist nunmal ihr Beruf, den Schülern etwas beizubringen, und nicht andersherum.«

»Ein bißchen andersherum täte ihr nicht weh.«

»Nicht jeder Lehrer macht es gern andersherum, und zu denen gehört nun mal Miss Thomson. Und ehrlich gesagt tut mir die Frau inzwischen ausgesprochen leid.«

»Erwachsene halten immer zusammen.«

»Jetzt bleib mal sachlich, Dru. Du hast nicht gelesen, was du aufbekommen hattest, und du warst frech zu den Lehrern. Trifft das die Sachlage?«

»Es trifft die Sachlage, aber es ist nicht alles drin, zum Beispiel nicht, wie komisch sie aussieht, wenn sie rot anläuft und daß sie keinen Sinn für Humor hat.«

»Es ist drin, daß du in der Klasse den Kasper spielst. Du störst absichtlich, stimmt's?«

»Ja.«

»Warum?«

»Weiß ich nicht. Weil's Spaß macht.«

»Ein Mädchen, das seinen Spaß hat, müßte eigentlich vergnügter aussehen.«

»Was verlangt ihr denn eigentlich von mir? Daß ich ständig rumlaufe und strahle und ein A nach dem anderen kassiere und ausseh wie ein Filmstar?«

»Ich verlange überhaupt nicht –«

»Du vielleicht nicht. Aber Mom. Sie verlangt von mir, daß ich noch perfekter bin als Annamay.« Sie nahm das Band aus dem Haar und legte es dem kleinen Kater um den

Hals. Er war zu müde, um zu protestieren, und schlief in ihrer Armbeuge ein. »Wenn sie nicht erlaubt, daß ich ihn behalte, blamier ich sie bei dir. Es gibt eine Menge Sachen, die du nicht weißt.«

»Und die ich auch nicht hören will.«

»Zum Beispiel, als ich zur Welt gekommen bin, war sie furchtbar enttäuscht, und da hat sie sich was machen lassen, damit sie keine Kinder mehr kriegt.«

»Das ist nicht der Grund, daß sie es hat machen lassen. Wie kommst du darauf?«

»Hab ich mir so gedacht.«

»Dann hast du dir was Falsches gedacht. Die Ärzte haben ihr von weiteren Schwangerschaften abgeraten.«

»Scheibenhonig. Sie wollte bloß nicht noch mehr so Kinder wie mich. Ist mir auch egal. Geschwister sind sowieso eine Plage. Eine Katze ist mir lieber.« Sie legte die Wange an den Kopf des Katerchens. »Was meinst du, ob er sich albern vorkommt, wenn er aufwacht und merkt, daß er ein Band um den Hals hat?«

»Ich denke eher, daß er es mit der Angst zu tun bekommt.«

»Und daß er dann vielleicht wegläuft?«

»Möglich.«

»Dann mach ich's gleich ab.« Sie nahm das Band so behutsam ab, daß das Tierchen sich kaum rührte. »Dir gefällt er doch auch, John, nicht?«

»Ja, sehr sogar.«

»Dann steht es zwei zu eins, wenn sie nein sagt. Und zweimal Ja zählt mehr als einmal Nein. Das ist ganz simples Kopfrechnen. Also haben wir gewonnen. Sag es, John. *Wir haben gewonnen* . . . Bitte.«

»Das Sagen allein nützt nicht viel. Da muß schon ein

bißchen Psychologie her. Du könntest ihr zum Beispiel erzählen, daß du ein Pferd gewonnen hast. Dann ist sie vielleicht ganz erleichtert, daß es nur ein Kätzchen ist.«

»Das ist unheimlich schlau.«

»Danke.«

»Ein richtig großes Pferd oder ein Pony?«

»Ein richtig großes Pferd hat vielleicht eine stärkere Schockwirkung.«

Sie kicherte ein bißchen, wurde aber gleich wieder ernst.

»John, findest du, daß man den Charakter eines Menschen am Gesicht erkennt?«

»Nein.«

»Aber mal angenommen, es stimmt, was glaubst du, was zuerst kommt? Ist erst der Charakter da und dann das Gesicht, das man davon kriegt? Oder hat man erst das Gesicht und kriegt davon den Charakter?«

»Körperliche Merkmale sind erblich. Auch der Charakter vererbt sich, ist aber mehr von Umwelteinflüssen abhängig. So sehe ich das.«

Dru überlegte ernsthaft, dann machte sie die Augen zu.

»Welche Farbe haben meine Augen?«

»Ist das ein neues Spiel?«

»Welche Farbe?«

»Blau«, sagte er. »Bläulich.«

»Sie sind grün. Häßlich grün mit braunen Flecken. Und klein.«

»Das stimmt überhaupt nicht.«

»Ich hab kleine, häßliche grüne Augen«, sagte Dru erbittert. »Wenn dir zwei Mädchen begegnen würden, und das eine hätte große blaue Augen und das andere kleine häßliche grüne, welche würdest du dir als Tochter wünschen?«

»Keine. Ich hab ja dich.«

»Glaub ich nicht.«

»Ehrenwort. Sieh mir in die kleinen häßlichen braunen Augen und überzeug dich, ob ich die Wahrheit sage.«

»Manchmal kannst du schrecklich albern sein. Du hast gar keine braunen Augen. Sie sind blau.«

»Nur, damit die Leute nicht merken, daß ich einen häßlichen braunen Charakter habe.«

»Du hast keinen häßlichen braunen Charakter.«

»Und ob! Braun, hier und da ins Schwarze spielend, mit roten und grauen Tupfen. Ein schöner Mischmasch.«

Sie musterte ihn streng. »Du könntest mich ruhig ein bißchen mehr wie einen erwachsenen Menschen behandeln.«

»Also gut, du erwachsener Mensch. Hier hast du dein Zeugnis. Schau's dir gründlich an. Und hör in diesem Halbjahr auf mit den Faxen und setz dich auf den Hosenboden.«

Vicki kam vom Haus her über den Patio. Ihre Absätze klickten gereizt auf den Platten. Sie war deutlich irritiert, denn sie nahm das Kätzchen gar nicht wahr oder tat jedenfalls so.

»Mr. Hyatt, Howards Vater, ist da und möchte Dru sprechen. Ich weiß nicht, was er will, aber es könnte etwas mit Annamays Schloß zu tun haben.«

»Darüber weiß ich nichts«, gab Dru zurück.

»Sag ihm das.«

»Er glaubt mir ja doch nicht.«

»Herrgott, geh wenigstens hin und red mit ihm. Ich kann ihn doch nicht den ganzen Tag vor der Haustür stehen lassen.«

»Ich mag nicht.«

»Geh! Hast du mich verstanden?«

Der junge Kater wachte von dem Lärm auf und miaute. Dru legte ihn rasch John in die Arme, flüsterte »Zwei zu eins!« und lief ums Haus herum.

Mr. Hyatts distinguierter schwarzer Cadillac stand auf der halbrunden Einfahrt, und daneben stand Mr. Hyatt und putzte mit seinem Taschentuch den Rückspiegel. Als er Dru kommen sah, steckte er das Taschentuch weg und nahm die Anwesenheit des Kindes mit einem kurzen, höflichen Nicken zur Kenntnis.

Lange Zeit sagten beide kein Wort. Dann meinte Dru: »Ich hab eine Katze gewonnen.«

»Das ist aber schön. Es ist immer schön, etwas zu gewinnen, besonders eine Katze.«

»Sie ist noch ganz klein. Später wird's mal ein richtiger Kater.«

»Um so besser. Du wirst die Freude haben, ihn heranwachsen zu sehen. Junge Geschöpfe heranwachsen zu sehen ist seit jeher eine der größten Freuden meines Lebens.« Wieder gab es eine lange Pause, die diesmal von dem alten Herrn gebrochen wurde. »Annamay war das nicht vergönnt.«

»Mr. Hyatt –«

»Ein Jammer. Sie wäre eine wunderbare Frau geworden und hätte schöne Kinder zur Welt gebracht.«

»Nicht unbedingt«, sagte Dru. »Meine Mutter war eine wunderbare Frau, und sie hat mich gekriegt. Es kommt sehr auf den Mann an.«

»Annamay hätte eines Tages einen richtigen Prinzen heiraten und in einem richtigen Schloß wohnen können.«

»Nein, Sir. Sie hat Ben heiraten wollen, und der ist bloß Architekt und haust in einer schäbigen Wohnung unten am Hafen, sagt meine Mutter.«

»Annamay und Ben? Ach du liebe Güte, nein, der hätte nie auf sie gewartet. Für den wird es jetzt schon höchste Zeit zum Heiraten.«

»Ich weiß. Er hat in der ganzen Stadt seine Weiber gehortet.«

»Wirklich?«

»Ja, wirklich.«

»Wer hat dir das erzählt?«

»Meine Mutter.«

»Dann stimmt es vermutlich.«

»Absolut. Die kriegt ja jeden Klatsch mit.«

»Soso.« Er sah zum Himmel auf, blinzelte und wischte sich mit demselben Taschentuch die Augen, mit dem er den Rückspiegel geputzt hatte. »Und du magst Ben auch so gern?«

»Klar. Er ist wie ein Onkel. Ich hab einen ganzen Haufen Onkels gehabt, aber Ben ist besser als all die anderen zusammen.« Dru machte eine Pause und runzelte die Stirn. »Wissen Sie, was ein guter Onkel ist?«

»Nein, ich glaube, diesen Ausdruck habe ich noch nie gehört.«

»Meine Schulfreundin Connie hat einen, aber sie redet nicht darüber. Sie zieht bloß den Mund schief und rollt mit den Augen. Sie hat immer massig Geld. Sie ist vierzehn und hat einen festen Freund und eine Flasche Schnaps im Garderobenschrank.«

»Schnaps?«

»Wodka.«

»Vielleicht tut sie einfach Wasser in eine leere Wodkaflasche und stellt sie in ihren Garderobenschrank, um sich damit großzutun.«

»Nein, ich hab das Zeug mal probiert, es brennt in der Kehle. Ich schaff mir auch bald einen festen Freund an. Ich mag einen Jungen, der heißt Kevin. Er ist zwölf und spielt Fußball und will Bergsteiger werden. Er übt das Klettern an Bäumen.«

»Kletterst du auch gern auf Bäume?«

Sie wurde rot und schlug wie zum Schutz vor einem Angriff die Arme über der Brust zusammen.

»Nein. Da wird einem schwindlig, wenn man runterguckt.« Sie kniff die Augen so fest zusammen, daß sie kaum Mr. Hyatts glänzende Stiefel und den Fleck auf ihrem Rock sehen konnte, den der Kater beim Sabbern hinterlassen hatte. »Ich schau nicht gern von hoch oben runter. Annamay und ich, wir sind nie auf Bäume gestiegen, kein einziges Mal. Jetzt muß ich nach meinem Kater sehen.«

»Einen Moment noch«, sagte Mr. Hyatt ruhig. »Warum bist du so zappelig?«

»Mein Kater braucht mich. Und mir wird ganz komisch, wenn ich mir vorstelle, von oben runterzugukken.«

»Dann schau nach oben. In der Eiche da drüben sitzt ein Vogel, ein ziemlich großer Vogel mit wunderschönem blauen Gefieder. Was glaubst du wohl, was für einer das ist?«

»Das glaub ich nicht, das weiß ich. Ein Buschhäher. Die Vögel kenn ich alle, durch John.« Das klang verdrossen. »Zu dem ganzen Schulkram läßt mich John auch noch Vögel und Bäume und Blumen und Steine auswendig lernen. Als nächstes kommen wohl die Sterne dran.«

»Die Sterne sind bestimmt gut für dich. Wir müssen immer zu den Sternen aufsehen.«

Dru hob den Blick und sah nur eine wässerige Sonne, die halb hinter einer Wolkenbank verborgen war. »Ich seh keine Sterne.«

»Die kommen später.«

»Heute nicht, es ist zu neblig.«

»Sie sind da, auch wenn du sie nicht sehen kannst.«

»Können Sie mir mal verraten, wozu das gut sein soll?«

Er hatte das dunkle, allerdings nicht näher bestimmbare Gefühl, daß sie Trost brauchte, und wollte ihr beruhigend eine Hand auf die Schulter legen, aber sie zuckte zurück. »Jetzt muß ich mich aber wirklich um meine Katze kümmern.«

»Sei nicht so schreckhaft, Kind, ich tu dir doch nichts.«

»Ich darf mich nicht von Fremden anfassen lassen.«

»Von Fremden? Aber ich bin doch Annamays Großvater, und du bist ihre Cousine und ihre allerbeste Freundin.«

»Beste. Nicht allerbeste.«

»Ihr habt euch gegenseitig in eure Geheimnisse eingeweiht, nicht?«

»Manchmal.«

»Und sie hat dir gezeigt, wo der Schlüssel zum Schloß ist?«

»Ja, weil ich oft Sachen drin vergessen hab und sie holen mußte, und manchmal war sie nicht da, um mich reinzulassen.«

»Und hast du auch anderen Leuten etwas von dem Schlüssel gesagt?«

»Nein. Aber *sie* wahrscheinlich. Sie war noch ein richtiges Baby, sie konnte kein Geheimnis für sich behalten, immer mußte sie schwatzen. Sie hat sogar Kevin gesagt, daß ich ihn liebe, und da hat er sich geniert und hat mich eine Ewigkeit nicht mehr angesehen.«

Wieder wischte sich der alte Herr die Augen mit dem schmutzigen Taschentuch. »Das mit dem Schloß war ein Fehler. Wenn Kinder ihr eigenes Reich haben, treiben sie nur Unfug. Sie brauchen Aufsicht.«

»Wir haben keinen Unfug getrieben. Wir haben da drin nichts Schlimmes gemacht.«

»Es war ein Fehler. Ich habe das Howard und Kay von Anfang an gesagt, aber sie haben sich von Bens Ideen mitreißen lassen. In seiner Begeisterung war er selbst wie ein Kind. Er hat das Schloß für sich gebaut, nicht für Annamay.«

»Sie können nicht alles auf das Schloß schieben.«

»Kinder werden mit so viel Freiheit nicht fertig. Sie machen Dinge, die –«

»Sie ist nicht in dem Schloß gestorben«, sagte Dru schroff. »Sie ist auch gar nicht richtig tot. Sie ist aufgestanden und weggegangen und versteckt sich irgendwo und lacht euch Erwachsene aus, weil ihr einen Haufen Tierknochen begraben habt.«

»Glaubst du, sie kommt zurück?«

»Früher oder später. Wenn sie Lust hat.«

»Das glaubst du wirklich, Dru?«

»Sag ich doch.«

»Aber glaubst du es?«

»Es ist wahr. Die Leute können sagen, was sie wollen, es ist wahr.«

Zwei Tränen quollen aus seinen Augen und rannen ihm über das zerklüftete Gesicht. »Du redest irre, Dru, du bist krank.«

»Und Sie sind ein verrückter alter Kerl.«

»Schrei bitte nicht so.«

»Sie sind ein verrückter alter Kerl. Und ich erzähl allen, daß Sie gesagt haben, ich soll mich ausziehn, und daß Sie mir dafür Geld versprochen haben. Aber ich hab's nicht genommen, weil ich keine schlimmen Sachen mache.«

»Solche häßlichen Lügen würdest du verbreiten?«

»Warum nicht? Sie sind ein verrückter alter Kerl, und damit basta, und ich hasse Sie. Ich hasse euch alle.«

Er sah ihr nach, wie sie die Stufen hinaufrannte und im Haus verschwand. Dann setzte er sich wieder ans Steuer und blieb lange Zeit regungslos sitzen. Die Tränen waren zu Stein geworden und schmerzten qualvoll in seinen Augen.

»Sie ist nicht tot. Sie ist aufgestanden und weggegangen und versteckt sich irgendwo und lacht euch Erwachsene aus, weil ihr einen Haufen Tierknochen begraben habt.«

9

Mr. Cassandra hatte sein Tagewerk vollbracht. Er legte Tamburin und Robe in seinem Hotelzimmer ab und begab sich in die Bar im Erdgeschoß, wo er fast jeden Abend Hof hielt. Es war keine großartige Hofhaltung – acht Barhocker und ein junger Barkeeper, der tagsüber zur Schule ging und abends viel gähnte.

Mr. Cassandra trank nur zu besonderen Anlässen. Aber da er ein gesegnetes Gedächtnis und viel Phantasie besaß, fielen ihm im Nullkommanichts besondere Anlässe ein: Präsidentengeburtstage, das eine oder andere Kriegsende, Fertigstellung von Talsperren, Brücken und Hochhäusern, der erste Mardi Gras, die Erfindung des Rades, die Bill of Rights und Freitage – all das verdiente gefeiert zu werden und wurde es auch.

Das Publikum an der Bar war gemischt, aber eins war allen gemeinsam: Keiner konnte gegen Mr. Cassandras Redefluß an.

»Immer wieder mal hätte ich ein Vermögen machen können. Und jedesmal hab ich's vertan. Diese Woche wieder. Ich hatte was Wertvolles zu verkaufen, und statt es zu verkaufen, hab ich es verschenkt. Was war denn das, werdet ihr jetzt fragen ...«

»Ich nicht«, sagte der Mann neben ihm. »Keiner fragt dich. Keiner will wissen –«

»Ein Name. Schlicht und einfach ein Name. Randy. Und wißt ihr, was für ein Name das ist? Der Name von einem Hühnchen.«

»Wie kommst du mir denn vor, Mann? Du hast keine Hühner, im Hotel sind Haustiere verboten.«

Mr. Cassandra fuhr ungerührt fort. »Zu einer bestimmten Zeit an einem bestimmten Tag war dieser Cunningham an einer bestimmten Stelle und hat nach Randy gerufen. Der Polizei hat er erzählt, daß seine Katze gemeint war. Ich höre immer Katze. Nach einem seiner Hühnchen hat er gerufen, das ausgeflogen war. Ich hätte zu Cunningham gehen und ihm sagen sollen, daß ich bereit wäre, die ganze Sache zu vergessen, wenn ich eine hübsche runde Summe dafür kriege. Warum ich das nicht getan habe, wollt ihr wissen ...«

»Will ich gar nicht wissen. Mir ist das Jacke wie Hose.«

»Weil ich eine ehrliche Haut bin, deshalb. Ehrlichkeit ist der Fluch meiner Familie. Ich hatte einen Onkel, der hatte ein paar Jahre vergessen, Einkommenssteuer zu zahlen, und als das Finanzamt ihm draufgekommen ist, haben die ihn klipp und klar gefragt, ob er in der Zeit seine Steuern gezahlt hat, und er sagt nein. Zwei Jahre Knast hat er gekriegt.«

»Muß aber ein hundsgemeiner Richter gewesen sein.«

»Er hätte sich nicht schuldig bekennen dürfen, aber der Familienfluch hatte ihn fest im Griff. Eine Lüge wäre ihm im Hals steckengeblieben wie eine Gräte, hätte seinen Magen umklammert wie eine eiserne Faust.«

»Und wieso hat er dann seine Steuern hinterzogen?«

»Er hat nicht hinterzogen, es war ein ehrlicher Irrtum.«

Soviel Ehrlichkeit mußte gefeiert werden. Mr. Cassandra spendierte eine Runde, ihm war plötzlich eingefallen, daß heute der Jahrestag der Entlassung seines Onkels aus dem Knast war.

Die normalerweise durch Müdigkeit abgestumpfte Neugier des jungen Barkeepers lebte bei der Vorstellung eines Hühnchens auf, das Randy hieß und ein Vermögen wert war.

»Es hatte keine Federn«, erläuterte Mr. Cassandra.

»Ein Freund von mir hatte mal einen alten Kanarienvogel fast ohne Federn. Federn hatte er nicht, singen konnte er nicht, fliegen konnte er nicht... Wenn dieser Cunningham so reich ist, wieso hält er sich dann Hühner?«

»Wenn du dir solche Hühner hältst wie der und keinen Ärger mit der Polizei kriegen willst, mußt du schon reich sein. Sehr reich.«

»Und wo hat der seinen Reichtum her?«

»Er hat eine Mutter«, sagte Mr. Cassandra.

Als sie die Tür aufmachte, erkannte Michael in ihr sofort die Frau mit der zu üppigen Garderobe und dem zu üppigen Gewicht, die ihm bei Annamays Beerdigung aufgefallen war. Sie hatte in der hintersten Reihe gesessen, zwischen Ben York und einem gutaussehenden, gebräunten Mann mittleren Alters mit silbrigem Haar. Die Unbekannten hatten sich später als Mrs. Cunningham und ihr Sohn Peter herausgestellt.

Sie war ähnlich gekleidet wie auf der Beerdigung, in Schichten von Schleierstoff, die ihren Umfang betonten, statt ihn zu verhüllen, so wie das dicke Make-up ihre Runzeln nicht verdeckte, sondern eher noch hervortreten ließ. Michael schätzte sie auf etwa siebzig. Nach den polizeilichen Unterlagen war Cunningham einundfünfzig, seine Mutter hatte ihr Alter nicht angegeben.

»Mrs. Cunningham?« fragte Michael.

»Ja.« Sie sah zu ihm hoch und blinzelte kurz, um Klarheit in sein Bild und ihr Gedächtnis zu bringen. »Kenne ich Sie?«

»Wir sind einander noch nicht vorgestellt worden. Ich bin Michael Dunlop.«

»Na so was ... der Pfarrer?«

»Ja.«

»Wie eigenartig.« Sie lehnte sich schwer an den Türrahmen, als brauche sie eine Stütze, um das Gewicht des Himmels und ihr eigenes zu tragen. »Oder sammeln Sie für irgendwas?«

»Nein. Jedenfalls nicht Geld. Nennen wir es einen Höflichkeitsbesuch.«

»Ich kann mir nicht denken, wozu mir ein Pfarrer einen Höflichkeitsbesuch abstatten sollte. Oder hat Peter Sie dazu angestiftet? Er hat einen ziemlich üblen Sinn für Humor. Genau wie sein Vater.«

»Ich kenne Ihren Sohn nicht.«

»Ach so.«

»Darf ich hereinkommen?«

»Meinetwegen. Wenn Sie auch bestimmt kein Betrüger sind ...«

»Bestimmt nicht.« Oder doch ein bißchen, dachte er und überlegte, ob Mrs. Cunningham einen besonders scharfen Blick hatte oder einfach gut im Raten war.

In dem soliden alten Haus schien alles aus Holz zu sein: getäfelte Wände, Balkendecken, Parkettböden. Das Wohnzimmer, in das sie ihn geführt hatte, beherrschte ein Konzertflügel aus Rosenholz, ein Material, aus dem längst keine Flügel mehr gemacht wurden, mit dem Namen einer Firma, die schon vor Jahren bankrott gemacht hatte. Der

Deckel war aufgestellt, die Tastatur offen, als sei jemand mitten im Spiel unterbrochen worden. Aber auf dem Klavierschemel und auf den Tasten lag Staub, und es waren weit und breit keine Noten zu sehen.

Sie merkte, daß er den Flügel musterte, und sagte seufzend: »Mein Sohn Peter ist der Musiker in unserer Familie. Leider kein sehr guter. Er spielt besonders laut, um seine Fehler zu kaschieren, aber irgendwie hört man sie trotzdem. Das Haus lebt, wie Peters Freunde es ausdrükken.«

»Weil so viel Holz darin ist.«

»Ja. Die Geräusche dringen in alle Ecken und Winkel. Peters Patzern kann man nicht entgehen.« Sie gab ein leises, belustigtes Prusten von sich, das sie aber so rasch unterdrückte, daß Michael nicht mit Bestimmtheit hätte sagen können, ob er es gehört hatte. »Wenn Peter Bachs *Wohltemperiertes Klavier* spielte, hat mein verstorbener Mann das Stück nur die *Schlechtgelaunte Drahtkommode* genannt. Wollen Sie sich nicht setzen?«

»Danke.«

»Was ist denn in so einem Fall üblich? Ein Drink gefällig?«

»Das ist nicht nötig.«

»Ich wollte mir gerade selber ein Schlückchen genehmigen. Halten Sie doch mit!«

Sie holte eine Flasche billigen Scotch und einen gelben Plastikbecher hinter einem Schuber mit Shakespeare-Komödien hervor. Der Schuber war noch eingeschweißt, aber die Flasche war mehr als zur Hälfte leer.

»Ich habe nur ein Glas, deshalb müssen wir abwechselnd trinken. Peter schließt das gute Hochprozentige und das Kristall weg, wenn er fortgeht.«

Gleich ein halbes Dutzend Fragen drängten sich Michael auf: Wie weit fort ist er? Fort aus der Stadt? Aus dem Staat? Seit wann ist er fort? Wann kommt er zurück? Wer ist Randy? Aber er sagte nur: »Mich stört das nicht.«

»Ich könnte nach einem zweiten Glas klingeln, aber das Mädchen hat beim Bügeln den Fernseher an, und selbst wenn sie die Klingel hört, wäre sie sehr sauer und würde so tun, als ob sie kein Englisch spricht. Peter meint, daß ich mit dem mexikanischen Personal nicht umgehen kann. Er macht es so, daß er nur Substantive benützt und anstelle der Verben mit Händen und Füßen redet. Wie machen Sie es?«

»Ich spreche Spanisch.« *Besser als für die Verben Hände und Füße zu bemühen.* »Früher hatte ich eine Gemeinde in East Los Angeles. Inzwischen haben sie ein Einkaufszentrum daraus gemacht.«

»Mit unserem Hausboy habe ich keinerlei Verständigungsprobleme. Er ist Inder, einer von der meditierenden Sorte, und spricht perfekt Englisch. Zur Zeit ist er auf Urlaub.« Sie goß einen großzügigen Schuß Scotch in den Plastikbecher und reichte ihn Michael. »Hier. Sie zuerst.«

Die Flüssigkeit roch und brannte wie Karbol, und der erste Schluck wollte nur schwer rutschen. Beim zweiten war es nicht viel anders.

Diesmal war ihr Prusten unüberhörbar. »Nicht gerade erste Qualität, wie? Aber man trinkt das Zeug ja auch nicht des Geschmacks wegen. Man trinkt es gegen Nervosität, Schlaflosigkeit, Bluthochdruck, Herzkammerflimmern, Verzweiflung. Haben Sie eins dieser Leiden?«

»Nicht regelmäßig.«

»Aber manchmal?«

»Ja.«

»Welches? Ich meine, woran leiden Sie am häufigsten?«

»Verzweiflung, würde ich sagen.«

»Und Sie sind Pfarrer?«

»Ja.«

»Wie eigenartig.« Sie goß den Rest des Whiskys in den Plastikbecher. »Daß *Pfarrer* unter Verzweiflung leiden, erwartet man irgendwie nicht. Schließlich haben sie ein hübsches, sicheres Jenseits in petto.«

»Meinen Sie?«

»Wenn nicht die, wer dann?«

»Bei dieser Frage muß ich leider passen.«

Sie sagte nicht noch einmal »Wie eigenartig!«, sah aber aus, als dächte sie es. »Sie enttäuschen mich. Ich habe mir immer gesagt, falls ich dieses Leben durchstehe, wartet etwas Besseres auf mich. Aber wenn das nicht stimmt, ist das hier alles, was wir haben, nicht?«

»Vielleicht.«

»Eine schaurige Vorstellung.«

»Es tut mir leid.«

»Ehrlich gesagt finde ich die ganze Unterhaltung ziemlich deprimierend.«

»Auch das tut mir leid.«

»Pfarrer sollten ermutigende Sachen von sich geben. Daß jeder seinen Lohn im Himmel bekommt zum Beispiel. Glauben Sie das nicht?«

»Nein.«

»Sie müssen es früher mal geglaubt haben, sonst wären Sie nicht Pfarrer geworden.«

»Ich habe es früher mal geglaubt.«

»Bis wann?«

»Bis ein kleines Mädchen starb.«

»War das alles?«

»Es spielte auch noch anderes mit, aber das war das Wesentliche.«

Der Alkohol tat bereits seine Wirkung. Mrs. Cunninghams Gesicht schien sich aufzulösen, zu zerfließen wie Gelatine, zusammengehalten nur noch durch die dicke Make-up-Schicht. Das eine Auge hatte einen leichten Silberblick bekommen, so daß sie ein bißchen aussah wie Annamays Puppe Marietta mit ihrem auf ewig festsitzenden Schielauge.

»Es muß einen Himmel geben«, sagte sie. »Das kann gar nicht anders sein. Wie könnte ich sonst all das... all das hier... ertragen...«

Sie sah sich gleichsam verzweifelt im Zimmer um, und Michael überlegte, was sie nicht ertragen konnte. Das Haus? Die Möbel? Peters Patzer auf dem Klavier?

»All das? Was, Mrs. Cunningham?«

»Manchmal ist es gar nicht hübsch, hier zu wohnen«, sagte sie unbestimmt. »Aber ich wüßte sonst nicht wohin. Anderswo würde mich keiner ertragen, sagt Peter. Deshalb läßt er mich hier wohnen und hat versprochen, nie wegzugehen, denn dann wäre ich allein. Das Alleinsein könnte ich nicht verkraften. Also muß ich mich wohl oder übel mit seinen Freunden abfinden, über ihr albernes Gekasper lächeln, so tun, als ob es mir nichts ausmacht, wenn sie ihre übelriechenden Sachen überall im Haus herumliegen lassen, manchmal sogar auf dem Flügel, meinem geliebten Flügel.«

»Es ist ein altes Stück, wie ich sehe.«

»Es war der Flügel meines Großvaters. Er hat ihn mir geschenkt, als ich ein Mädchen war und ernsthaft Stunden nahm. Jetzt spiele ich nicht mehr, höchstens ein paar Weihnachtslieder am Heiligabend, wenn ich das Gefühl habe, daß niemand zuhört. ›Stille Nacht‹, ›Lobt Gott, ihr Christen allzugleich‹, ›Vom Himmel kommt der Engel Schar‹.« Sie streckte unvermittelt die Hand aus und packte Michael am Jackenärmel. »Es muß Engel geben. Die muß es doch geben.«

»Wenn Sie glauben wollen –«

»Nein, nein. *Sagen* Sie es mir. Sagen Sie mir, daß es Engel gibt.«

»Nun gut«, sagte er schwerfällig. »Es gibt Engel.«

»Die über mich wachen.«

»Die über Sie wachen.«

»Ohne Engel kann ich nicht leben.«

Sie setzte sich auf den Klavierschemel, spielte die ersten Takte von »Vom Himmel hoch« und sang mit dünner, wohlklingender Sopranstimme den Text. Michael hörte zu und dachte: ›Sie hat natürlich recht. Es muß Engel geben. Die Menschheit braucht sie.‹

Sie spielte schlecht, und sie wußte es. »Ich bin außer Übung. Großvater wäre entsetzt, solche Töne auf seinem geliebten Flügel zu hören. Nur gut, daß er nicht mitbekommt, wie Peters Freunde den Flohwalzer darauf spielen. Komisch, nicht? Die Kinder klimpern immer noch den Flohwalzer auf dem Klavier, wie in meiner Jugend.«

»Sie bezeichnen Peters Freunde als Kinder«, sagte Michael. »Wie alt sind sie denn?«

»Ich frage nicht. In diesem Haus traut sich keiner von Alter zu sprechen. Die Vorstellung, alt zu werden, ist Peter unerträglich. Als ihm relativ früh das Haar ausging, habe ich ihn nachts oft in seinem Zimmer schluchzen hören. Sie sehen so überrascht aus, wußten Sie nicht, daß er eine Glatze hat?«

»Nein.«

»Eine spiegelblanke Platte. Dieses wunderschöne Silberhaar – falsch bis auf die letzte Strähne. Er war noch nicht dreißig, da hat er sich die erste Perücke gekauft, die war braun, und in jeder nachfolgenden war ein bißchen mehr Grau, bis sie so aussah wie die, die er jetzt trägt. Er hat sie alle aufgehoben. Sie sitzen auf Perückenständern in seinem Schlafzimmer. Gespenstisch ist das, wie all diese aufgereihten Köpfe einen augenlos anstarren. Armer Peter, er redet sich so gern ein, seine kleinen Freunde wüßten nicht, daß er eine Perücke trägt. Wie albern. Es ist fast unmöglich, ein Kind zu täuschen, finden Sie nicht?«

»Ja«, sagte Michael.

Und doch hatte jemand Annamay getäuscht. Sie und Dru hatten zusammen das Haus der Hyatts verlassen und waren zum Bach gegangen, um Kaulquappen zu fangen. Als sie keine fanden, hatte Dru die Lust verloren und war nach Hause gegangen. Ja, und dann? Wo hatten die Hunde gesteckt?

»Die haben wir zu Hause gelassen«, hatte Dru bei der gerichtlichen Untersuchung gesagt, »weil sie immer im Wasser herumgeplatscht sind und alles verjagt haben.«

Wen oder was hätten die Hunde verjagt, wären sie dabeigewesen? Einen Betrüger mit einem Tamburin? Eine verrückte alte Puffmutter auf einer ihrer Eskapaden? Einen Hühnerhabicht, der nach einem Hühnchen suchte? Irgendwen, auf den noch niemand gekommen war?

»Peters Freunde«, sagte Michael. »Was für Menschen sind das?«

»Nullen. Gesindel. Er holt sie von der Straße, und wenn sie unsere Lebensmittel verputzt und unseren Schnaps getrunken und gestohlen haben, was nicht niet- und nagelfest ist, gehen sie wieder zurück auf die Straße.«

»Sind auch Mädchen dabei?«

»*Mädchen?*«

Sie stand auf. Dabei schwankte sie leicht, als bröckele der Boden unter ihren Füßen. »Natürlich nicht. Peter interessiert sich nicht für Mädchen. Als er dreizehn war, hat er mir versprochen, daß er nie heiraten, mich nie alleinlassen werde.«

»Ich meine kleine Mädchen.« Er überlegte, wie weit er wohl gehen konnte, ohne sie vollends aus der Bahn zu werfen. »Wie Annamay Hyatt.«

»Wollen Sie etwa andeuten ... Ja, ich merke schon, Sie wollen tatsächlich sagen ... Aber da liegen Sie völlig falsch. Peter hatte nicht das leiseste Interesse an kleinen Mädchen, und an der kleinen Hyatt schon gar nicht.«

»Warum das, Mrs. Cunningham?«

»Sie war ein hinterhältiges kleines Biest, ständig hat sie ihm nachspioniert. Sie und ihre Freundin sind überall in der Gegend herumgekrochen, haben über Mauern und durch Zäune geschaut.« Sie schwankte jetzt wieder rhythmisch hin und her, wie eine verzweifelte Mutter, die ihr krankes Kind wiegt. »Mein Sohn interessiert sich nicht für Mädchen. Egal, wie alt sie sind. Er hat mir versprochen, nie zu heiraten und mich hier alleinzulassen.«

»Das macht er auch bestimmt nicht.«

»Ich ... Sie sind sehr lieb.« Sie tupfte sich mit einem Taschentuch die Augen. Sie waren so tränenlos wie die Perückenständer in Peters Zimmer. »Nur gut, daß Peter nicht da ist. Er kann es nicht leiden, wenn ich rührselig werde.«

»Wo ist er, Mrs. Cunningham?«

»In San Francisco. Er hat Randy mitgenommen, er soll ihm die Sachen in Ordnung halten und so weiter.«

»Ist Randy sein spezieller Freund?«

»Aber nein, das ist unser Hausboy. Ein Inder. Einer, der meditiert.«

»Das Hauspersonal aller Familien in der Umgegend ist von der Polizei vernommen worden. In den Akten taucht kein Randy auf.«

»Eigentlich heißt er Maharandhi Rau. Die Polizei hat ihn mehrmals vernommen, aber natürlich wußte er nichts. An dem Nachmittag, als die kleine Hyatt verschwand, war Randy unten im Zitruswäldchen und hat meditiert, und wenn er meditiert, sieht und hört er nichts. Er ist auf einer anderen Ebene, in einer anderen Dimension.« Das klang wehmütig, als seien andere Orte, andere Zeiten ansprechender als das Hier und Jetzt. »Ich überlege gerade, ob Meditation mir guttäte.«

»Sie könnten es ja versuchen.«

»Man muß sich wohl ein Thema aussuchen, über das man meditiert.«

»Wahrscheinlich.«

»Na gut, dann nehme ich Engel.«

»Das ist ein interessanter Gegenstand.«

»Ich werde sofort anfangen. Das heißt, sobald Sie weg sind.«

»Ich wollte gerade gehen.«

»Wie nett, daß Sie mich aufs Meditieren gebracht haben. Wenn Randy zurückkommt, wird er sich sehr wundern, daß er nicht der einzige ist, der eine andere Ebene in einer anderen Dimension erreichen kann. Denn dann bin ich schon da und erwarte ihn.«

»Da wird er bestimmt staunen.«

»Ein richtiger Witz, hohoho.«

Bei Santa Claus hätte es nicht besser klingen können.

Ihre Stimmung hatte sich unvermittelt gehoben und riß ihren Körper mit. Sie hielt sich gerade und ruhig, ihr Händedruck war fest, ihr Lächeln huldvoll.

»Ihr Besuch hat mich sehr gefreut, Mr. Dunlop. Kommen Sie doch wieder mal vorbei.«

»Ich will es versuchen.« Hohoho.

Howard, der morgens um sechs, wenn die New Yorker Börse den Handel eröffnete, bereits im Büro saß, machte um zwei Uhr Schluß und war um halb drei wieder im Gästehaus, wo Michael ihn erwartete.

»Wir können Randys Namen von der Liste streichen«, sagte Michael.

»Warum?«

»Er ist von der Polizei mehrmals unter seinem richtigen Namen, Maharandhi Rau, vernommen worden. Ich bin gerade mit dem Protokoll durch. Hier, lies den Schluß des letzten Bandes selbst.«

»Gib her.«

Deputy de Salle: Sie haben also unten im Zitruswäldchen meditiert, Mr. Rau. Wie lange?

Rau: Wer weiß. Zeit hat keine Bedeutung, für mich gibt es nur Ewigkeit.

Deputy de Salle: Also ich hab eine Achtstundenschicht, ich muß deshalb die Uhr im Auge behalten. Wie lange, Mr. Rau?

Rau: Bis ich hörte, daß Stimmen an mein Ohr schlugen, und ich spürte, daß meine Seele in diese Dimension zurückkehrte.

Deputy de Salle: Und was geschah in dieser Dimension?

Rau: Ich ging zurück ins Haus und spielte Rommé mit

der alten Dame. Allah mißbilligt solche Oberflächlichkeiten. Wenn ich zu den Karten greife, wendet er sein Antlitz ab. Entweder habe ich besonderes Pech, oder sie kann Gedanken lesen. Ich schulde ihr fast dreieinhalb Millionen Dollar.

Deputy de Salle: Na ich danke. Da müssen Sie lange abzahlen, wenn's für Sie nur die Ewigkeit gibt. Was waren das für Stimmen, die an Ihr Ohr schlugen?

Rau: Mein Herr rief mich.

Deputy de Salle: Wozu?

Rau: Damit ich mit der alten Dame Rommé spiele. Sie hat ihn genervt.

Deputy de Salle: Sie haben nicht zufällig am Bach zwei kleine Mädchen gesehen?

Rau: Keine Mädchen, keine Knaben, kein menschliches Wesen. Ich war allein im Universum.

Deputy de Salle: Vielen Dank, Mr. Rau, wir sehen uns noch.

Rau: Mit Sicherheit. Wir sehen uns alle wieder. Deshalb dürfen wir nie Böses tun. Wem Böses angetan wird, der rächt sich mit Bösem, selbst wenn es ein paar tausend Jahre dauert.

Deputy de Salle: Das muß ich mir merken.

Rau: Ja, tun Sie das.

»Na schön.« Howard legte das getippte Blatt wieder auf den Tisch. »Streichen wir Randy. Wer kommt jetzt?«

»Niemand. Er war der letzte auf der Liste.«

»Und wie geht es nun weiter? Wir haben noch Dutzende von unbeantworteten Fragen. Warum hat man sie zum Beispiel nicht früher gefunden?«

»Diese Frage ist verschiedentlich gestellt worden, in

Leitartikeln, in Leserbriefen, in Interviews mit allen möglichen Amtsträgern. Diverse Gründe wurden genannt, von denen einige auf Mutmaßungen beruhten, andere wissenschaftlich fundiert waren. Zum einen gab es zu viele Freiwillige. Die meisten waren ehrlich bemüht zu helfen, manche wollten nur den Helden spielen, einige wenige schielten nach der Belohnung. Aber allesamt waren sie keine Fachleute, sie wußten nicht, wonach oder wie sie zu suchen hatten. Das lenkte auch die eingesetzten Spürhunde ab. Allerdings spielten bei den Hunden auch noch andere Faktoren eine Rolle. Es gibt dort in der Gegend eine ganze Menge wildlebende Tiere, besonders Nachttiere, die von den Avocado- und Zitruspflanzungen angezogen werden – Opossums, Waschbären, Beutelratten, Stinktiere. Ein Spritzer Stinktiersekret kann für geraume Zeit alle anderen Witterungen überdecken.«

»Wem sagst du das.« Howard erinnerte sich, wie Neuf einmal auf die Idee verfallen war, ein Stinktier anzugreifen. Die Schlacht war verloren, noch ehe sie begonnen hatte. Der umgehend getätigte Anruf bei einem Tierarzt ergab, daß die Wissenschaft der Lösung dieses Problems noch keinen Schritt nähergekommen und das Rezept seit Howards Kindheit gleichgeblieben war: Der Hund mußte in Tomatensaft gebadet und dann abgeseift werden. Neufs 76 Kilo Lebendgewicht waren mit bis zu acht Zentimeter langem Fell bedeckt, und die Behandlung war diffizil und langwierig. Nach der Anwendung von zwölf Großdosen Tomatensaft, sämtlicher Shampoos, die Kay im Haus hatte, Howards Aftershave, Chizzys Parfüm und zwei Haartrocknern wechselte Neuf aus der Rolle des Stinktierbekämpfers nur zu gern wieder in die des Haushundes über. An seiner Nase und Stirn, gegen deren Bearbeitung er sich energisch zur Wehr gesetzt hatte, war der Geruch des Siegers haften geblieben, aber Annamay störte das nicht. Die Nacht verbrachte er in ihrem Zimmer.

Chizzy war des Parfüms wegen ziemlich erbittert. »Mein Schwager hat es mir zu Weihnachten geschenkt. ›White Shoulders‹. Hat wahrscheinlich ein Vermögen dafür bezahlt. Er ist Elektriker.«

»Ich kauf dir einen Liter von dem Zeug«, hatte Howard gesagt.

Erst jetzt fiel ihm ein, daß er es vergessen hatte. Morgen, dachte er. Morgen, sobald die Geschäfte aufmachen.

»Hörst du zu, Howard?«

»Natürlich. Sprich weiter.«

»Ein Botaniker brachte einen weiteren möglichen Grund für das Versagen der Spürhunde vor. Zu jener Zeit blühte der Anis, eine winterharte Pflanze, die im Cañon wächst. Der Geruch trägt nicht besonders weit, ist aber sehr intensiv. Soviel zu den Hunden, die vielleicht auch unzureichend ausgebildet waren, und zurück zu den Menschen, die für diese Aufgabe überhaupt nicht ausgebildet waren. Zu der Tatsache, daß sich zu viele Amateure an der Suche beteiligten, kommt ein weiterer wichtiger Faktor. Annamay ist unter einer hohen Eiche gefunden worden, unter der Lacksumach wucherte. Bei der Polizei gibt man nur ungern zu, daß ihre Leute solche Gebiete möglicherweise mit Bedacht nur flüchtig oder gar nicht abgesucht haben, aber genau das ist offenbar geschehen, was durchaus verständlich ist. Reinigungskolonnen der Stadt und des Bezirks verlangen Lohnzuschläge und Schutzkleidung, wenn sie mit

Lacksumach in Berührung kommen. Die Polizei hat also ihre Antworten, die Spürhunde haben ihre – und uns bleiben die Fragen. Tut mir leid, Howard, wir sind offenbar in einer Sackgasse gelandet.«

Howard preßte die Hände an die Schläfen und schüttelte in gequälter Verneinung langsam den Kopf. »Allmächtiger Gott, es muß doch irgend etwas geben, was wir tun können.«

»Leider nicht. Es tut mir leid.«

»Ja, ja, allen tut es leid. Bitte laß mich jetzt allein, Mike. Ich möchte … ich muß … ich weiß nicht, schreien, fluchen, mich auf dem Boden wälzen, mit dem Kopf gegen die Wand rennen.«

»Geh nicht zu hart mit dir ins Gericht. Wir haben unser Bestes getan.«

»Und herausgekommen ist nichts, absolut nichts. Jetzt geh. Bitte.«

An der Tür blieb Michael zögernd stehen. »Nichts gegen einen schönen altmodischen Tobsuchtsanfall, aber ich lasse dich nicht gern allein, wenn du deprimiert bist. Kay ist wieder da. Sie hat mir vom Fenster aus zugewinkt, als ich am Haus vorbeifuhr. Willst du nicht mit ihr reden?«

»Es gibt nichts zu reden. Ich will es mal so ausdrücken: In unserem Leben ist ein Vulkan ausgebrochen, und der Krater, den er aufgerissen hat, ist so breit, daß man sich von einem Rand zum anderen nicht verständigen kann. Es ist also zwecklos, wenn du den Eheberater oder den Psychiater spielst. Oder den Seelsorger.«

»Wenn du damit sagen willst, daß ich mich nicht darauf verstehe, bin ich ganz deiner Meinung.«

»Geh, hab ich gesagt.«

»Bin schon unterwegs«, sagte Michael. »Und schönen Dank.«

»Wofür?«

»Für den Rat.«

»Ich habe dir keinen Rat gegeben.«

»Ich denke doch.« *Es ist zwecklos, wenn du den Seelsorger spielst. Gut, ich werde mich daran halten. Aber wie bringe ich es Lorna bei? »Hey, Lorna, der liebe Gott ist bei mir abgebucht.« Nein, ernsthaft:* »Nach Jahren des Zweifels habe ich beschlossen, einen Beruf aufzugeben, dessen Grundbedingungen ich nicht mehr akzeptieren kann.«

Während er die Tür hinter sich schloß, spürte er weder Bedauern noch Gewissensbisse. Die würden später kommen, in Träumen, an dunklen Wintermorgen, an sonnigen Nachmittagen, hinter den Augen und im Magen, irgendwann, irgendwo. Im Augenblick waren Geist und Körper immun. Er fühlte sich frei und leicht und war ein, zwei Minuten lang glücklich.

Draußen wehte der Spätnachmittagswind vom Meer herein, kalt und naß und zeitlos. Er roch nach Vergangenheit, nach Treibgut, das bei Ebbe am Strand liegengeblieben ist, und doch lag auch eine Verheißung für die Zukunft darin, und er hätte sich am liebsten in Trab gesetzt und wäre den ganzen Weg nach Hause gerannt.

Doch dazu kam er nicht. Sein klappriger Buick stand am Straßenrand, und auf dem Beifahrersitz saß Howards Vater. Mr. Hyatt sah aus, als fröre er, und seine Stimme klang leicht gereizt. »Wußten Sie, daß der Sitz eine geborstene Feder hat?«

»Ja.«

»Werden Sie ihn reparieren lassen?«

»Wahrscheinlich nicht.«

»Sie glauben also, daß der Wagen zu alt ist und keinen weiteren Aufwand lohnt.«

»Ganz und gar nicht. Haben Sie hier auf mich gewartet, um über Autositze mit mir zu sprechen, Mr. Hyatt?«

»Aber nein.«

»Worüber dann?«

»Ich mache mir Sorgen. Jemand hat Kay angerufen, und jetzt weint sie. Kay weint nicht mehr. Nie. Jemand will sie besuchen, jemand, der schlechte Nachrichten bringt, jemand, vor dem sie Angst hat.«

»Woher wissen Sie das?«

»Ich war im Obergeschoß in der Diele, als in ihrem Zimmer das Telefon ging, und ich habe ihre Antworten gehört. Ich halte sonst nichts vom Lauschen, aber anders bekomme ich überhaupt keine Informationen mehr. Ich hörte den Namen Ben. Aber es kann nicht Ben gewesen sein, den sie erwartet. Darüber würde sie nicht weinen. Sie mag Ben, er ist wie ein kleiner Bruder für sie. Ben kann es also nicht sein, oder was meinen Sie?«

»Ich weiß es nicht.«

»Was werden Sie tun, Michael?«

»Nichts.«

»Aber... aber Kay weint.«

»Das ist ihre Sache.« *Ich bin nicht mehr im Seelsorgegeschäft, Alter, ich habe mich nie darauf verstanden. Frag meinen Freund Howard, frag meine Frau Lorna.*

Der Kopf des alten Herrn war in den Pulloverkragen gesunken, als hätten die Muskeln, die ihn hielten, alle Kraft verloren. Sein Gesicht war bläulich angelaufen, und seine Stimme schwankte. »Entschuldigen Sie, daß ich Sie belästigt habe.«

»Sie haben mich nicht belästigt. Ich fahre Sie zum Haus zurück.«

»Nein, danke, ich laufe lieber.«

Er stieg aus und stemmte sich gegen den Wind. Die Hose wehte und flatterte um seine Beine und zeichnete die knochigen Knie und die scharf vorstehenden Schienbeine nach.

»Mr. Hyatt.«

»Fahren Sie nur, Michael.«

»Wollen Sie denn unbedingt, daß ich Sie für einen starrsinnigen Greis halte?«

Mr. Hyatt machte ein etwas betretenes Gesicht, dann wandte er sich um, stieg wortlos wieder ein und saß stumm da, die Hände im Schoß gefaltet.

Michael steckte den Zündschlüssel ins Schloß. Nach etlichen Hustern und Niesern sprang der Motor mit dem satten, vollen Klang seiner Blütezeit an. Mr. Hyatt lauschte mit sichtlichem Wohlgefallen, als spüre er in sich dem satten, vollen Klang seiner eigenen Blütezeit nach.

»Solche Autos werden heutzutage nicht mehr gebaut.«

»Nein, das ist wahr.«

»Sie sollten wirklich den Sitz ersetzen, Michael.«

»Ich habe keine Zeit, auf Schrottplätzen herumzusuchen.«

»Auf Schrottplätzen? Nein, nein, Sie müssen einen neuen Sitz kaufen.«

»Auch solche Sitze werden heutzutage nicht mehr gebaut, Mr. Hyatt.«

»Ein Jammer. Das Design ist in Ordnung, man sitzt wirklich recht bequem, bis auf die geborstene Feder.«

»Ich will sehen, was sich tun läßt.«

Er hielt unter dem Portal des Haupthauses, und der alte Herr stieg wieder aus.

»Es wäre schön, wenn Sie hereinkommen und mit Kay sprechen könnten, Michael.«

»Vieles wäre schön, wenn ...« Es wäre schön, wenn er Lorna nicht sagen müßte, daß er den geistlichen Stand aufgeben würde. Es wäre schön, wenn sie ihm keine Szene machen, wenn sie ihn nicht darauf hinweisen würde, was für ein Versager er als Mann, Ernährer, Partner, Tröster gewesen war. Es wäre schön, wenn er einfach verschwinden könnte, ohne etwas sagen oder hören zu müssen.

»Kay wird Ihnen dankbar sein, daß Sie sich um sie kümmern, Michael«, sagte der alte Herr. »Sehr dankbar.«

Wenn Kay Dankbarkeit empfand, gelang es ihr vortrefflich, sie sich nicht anmerken zu lassen. Sie warf Mr. Hyatt einen Blick zu, der ihn veranlaßte, sich schleunigst zu verziehen, und richtete dann den nämlichen Blick auf Michael.

»Ich würde dich hereinbitten, aber ich habe jetzt keine Zeit zu einem Gespräch.«

»Ich komme trotzdem herein, wenn ich darf. Es ist kalt draußen.«

»Hier drin ist es auch nicht viel wärmer, das darfst du mir glauben. Aber einem fröstelnden Pfarrer kann ich wohl schlecht die Tür weisen.«

»Ich danke dir im Namen meiner fröstelnden Brüder.«

Er folgte Kay in ihr sogenanntes Teezimmer, einen kleinen Bereich zwischen Eßzimmer und Küche. Auf dem Teakholztisch stand ein üppiges, schweres silbernes Teeservice, aber im Raum roch es nach Kaffee.

Kays Miene hatte sich etwas entwölkt, aber ihre Stimme klang noch immer unfreundlich. »Schickt Howard dich?«

»Nein.«

»Du bist einfach aufs Geratewohl vorbeigekommen? Ich kaufe nichts.«

»Ich habe nichts zu verkaufen. Ich bin hier, weil Mr. Hyatt mir erzählt hat, daß du angerufen worden bist und daß der Anruf dich aufgeregt hat.«

»Aufgeregt? Sehe ich so aus? Ich bin nicht ein bißchen aufgeregt, verdammt noch mal. Und ich wünschte, mein Schwiegervater und Chizzy würden nicht ständig Gespräche belauschen, die sie nichts angehen.«

»Alles, was dich betrifft, geht sie etwas an, Kay«, sagte Michael schonungslos. »Was ist passiert? Und wen erwartest du?«

Sie antwortete nicht gleich, sondern setzte sich an den Teakholztisch, das silberne Teeservice vor sich wie einen Schutzschild. Dies war ihr angestammter Platz, und er gab ihr Sicherheit.

»Es war eine Frau«, sagte sie. »Ich kenne sie nicht persönlich, aber der Name ist mir geläufig – Quinn –, und ich weiß, was für eine Stellung sie bekleidet.«

»Und was ist das für eine Stellung?«

»Eine horizontale.«

»Ja so ...«

»Angeblich ist sie keine Professionelle, sondern eine sehr begabte Amateuse.«

»Mr. Hyatt hat den Namen Ben aufgeschnappt. Wie paßt Ben ins Bild?«

»Nahtlos. Sie ist seine derzeitige Gespielin. Ihren Vornamen kenne ich nicht. Ben nennt sie Quinn, und so hat sie sich am Telefon gemeldet.«

»Weshalb will sie dich sprechen, Kay?«

»Das kam nicht genau heraus. Sie redete ... nein, nicht direkt, als ob sie betrunken wäre, eher, als ob sie was genommen hätte. Sie bestand darauf, herzukommen und persönlich mit mir zu sprechen.«

»Warum?«

»Sie hat mir was zu sagen, was Ben betrifft.« Kay sah aus dem Fenster mit dem Blick auf den Teich und die marmornen Delphine, die das Wasser frisch hielten. »Ich glaube, es betrifft Annamay.«

»Hat sie das ausdrücklich gesagt?«

»Sie hat eine enge Beziehung zwischen den beiden angedeutet. Zu eng.«

»Genauer hat sie sich nicht ausdrücken wollen?«

»Nicht am Telefon ... Annamay und Ben. Die beiden Namen zusammen hatten immer einen so natürlichen, so normalen Klang. Aber jetzt kommen mir doch Zweifel. Ständig fallen mir Ereignisse ein, versuche ich, mich an Einzelheiten zu erinnern, überlege, ob sie so harmlos waren, wie sie schienen.«

»Genau das will Quinn wahrscheinlich erreichen. Mach da nicht mit, Kay. Laß dich nicht auf Spekulationen ein, warte ab, bis du Fakten hörst – falls sie welche zu bieten hat. Vielleicht ist das Mädchen nur eifersüchtig auf Bens Freunde und versucht, sie ihm zu entfremden.«

»Nicht sie«, sagte Kay. »Mich. Sie hält mich für ihre Konkurrentin.«

»Soll ich dableiben?«

»Nein.«

»Du kannst mich zu Hause erreichen. Ruf mich an, wenn du etwas brauchst.«

»Danke, Michael.«

Sie schüttelten sich kurz und steif die Hand. Kay hatte sich wieder in der Gewalt. Höchstwahrscheinlich, dachte er, wird sie sich nicht bei mir melden.

10

Quinn bewegte sich immer langsam, teils weil sie ein eher phlegmatisches Naturell hatte, teils weil sie eins achtzig groß war und sich noch nicht an einen Körper gewöhnt hatte, der ihr gewissermaßen über den Kopf gewachsen war. Wenn sie versuchte, Tempo vorzulegen, wurde sie ungeschickt und unentschlossen. Als sie sich jetzt auf ihren Besuch bei Kay vorbereitete, trug sie ihr Make-up sehr sorgfältig auf, nur um gleich darauf alles wieder wegzuwischen, weil sie fand, sie könne damit den falschen Eindruck erwecken.

Weil ihr von ihren Sachen für den Anlaß nichts seriös genug erschien, holte sie sich einen schwarzen Rollkragenpullover aus Bens Schrank. Die Farbe war richtig, aber er saß zu knapp, so daß sie den braunen Allwetterponcho darüberziehen mußte, den sie trug, wenn sie nachts oder an windigen Tagen ihr kleines MG-Kabrio fuhr. Dann zog sie den einzigen schwarzen Rock an, den sie besaß, einen knöchellangen Partyrock, und betrachtete sich im Spiegel.

Zweierlei verdarb den Effekt, auf den es ihr ankam. Sie trug hochhackige Sandalen, wie immer, und das lange rote Haar hing ihr offen bis über die Schultern, so daß sie aussah wie eine, die, wie Ben es auszudrücken pflegte, leicht zu haben ist. Weil sie kein Band für ihr Haar fand, nahm sie den Schnürsenkel aus einem von Bens Schuhen. Er würde ganz schön sauer sein, wenn er den Pullover und den Schnürsenkel vermißte, aber lange würde der Sturm nicht dauern. Sie würde einfach Schnürsenkel, Pullover und obendrein auch noch den Rock verschwinden lassen, dann war alles wieder in Ordnung.

Nein, diesmal nicht.

»Diesmal nicht«, wiederholte sie laut vor dem Spiegel. »Auf dem Bauch muß er angekrochen kommen, der Drecksack, dann überleg ich's mir vielleicht.«

Sie betastete die Beule am linken Wangenknochen, die sich schon bläulich verfärbte. Es war das erste Mal, daß Ben sie geschlagen hatte, und sie war zu überrascht gewesen, um zurückzuschlagen; was sie ohne weiteres hätte tun können. Sie war größer als er und fast ebenso schwer und hatte von ihren beiden älteren Brüdern her reichlich Übung im Raufen. Statt zurückzuschlagen, war sie in Tränen ausgebrochen, und wie sich herausstellte, war das die beste Verteidigungstaktik gewesen. Ben war aus dem Haus gestürzt, als sei er auf der Flucht vor einem feuerspeienden Vulkan.

›Er wird in die Bar an der Ecke gehen, ein, zwei Martinis kippen und wie ein begossener Pudel ankommen. Aber ich werde nicht da sein, und ich mag keine begossenen Pudel.‹

Nach einem letzten Blick in den hohen Spiegel ging sie ins Wohnzimmer. Hier lief noch immer die Stereoanlage, die Ben auf volle Lautstärke gedreht hatte, damit die Nachbarn nichts von dem Streit mitbekamen. Sie stellte die Musik ab, aber der Geräuschpegel senkte sich nur minimal. Auf der Uferstraße herrschte starker Verkehr, am Ende der Wellenbrecher und auf einer der Bohrinseln heulten Nebelhörner, Möwen schrien und stritten im

Kielwasser der Fischerboote, die mit ihrem Fang in den Hafen einliefen.

Sie öffnete die Haustür in eben dem Moment, als Ben ins Haus wollte. Er hielt den Schlüssel auf sie gerichtet wie ein Messer. Man merkte seinem Blick und seiner Stimme die Martinis an.

»Ach, sieh mal einer an. Wir gehen aus? Nein, sag nichts, laß mich raten. Auf einen Maskenball. Als Lumpenlieschen.«

»Gib den Weg frei.«

»Noch nicht.« Er stieß sie ins Zimmer zurück und machte die Tür zu. »Wo ist die Party?«

»Ich glaube nicht, daß du das wirklich wissen möchtest.«

»Ich glaube doch.«

»Hat dir schon mal jemand gesagt, daß du keinen Alkohol verträgst?«

»Noch nie. Aus der neuesten Gallup-Umfrage geht hervor, daß neunundneunzigkommaneun Prozent der Gesamtbevölkerung noch nie von mir gehört haben und sich auch nicht die Spur für mich interessieren. Also, wo ist die Party?«

»Ich gehe nicht auf eine –«

»Du kannst nicht ohne Begleiter auf eine Party. Ich biete hiermit meine Dienste an.«

»Da, wo ich hingehe, wärst du nicht erwünscht.«

»Nach Hause zu Mutter?«

»Nicht zu *meiner* Mutter.«

»Um die Neckische zu spielen, dazu bist du zu groß geraten. Zu wessen Mutter?«

»Überleg mal.«

Er versuchte ihr die Hände auf die Schultern zu legen,

als wolle er die Wahrheit aus ihr herausrütteln, aber sie trat rasch zur Seite, so daß er nicht an sie herankam.

»Was ich mir überlegt habe, will mir gar nicht gefallen.«

»Dann liegst du wahrscheinlich richtig.«

»Kay«, sagte er. »Du willst zu Kay.«

Sie erwartete fast, er würde sie wieder schlagen, und diesmal war sie bereit, sich zu wehren. Statt dessen trat er ans Fenster, von dem der Blick auf ›Longos Fischbratstube‹ ging. Ein böser Bube hatte mit einer Farbdose etwas dazugesprüht: FISCHUNDFICKBRATSTUBE.

»Das ist es, nicht?« sagte er. »Du willst zu Kay.«

»Ja.«

»Ich bitte dich, es nicht zu tun.«

»Ach nee ...«

»Na gut. Ich flehe dich an, es nicht zu tun.«

»Schon ein bißchen besser, aber noch nicht gut genug.«

»Versuch's mal mit Bestechung.«

»Bestechung?«

»Du weißt schon ... Geld.«

Der Gasofen lief noch nicht, und trotz Wollpullover, Poncho und langem Rock zitterte Quinn vor Kälte. Aber Bens Gesicht war gerötet wie von einem Sonnenbrand, Schweiß glitzerte auf seiner Stirn. Plötzlich tat er ihr richtig leid, und sie wäre ihm glatt um den Hals gefallen, wenn er das Richtige gesagt hätte. Aber das tat er nicht. Im übrigen – Geschäft ist Geschäft.

»Wieviel willst du?« fragte er.

»Die Hälfte.«

»Die Hälfte wovon?«

»Wenn wir verheiratet wären, würde ich bei Gütergemeinschaft die Hälfte von allem kriegen, nicht? Und eigentlich sind wir ja schon so gut wie verheiratet.« Sie wußte, daß sie in der falschen Rille lief, aber sie schaffte weder den Absprung noch ein Bremsmanöver. »Ich komme mir vor wie deine Frau, Ben. Ich komme mir vor, wie wenn wir dreieinhalb Monate verheiratet wären und heute den ersten Streit hätten. Und alles geht gut aus, weil wir uns lieben, und das tun wir doch, nicht?«

Er sah sie sprachlos an.

»Vielleicht hört sich das albern an, wenn ich sage, daß ich mir vorkomme, wie wenn ich schon mit dir verheiratet bin.«

»Nein.«

»Du findest es nicht albern?«

»Nein. Ich finde es geradezu unglaublich idiotisch und genau das, was ich von dir erwartet hätte.«

»Untersteh dich, so mit mir zu reden.«

»Verheiratet! Herrgott, ich könnte mich totlachen. Du bist eine Schlampe, ein Flittchen von der Straße.«

»Das ist gelogen. Du hast mich vom Cielo-Kino mitgenommen, als mein Wagen nicht angesprungen ist.«

»Dafür bist du sehr prompt angesprungen. Noch in der gleichen Nacht bist du bei mir eingezogen.«

»Es war mindestens eine Woche später.«

»Na, immerhin warst du ganz gut im Bett. Nicht super, aber immerhin ganz gut.«

»Woher willst du das wissen, du perverses Schwein?«

Er kam mit geballten Fäusten auf sie zu, aber sie lief aus der Wohnung und den schmalen Durchgang zwischen dem Wohnhaus und ›Longos Fischbratstube‹ entlang.

Ihr kleines Kabrio stand auf einem der Kundenparkplätze. Mr. Longo höchstpersönlich erschien an der Hintertür, als sie in den Wagen stieg.

Er war wütend. »Hören Sie mal, das verbitte ich mir, daß Sie sich ständig auf meine Kundenparkplätze stellen.«

»Ich steh doch erst seit einer Viertelstunde da.«

»Zwei Stunden. Ich habe auf die Uhr gesehen. Und Fisch und Chips haben Sie auch noch nie bei mir gekauft.«

»Lassen Sie mich in Ruhe, Mann, ich hab Probleme.«

»Und ich habe Kunden.« Mr. Longo wischte sich Stirn und Nacken mit einer fettigen Schürze. »Ihr jungen Dinger denkt alle, ihr braucht einem Mann bloß eure Titten zu zeigen, dann kriegt ihr sofort alles, was ihr wollt. Aber jetzt hören Sie mal genau zu, ich hab genug Titten in meinem Leben gesehen, und deswegen werde ich noch lange nicht meinen Grundsätzen untreu. Erst die Arbeit und dann das Vergnügen, so ist das bei mir.«

»Hören Sie, mein Freund ist hinter mir her, der will mich zusammenschlagen. Bitte lassen Sie mich raus. Bitte.«

»Und Sie kommen auch mal und kaufen mir was ab?«

»Klar doch, klar. Jeden Tag.« Er trat zurück, sie steckte den Schlüssel ins Schloß und ließ den Motor aufheulen. *Geh und brat dir deine Eier, alter Bock.*

Quinn hatte das Haus zuvor nur einmal gesehen, vor einigen Nächten. Es war spät geworden, und sie und Ben hatten getrunken. Schon die Größe hatte sie eingeschüchtert, und sie hätte gern kehrtgemacht und wäre heimgefahren. Aber Ben sagte immerfort: »Jetzt komm schon, Baby«, in diesem halb überredenden, halb befehlenden Ton, der gewöhnlich Wirkung bei ihr zeigte.

»Ich hab Angst, Benjie. Wenn die Hunde –«

»Die tun uns nichts. Sie schlafen in der Küche im hintersten Teil des Hauses.«

»Mir tun die Füße weh.«

»Zieh die Schuhe aus.«

»Wir hätten den Porsche mit herauf nehmen sollen.«

»Zu laut.«

Der Porsche war unten auf der Straße geblieben.

Ben trug eine Weile ihre Schuhe, während sie barfuß auf dem Rasen neben der Auffahrt ging. Das Gras war kalt und naß, und sie begann zu frösteln.

Ben war die Rücksicht selbst. »Hier, nimm meine Jacke.«

»Dann frierst du ja. Nein, mir ist warm.«

Daran, wie er ihr die Jacke um die Schultern legte, merkte sie, daß er in dem Kinderhaus, das er Schloß nannte, mit ihr schlafen würde.

Sie wandte den Kopf, so daß ihre Wange seinen Handrücken streifte.

»Ist das Bett nicht zu klein?«

»Wenn wir's im Porsche können, können wir es überall.«

Sie kicherte und hängte sich an seinen Arm, und alles war sehr lustig, wie immer, wenn Ben gut gelaunt war.

Aber das hielt nicht vor. Noch ehe sie das Schloß erreicht hatten, merkte sie ihm an, daß es diesmal eine andere Erregung war, die kaum etwas mit ihr zu tun hatte.

Es war Vollmond, sie konnte die Eingangstür ganz deutlich erkennen, sie war mit geschnitzten, bunt bemalten Figuren verziert: ein kleines Mädchen auf einem Thron, das einem großen schwarzen Hund die Hand auf den Kopf legt, ein tanzendes Paar, König und Königin, ein Hofnarr, ein Baum mit goldenen Äpfeln.

»Da hat sich aber einer mächtige Mühe bloß für so'n Kinderhaus gemacht.«

»Nicht einer. Ich. Und es ist nicht bloß so'n Kinderhaus. Es ist das Schloß einer Prinzessin.«

»Hast du das alles geschnitzt?«

»Ja.«

»Warum?«

»Hab ich dir doch gesagt.«

Ben öffnete die Tür und schaltete die Deckenbeleuchtung und eine Lampe ein. »Komm rein.«

»Ich mag nicht.«

»Du hast es aber versprochen.«

»Ich hatte ein bißchen Schlagseite.«

»Und ausgerechnet jetzt wirst du wieder nüchtern?«

»Ich hab nicht so viel Schlagseite gehabt wie du.«

»Herrgott, sollen wir hier stehen und darüber streiten, wer von uns mehr Schlagseite hatte?« Er zog sie hinein und machte die Tür mit dem Fuß zu.

In dem Haus war alles maßstabsgerecht gebaut, nicht so sehr für ein Kind in Annamays Alter, sondern eher für einen ziemlich klein geratenen Erwachsenen. Quinn konnte gerade stehen, aber ihr Kopf berührte die Decke, und sie verfiel unwillkürlich wieder in die krumme Haltung, die sie sich angewöhnt hatte, als sie ihren Altersgenossen über den Kopf zu wachsen begann.

»Warum hast du die Decke so niedrig gemacht?«

»Um Erwachsene daran zu erinnern, daß sie hier nichts zu suchen haben. Dieses Haus gehört der Prinzessin und ihrem Herzog.«

»Ich glaub, du bist wirklich ein bißchen tralala.«

»Nicht ein bißchen. Sehr.«

»Das nehm ich dir nicht ab. Ich hab mal in einer Zeitschrift gelesen, daß Leute, die richtig tralala sind, das gar nicht wissen.«

»Ich bin eine Ausnahme.«

»Hör auf, so zu reden. Du machst mich nervös.«

»Erwachsene sollen in dem Schloß nervös werden. Sie gehören nicht hierher.«

»Warum sind wir dann da?«

»Ich gehöre her«, sagte er. »Ich schon.«

Der Klang seiner Stimme, der muffige Geruch, das bedrohliche Gefühl der Decke, die ihren Kopf streifte, – all das vertiefte ihr Unbehagen. Sie versuchte sich nichts anmerken zu lassen und setzte sich auf die kleine Couch mit dem Bezug, der ein Muster aus Vögeln und Blumen hatte. Ben sah stirnrunzelnd auf sie herab. Ihre Sandalen hielt er noch in der Hand.

»Himmel, was hast du für große Füße.«

»Was dagegen?«

»Sie sind so groß wie meine.«

»Sind sie nicht.«

»Wollen wir wetten?«

Er setzte sich neben sie auf die Couch, streifte die Ledermokassins ab und zog die hochhackigen Sandalen an. Seine Hände zitterten, als er die Riemchen zuschnallte. Dann stand er auf.

»Siehst du? Paßt genau. Du hast verloren.«

»Ich hab nicht gewettet. Jetzt gib mir meine Schuhe zurück.«

Ben tat, als habe er nicht gehört. Er ging im Zimmer herum, nicht unbeholfen wie Männer im Fernsehen, wenn sie Frauensachen trugen, sondern völlig normal, fast graziös, als hätte er sein Leben lang nichts anderes gemacht.

Sie beobachtete ihn, erst fassungslos, dann wütend. »Sag mal, was bist du denn für ein Freak? Gib mir meine Schuhe zurück, ich will nach Hause.«

»Warum? Der Spaß geht doch erst los.«

»Ich finde das nicht spaßig, wenn ein Typ in Frauenschuhen rumstolziert.«

»Es ist ein Spiel.«

»Ist mir egal, ich find's scheußlich.«

»Komm, Baby, tanz mit mir.«

»Laß mich in Ruhe.«

»Okay, dann tanz ich mit den Kinderchen.« Er nahm die beiden Puppen von dem Etagenbett, Marietta mit ihrer Halbglatze und Luella Lu mit dem eingeklebten Auge, drückte sie fest an die Brust und tanzte im Kreise im Zimmer herum. »Es sind Annamays Kinder, deshalb tanzen sie natürlich ebenso gern, wie Annamay es tat. Die Prinzessin und ich haben oft getanzt. Rundherum, so wie jetzt. Rundherum, rundherum ...«

Als er an der Couch vorbeikam, streckte Quinn einen Fuß vor und erwischte ihn am Schienbein. Er stolperte und fiel hin, die Puppen flogen ihm aus den Armen wie unvermutet befreite Käfigvögel. Mit schmerzverzerrtem Gesicht rappelte er sich hoch und hielt sich mit der rechten Hand den linken Ellbogen.

»Du hast mir ein Bein gestellt, du gemeines Luder.«

»Mach die Tür auf und laß mich raus, oder ich schreie.«

»Du schreist bestimmt prächtig.«

»Kannst du wohl annehmen.«

»Laß hören.«

»Wenn ich schreie, kommen deine vornehmen Freunde angerannt, und die werden wissen wollen, warum du in die Spielhütte ihrer Tochter eingebrochen bist.«

»Es ist keine Spielhütte. Es ist ein richtiges Schloß.«

»Mir wird ganz schlecht von diesem abartigen Gesabbel. Laß mich raus, sonst kotz ich dir den königlichen Teppich voll.«

Er sah sie an, sachlich und voller Verbitterung. »Du verdienst es sowieso nicht, hier zu sein.«

»Gut, dann geh ich.«

»Hau ab, du Flittchen.«

Er gab die Tür frei, und sie rannte ins Freie, ohne auf ihre Schuhe zu warten. Barfuß lief sie im nassen Gras am Rand der Auffahrt entlang hinunter zur Straße.

Als sie den Porsche erreicht hatte, war sie außer Atem, aber ganz gefaßt. Ben hatte den Wagen nicht abgeschlossen; sie machte die Tür auf, ließ sich auf den Beifahrersitz fallen und wartete.

Es dauerte nicht lange. Etwa fünf Minuten später tauchte Ben auf und stieg wortlos ein, ohne ihr einen Blick zu gönnen. Er trug seine Ledermokassins.

»Wo sind meine Schuhe?« fragte sie.

»Hab ich irgendwo liegenlassen.«

»Aber ich will –«

»Schwamm drüber. Ich zahl sie dir. Wieviel?«

»Sie haben mich ein Vermögen gekostet.«

»Wahrscheinlich hast du sie auf einem Flohmarkt aufgelesen. Ich geb dir zehn Dollar.«

»Fünfzig.«

»Fünfundzwanzig.«

»Alter Knicker. Wohnst in einer Bruchbude, gehst nie mit mir aus, fährst diese alte Rostlaube, die einen Krach macht wie ein Laster –«

»Alte Rostlaube?« wiederholte er empört. »Du bist wirklich eine dämliche Kuh. Das ist ein klassischer Sportwagen.«

»Hör mal einer an!«

»Wenn er dir nicht gefällt, kannst du ja aussteigen und zu Fuß gehen. Na los, lauf schon.«

»Nein.« Sie lehnte sich zurück und machte die Augen zu. »Ich bin müde, Benjie. Bring mich nach Hause.«

»Wo ist zu Hause?«

»Die Wohnung.«

»Und wieso zieht's dich in so eine billige Bruchbude zurück?«

»Weil es unsere Wohnung ist, Benjie, deine und meine. Und im Grunde stört es mich nicht, daß es eine Bruchbude ist. Ich meine, so dicke hatten wir's zu Hause auch nicht.«

Er löste die Handbremse und ließ den Wagen halb den Berg herunterrollen, ehe er startete. Bei dem Lärm war es schwer, sich zu unterhalten, und sie versuchten es beide gar nicht erst. Aber als er auf den Parkplatz hinter dem Haus rollte, sagte Ben leise: »Es tut mir leid. Ich habe mich betrunken und lauter verrücktes Zeug gemacht, und es tut mir leid.«

»Das war nicht dein richtiges Ich, Benjie.«

»Und wenn es das doch wäre?«

»Das wäre mir egal. Ich meine, egal nicht, aber ich würde dich trotzdem heiraten wollen.«

»Heiraten?«

»Warum nicht? Ich glaube, ganz tief in dir drin, da wünschst du dir ein eigenes Kind. Ich kann dir eins geben, und vielleicht wird es so wie Annamay, und du kannst ihr ein Kinderhaus bauen. Und wenn du's unbedingt ein Schloß nennen willst, soll's mir auch recht sein.«

»Raus«, sagte er. »Raus aus meinem Wagen.«

»Warum? Ich dachte, wir sitzen hier, um uns mal ganz in Ruhe auszusprechen.«

»Ich scheiß auf deine Aussprache.«

»Ich wollte dich doch nur aufmuntern.«

»Gerede von Heirat und verwandten Themen heitert mich nicht auf. Du weißt nichts und verstehst nichts. Also halt den Mund. Ich geb dir fünfzig Dollar für die Schuhe.«

»Die nehm ich nicht.«

»Wieso nicht? Soviel hast du doch zuerst haben wollen.«

»Ich hab sie nicht auf einem Flohmarkt aufgelesen, wie du gesagt hast, aber ich hab sie in diesem Discountladen auf der State Street gekauft. Für vierzehn fünfundneunzig.«

»Na schön, dann zahl ich dir vierzehn fünfundneunzig.«

»Plus Mehrwertsteuer.«

»Plus Mehrwertsteuer.«

»Ich hab in meinem Leben noch nie einen angeschmiert. Wenn du meine Schuhe verschludert hast, ist es nur recht und billig, daß du was dafür zahlst, aber nicht mehr, als ich gezahlt habe.«

»Hörst du jetzt endlich mit diesen gottverfluchten Schuhen auf?«

»Klar«, sagte sie. *Vorläufig*.

Das *vorläufig* war nicht von langer Dauer.

Drei Tage später stand sie bei den Hyatts vor der Tür.

Kay öffnete selbst. Quinn sah sie zum ersten Mal – das Zeitungsfoto nicht gerechnet, das Kay unmittelbar nach der gerichtlichen Untersuchung zeigte. Quinn hatte das Bild in einem Haufen von Zeitungsausschnitten in der untersten Schublade von Bens Schreibtisch gefunden. Darauf war eine Frau zu sehen, die den Kopf halb von der Kamera abgewandt hatte und mit einer Hand die Augen vor dem Blitzlicht schützte. Quinn war überzeugt davon, daß Ben noch mehr Bilder von Kay hatte, aber die hatte sie noch nicht aufstöbern können, und wenn sie ihn direkt fragte, antwortete er entweder aufreizend oder absichtlich provozierend: Kay war bildschön, umwerfend, geheimnisvoll ... was immer ihm einfiel, um sie eifersüchtig zu machen.

Keine dieser Beschreibungen traf auf Kay Hyatt zu. Sie war eine schlanke kleine Frau mit ziemlich stumpfem blonden Haar und verblassender Sommerbräune. Sie trug ein schlichtes braunes Wollkostüm und keinen Schmuck bis auf einen goldenen Trauring. Die grünen Augen sahen Quinn derart direkt und durchdringend an, als sähen sie Dinge, die besser verborgen geblieben wären. Kay schwieg.

Nach einer Weile sagte Quinn mit dünner, angestrengter Stimme, die zu klein für sie war:

»Ich bin Quinn.«

»Ja.«

»Wir haben miteinander telefoniert.«

»Ja.«

Quinn lachte nervös auf. »Sie finden es bestimmt ganz schön unverschämt, daß ich so bei Ihnen eindringe.«

»Ich kenne Sie noch nicht lange genug, um mir ein Urteil zu bilden.«

»Hat Ben nichts von mir erzählt?«

»Nein.«

»Überhaupt nichts? Nie?«

»Nein. Kommen Sie herein«, sagte Kay. »Es ist zu kalt, um hier draußen zu reden.«

Quinn trat ein, die Hände unter dem Poncho versteckt,

weil Kay nicht sehen sollte, daß sie vor Nervosität und Unentschlossenheit zitterte.

Als die Tür sich hinter ihnen geschlossen hatte, waren alle Außengeräusche ausgesperrt, und jegliche Innengeräusche schluckte das schwammige Material, das Boden und Wände bedeckte. Quinn, die an den ständigen Lärm vom Hafen und von der Uferstraße gewöhnt war, verwirrte die Stille. Sie sehnte sich nach Schritten, Stimmen, den Lauten des Lebens. Statt dessen war da nur diese leere Luft, wie ein Vakuum, das darauf wartet, ausgefüllt zu werden. Quinn versuchte es auszufüllen, indem sie laut und schnell sprach, während sie Kay durch die Diele ins Wohnzimmer folgte.

»Er hätte Ihnen von mir erzählen sollen. Wir leben seit dreieinhalb Monaten zusammen, und wir werden heiraten. Jedenfalls wollten wir bis vor kurzem heiraten, als er anfing, mit Ihnen in Konzerte und so Sachen zu gehen. Soll ich Ihnen mal was sagen? Ben weiß keine Bohne – ich meine, Ben versteht nichts von Musik. Das hat er mir mal abends erzählt, als er einen sitzen hatte. Er hockt bloß da und tut so, als wenn er zuhört, dabei denkt er an ganz andere Sachen, was er zum Abendessen bestellen soll zum Beispiel. Nur wie man Komponistennamen richtig ausspricht, das weiß er. Wagner zum Beispiel. Wagner machte sich mit Wodka Wadenwickel.«

»Interessant. Und hat ihm das geholfen?«

»Nein, nicht in Wirklichkeit, aber daran soll ich mir die Aussprache merken. Tu ich auch, aber ich find's trotzdem affig. Bei uns müssen die sich schon gefallen lassen, daß wir sie amerikanisch aussprechen.«

»Hoffentlich brauchen Sie nicht das ganze Alphabet abzuspulen, um zur Sache zu kommen.«

»Aber da bin ich doch schon. Ben und ich hätten nächsten Monat oder nächste Woche oder vielleicht schon morgen geheiratet, nur jetzt sind Sie plötzlich drin in dem Film.«

»Ist das Ihre oder seine Idee?«

»Jeder Mann braucht einen Schubs zum Heiraten, also schubse ich.«

»Ich spreche von meiner Rolle«, sagte Kay. »Inwiefern bin ich drin im Film, wie Sie sagen?«

Quinn zögerte einen Augenblick, sie schielte ein bißchen, so stark konzentrierte sie sich. »Der Ben, der steht doch auf Sie. Nicht die übliche Liebe und so, mit so was werd ich leicht fertig, das ist was anderes. Irgendwie komisch. Und irgendwie gehört – gehörte – Annamay dazu.«

»Ben ist ein Freund der Familie.«

»Das reicht ihm nicht. Er will rein, *in* die Familie rein, will in diesem Haus wohnen und in dem Schloß spielen wie Annamay. In mancher Beziehung ist er so erwachsen – Sie wissen schon, was ich meine –, und in anderen Dingen ist er wie ein kleiner Junge, der sich verrückte Sachen ausdenkt, daß er königliches Blut hat zum Beispiel, weil er zufällig York mit Nachnamen heißt. Wenn er ein bißchen was getrunken hat und wir im Bett liegen, erzählt er mir eine Menge so Zeug, besonders, wenn er denkt, daß ich schlafe oder ebenso hinüber bin wie er.«

»Ich habe Ben noch nie betrunken erlebt.«

»Bei Ihnen sieht er sich natürlich vor«, sagte Quinn. »Bei mir denkt er sich, daß er nichts zu verlieren hat.«

»Trinkt er oft mehr, als er vertragen kann?«

»Nicht öfter als ein Haufen Typen, mit denen ich – die ich gekannt habe. Meist ist er nach ein paar Drinks richtig lustig und macht Blödsinn, wie neulich, als er nachts mit mir zum Schloß gezogen ist. Zuerst jedenfalls war's lustig.«

»Er war mit Ihnen hier? In Annamays Schloß?«

»Ja.«

»Warum?«

»Na ja, wie gesagt, zuerst war's nur so zum Spaß, ein Blödsinn eben. Dann ist irgendwie alles aus dem Ruder gelaufen. Er ist ein bißchen ausgeflippt. Er hat meine Sandalen angezogen und ist mit den beiden Puppen im Zimmer rumgetanzt und hat sich dabei immer mehr reingesteigert. Ich hab's mit der Angst gekriegt. Ich meine, ich hab ihn ja kaum noch erkannt.«

»Sind Sie gekommen, um mir das zu sagen?«

»Unter anderem. Da ist noch mehr –«

»Ich habe genug gehört.«

»Noch viel mehr. Bei Ihnen spielt er sich auf und macht auf vornehm. Aber er ist nicht vornehmer als ich. Vielleicht hab ich deshalb Verständnis für ihn. Ich erwarte gar nicht, daß ein Typ sich immer hundertprozentig normal benimmt. Soll er ruhig ab und zu mal ausflippen.«

»Ich möchte, daß Sie gehen, Miss Quinn.«

»Aber –«

»Jetzt gleich.«

»Okay«, sagte Quinn. »Klar doch.«

Die beiden Frauen gingen schweigend durch die Diele zur Tür. Als sie sich öffnete, wehte die kalte feuchte Luft des Spätnachmittags herein und trug die Klänge einer lebendigen Welt in die tote Diele.

Quinn holte tief Atem. »Ich hab Ihnen nur gesagt, was Sie wissen sollten.«

»Daß ein Freund der Familie mir und meiner Tochter gegenüber unnatürliche Gefühle hegt?«

»Ich meine ja bloß, daß er manchmal ein bißchen ausflippt.«

»Und bei diesem Ausflippen könnte er einmal etwas Unpassendes getan, könnte sie sogar getötet haben. Wollten Sie das sagen?«

»Nein, nein, ich habe nicht... ich hätte doch nie... Himmel, er hat sie doch angebetet. Gewalttätig ist er bloß mir gegenüber geworden. Der blaue Fleck, den ich im Gesicht hab, da hat er mich davon abhalten wollen, heute herzukommen. Aber ich laß mich nicht so leicht abhalten, nicht, wenn der Einsatz so hoch ist. Ich will Ben heiraten. Ich will irgendwann in einem Haus wie diesem hier wohnen, nur lauter. Sie verstehen schon, Kinder und so Sachen. Ben braucht eine eigene Familie, vielleicht eine kleine Tochter wie Annamay, ich kann ihm dazu verhelfen.«

»Machen Sie, daß Sie rauskommen, Sie taktlose Person.«

»Von mir aus nennen Sie mich, wie Sie wollen«, sagte Quinn. Aber sie redete zu einer geschlossenen Tür.

Sie war mit offenem Dach gefahren, und Sitz, Rücklehne und Armaturenbrett trieften, als habe sie jemand mit dem Schlauch abgespritzt. Im Kofferraum hatte sie eine Decke, damit hätte sie den Sitz abwischen können, aber sie konnte sich nicht dazu aufraffen. Sie saß in den Wasserlachen und spürte, wie die Nässe ihr durch den Rock bis in die Knochen drang. Als sie zum Haus kam, war die Kälte den Rücken hinauf bis in ihren Kopf vorgedrungen.

Der Parkplatz war voll, wie üblich, und sie stellte ihren

Wagen auf einen der Kundenparkplätze von Longos Fischbratstube. Dann betrat sie fröstelnd und zähneklappernd den Laden durch die Hintertür, setzte sich an die Theke und bestellte eine Tasse Kaffee und eine Tüte Pommes frites.

Sie trank den Kaffee, während sie auf die Pommes frites wartete. Longo betrachtete sie durch seine dicke Brille.

»Das gibt Ihnen nicht das Recht, die ganze Nacht da stehenzubleiben«, sagte er. »Eine Stunde Maximum. Eine. Wie in *numero uno*. Kapiert?«

»Ich hab Ohren.«

»Fährt Ihr Freund einen weißen Porsche?«

»Ja.«

»Er ist gleich nach Ihnen losgefahren. Hat Sie wohl nicht erwischt. Sie sehen nicht zusammengeschlagen aus.«

»Nein?«

»Oder Sie haben blaue Flecke, wo man's nicht sieht.«

»Wenn ja, dann kriegen Sie die jedenfalls nicht zu Gesicht, ist das klar?«

Sie aß die Pommes frites mit etwas Essig und Salz. Mr. Longo starrte sie unentwegt an, als habe er noch nie jemanden essen sehen.

»Sie haben also blaue Flecke, wo man's nicht sieht, wie?«

»Was geht Sie das an?«

»Interessiert mich irgendwie. Hab mir gerade überlegt, wo die wohl sind.«

»Dann überlegen Sie mal weiter.«

»Mach ich auch. Bestimmt.«

»So wie Sie mich anglotzen, hab ich mir einen Monat freies Parken verdient, Sie alter Bock.«

»Scheiße. Hübsche Mädchen gehen ein Dutzend auf den Dime.«

»Okay, hier haben Sie einen Dime. Schnappen Sie sich ein Dutzend und lassen Sie mich in Ruhe.«

Die Pommes frites schmeckten ranzig, auf der Theke waren Wasserflecken und Brandspuren von Zigaretten. Mr. Longos Schürze war schmutzig. Sie machte die Augen halb zu und versuchte sich die Zukunft mit Ben vorzustellen, die kirchliche Trauung, das große Haus voll fröhlichlauter Kinder. Aber sie kam an Mr. Longos schmutziger Schürze und seinen fettigen Gläsern nicht vorbei.

Sie ging, ohne zu zahlen. Mr. Longo sagte kein Wort.

Als sie zu der Wohnung kam, stand vor der Tür mit den Schildern QUINN, YORK ein Fremder. Er war groß und dünn, hatte graues Haar und einen zerknitterten braunen Anzug an. Auch sein Gesicht wirkte zerknittert, als habe er es zu oft getragen, ohne es aufzubügeln.

Quinn sagte: »Hier wohne ich.«

»Sie sind Miss Quinn?«

»Ja.«

»Ich bin Michael Dunlop, ein Freund von Mr. York. Mrs. Hyatt hat mich angerufen und mich gebeten, mit ihm zu sprechen.«

»Er ist nicht da.«

»Vielleicht könnte ich auf ihn warten.«

»Hat nicht viel Zweck«, sagte sie, aber sie schloß auf, ging hinein und machte zwei Tischlampen an. Da sie ihn nicht hereinbat, blieb er auf der Schwelle stehen.

»Wann erwarten Sie ihn, Miss Quinn?«

»Überhaupt nicht.«

»Selbst wenn Sie Streit miteinander hatten, muß er irgendwann wieder heimkommen.«

»Heim? Nennen Sie diese Bruchbude ein Heim?«

»Immerhin wohnt er hier.«

»Das ist nicht dasselbe.« Sie drehte den Gasofen an, stellte sich davor und rieb sich die Hände, damit sie warm wurden. »Er wohnt hier nicht, er ist nur geparkt, so wie er seinen Porsche parkt. Heim.« Sie wiederholte das Wort, als habe es einen ranzigen Geschmack, wie Mr. Longos Pommes frites. »Heim – das ist so ein Haus, wie Mrs. Hyatt es hat. Da wurde er gern wohnen, aber das kriegt er nicht hin. Das hab ich ihm versalzen.«

»Wie haben Sie das gemacht, Miss Quinn?«

»Ich hab ihr ein paar Sachen über ihn gesteckt. Wenig genug, wenn ich denke, was ich ihr hätte sagen können.«

»Es ist kalt hier draußen auf dem Flur«, sagte Michael. »Dürfte ich vielleicht hereinkommen?«

»Wozu? Es ist sinnlos, auf ihn zu warten. Er kommt nicht zurück, jedenfalls nicht mehr heute nacht. Er wird sich eine Kneipe suchen, ein paar Drinks kippen, dann wird er eine lange schnelle Fahrt machen, vielleicht mit irgendeinem Mädchen, das er aufgegabelt hat. Wenn die Bullen ihn schnappen und er jemanden braucht, der für ihn die Kaution zahlt, wird er nicht Sie oder die Hyatts oder einen aus ihrer Clique anrufen. Mich wird er anrufen, weil ich seine wahre Freundin bin, ich werde zahlen und keine Fragen stellen.«

»Das hört sich an, als ob Sie so etwas erwarteten.«

»Wär nicht das erste Mal.«

Michael trat ein und machte die Tür hinter sich zu. »Sie betrachten sich also als seine beste Freundin, Miss Quinn.«

»Wir sind auch ein Liebespaar.«

»Manches von dem, was Sie Mrs. Hyatt gegenüber angedeutet haben, war weder freundschaftlich noch liebevoll.«

»Ich hatte eine Wut.«

»Da hat also aus Ihnen eher die eifersüchtige Frau gesprochen als die verantwortungsvolle Bürgerin, die bereit wäre, zur Polizei zu gehen und ihre Behauptungen zu wiederholen?«

»Die Polizei! Sie sind wohl nicht gescheit! Wie käme ich denn dazu, mich mit denen einzulassen?«

»Im Interesse der Gerechtigkeit.«

»Gerechtigkeit? Die konnten ja nicht mal meinen Wagen finden, als mir der gestohlen worden ist. Und als er in Bakersfield auftauchte und meine Mutter mich hinfahren mußte, um ihn abzuholen, haben sie ihr nicht mal das Benzin bezahlt. Schöne Gerechtigkeit. Und zwei Reifen waren platt.«

»Ihnen ist offenbar noch nicht klar, wie schwerwiegend einiges von dem ist, was Sie da von Mr. York behaupten.«

Sie sah ihn eine Weile stumm an. Ihr voller Mund wurde immer schmaler, bis er nur noch ein häßlicher gerader Strich war. »Sie können mich nicht zwingen, zur Polizei zu gehen. Und wenn Sie die Bullen herschicken, sag ich nicht Piep. Aus mir kriegen die nichts raus, die finden mich hier gar nicht mehr. Ich geh weg.« Eine Träne rollte über ihre linke Wange, und sie schlug mit der Handfläche danach wie nach einer Fliege. »Soll er zur Abwechslung mal auf mich warten. Soll er sich überlegen, in welcher Kneipe ich sitze und wen ich aufgabele.«

»Miss Quinn –«

»Soll er sich die gleichen beschissenen Gedanken machen, die ich mir hab machen müssen.«

»Miss Quinn, es geht hier um mehr als nur um einen Streit zwischen Ihnen und Mr. York. Wenn Sie von irgendwelchen verdächtigen Vorkommnissen zwischen ihm und der kleinen Hyatt wissen, sind Sie es ihren Eltern schuldig, mit der Sprache herauszurücken.«

»Ich bin keinem was schuldig«, sagte sie und schlug nach der nächsten Träne. »Jetzt lassen Sie mich in Ruhe, ich muß nachdenken. Ich muß *nachdenken*.«

»Ich wünschte, ich könnte Ihnen helfen.«

»Können Sie auch. Ziehen Sie Leine.«

»In Ordnung.«

Er trat auf den Hausflur hinaus. Durch die geschlossene Tür hörte er sie schluchzen und herumpoltern. Das Nachdenken war bei ihr ein äußerst geräuschvoller Vorgang.

Auf der Rückfahrt hörte er die Sechs-Uhr-Nachrichten. In der Welt hatte sich in den vergangenen vierundzwanzig Stunden wenig getan. Die Situation in Polen hatte sich verschärft. In Westeuropa registrierte man vermehrte Unruhe unter der Arbeiterschaft. Ein Erdbeben hatte Chile erschüttert, ein Taifun auf den Philippinen getobt. Der Bezirksverwaltungsvorstand war wegen einer Frage des Wirtschaftswachstums gespalten. Ein Banküberfall in der Innenstadt war vereitelt worden, mit zwanzigprozentiger Sicherheit wurde Regen in den Bergen erwartet, und eine Einheimische hatte zum hundertsten Geburtstag ein Glückwunschtelegramm des Präsidenten erhalten. Ein weißer Sportwagen war mit hoher Geschwindigkeit auf der Miramar Road von der Fahrbahn abgekommen und über die Steilküste ins Meer gestürzt. Der Insasse bzw. die Insassen galten als vermißt. Die Bergungsarbeiten konnten erst bei Tagesanbruch in Angriff genommen werden.

11

Es gab keine Beerdigung. Der Sarg war eine Plastikkiste mit einem Griff wie ein Koffer, und die Orgelmusik vom Band war über den stampfenden Maschinen des Bestattungsbootes *Walhalla*, das sich bei schwerer See mühte, aus der Zweimeilenzone herauszukommen, kaum zu hören. Nach den Vorschriften der Küstenwacht waren auf einem Schiff dieser Größe nicht mehr als fünf Leidtragende zugelassen, und von denen waren zwei seekrank, noch ehe sie abgelegt hatten. Der Kapitän der *Walhalla* hatte die Fahrt auf einen ruhigeren Tag verlegen wollen, aber Howard, Bens Testamentsvollstrecker, hatte darauf bestanden, die Asche so bald wie möglich zu versenken.

Und so hing denn Chizzy mit einem Taschentuch vor dem Mund, das Michael ihr gegeben hatte, über der Reling. Neben ihr stand Quinn, die abwechselnd schluchzte und sich erbrach. Sie war mit einer weißen Rose in der Hand an Bord gekommen, aber die war ihr bei den ersten Aufwallungen abhanden gekommen, daher gab es keine Blumen.

Es gab auch keine Trauerrede. Kay legte die Hand auf die Plastikkiste und sagte: »Leb wohl, Ben.« Die Kiste wurde über Bord geworfen und verschwand alsbald zwischen den Schaumkronen.

Ein Besatzungsmitglied brachte Handtücher für die beiden seekranken Frauen und riet ihnen, tief durchzuatmen und sich ins linke Ohrläppchen zu kneifen.

»So was Albernes«, sagte Chizzy, aber sie gehorchte, weil sie alles – ob albern oder nicht – zur Besserung ihres Zustandes getan hätte.

Quinn verbreitete sich japsend und schluchzend über die weiße Rose, die sie in einem richtigen Blumengeschäft für Ben gekauft hatte und die ihr über Bord gefallen war.

»Eine Rose nützt ihm nichts, wenn er die Schuld hatte«, sagte der Mann von der Besatzung. »Und wenn er ne weiße Weste hat, braucht er auch keine Blumen.«

»Die Schuld woran?«

»Die Leute reden.«

Die Leute redeten in der Tat. Von den windschiefen Baracken im Barrio bis zu den Herrenhäusern an der Steilküste.

Wenn Howard morgens ins Büro kam, machte sich jähes Schweigen breit, als sei er in eine Geheimsitzung, ein Femegericht geplatzt. Wenn Kays Freunde anriefen, gaben sie die passenden Bemerkungen von sich, aber in den Stimmen schwangen Halbtöne unterdrückter Erregung, andere wieder klangen gepreßt, als müßten sie Fragen herunterschlucken.

Die Leute redeten.

Ernestina, das Mädchen der Hyattschen Nachbarn, hörte in La Casa de la Raza davon und kam herüber, um sich von Chizzy sagen zu lassen, was an der Sache dran war.

»Du darfst nicht auf Klatsch hören«, sagte Chizzy streng.

»Ich nicht hören. Meine Ohren, sie hören.«

»Okay, dann paß mal auf, was ich deinen Ohren jetzt sage. Benjamin York war ein prächtiger junger Mann und rein wie frisch gefallener Schnee.«

»Schnee, ja? White Stuff?«

»Tu nicht so blöd. Du weißt genau, was Schnee ist. Ihr Mexikaner vertrödelt eine Menge Zeit damit, so zu tun, als ob ihr nicht versteht.«

»Ich gut verstehen«, sagte Ernestina, was sie noch am gleichen Abend in der Casa unter Beweis stellte, indem sie ihren Freunden erzählte, daß Ben kokainsüchtig gewesen war und sich den reinen Stoff hatte leisten können, der ihn dann zum Verbrechen getrieben hatte.

Dru bekam das ganze Gerede in der Schule und zu Hause mit.

In der Schule wurde direkt geredet. Man sprach sie auf den Korridoren an, vor dem Unterricht, und in den Pausen in der Garderobe, wo die älteren Mädchen zusammensteckten, um zu rauchen und sich über Sex und seine Abarten zu unterhalten.

»Hast du ihn richtig *gekannt*?«

»Ich war ständig mit ihm zusammen.«

»Herrje, dann wärst du ja beinah ermordet worden.«

»Vielleicht«, sagte Dru. »Beinah.«

»Stell dir das mal vor, beinah ermordet.«

Alle stellten es sich vor, schauderten, pafften und bliesen den Rauch mit einem Haartrockner aus dem Fenster.

»Bist du auch mal mit ihm allein gewesen?«

»Klar.«

»Hat er verlangt, daß du dich ausziehst?«

»Ich glaub, er hat irgendwie Andeutungen gemacht.«

»Hat er dich auch mal angefaßt, wo man sich nicht anfassen lassen soll?«

Dru, hin- und hergerissen zwischen der Wahrheit und ihrer neuen Berühmtheit als das Mädchen, das beinah ermordet worden wäre, entschied sich für einen Kompromiß.

»Ich hab ihn nicht gelassen.«

»Hast du nicht gemerkt, daß er ein Sittlichkeitsverbrecher ist?«

»Meine Eltern lassen mich nie in Filme über Sittlichkeitsverbrecher, deshalb weiß ich auch nicht, wie die aussehen.«

In der nachfolgenden Diskussion war man sich darüber einig, daß Eltern, die ihren Kindern nicht gestatteten, nach Belieben in alle Filme ihrer Wahl zu gehen, sich ausgesprochen kurzsichtig und unfair verhielten. Schließlich kam das doch nur der Allgemeinbildung zugute.

Das Gerede zu Hause hörte sie indirekt. Bens Name wurde in ihrer Gegenwart nicht genannt, aber sie wußte sehr wohl, daß über ihn gesprochen wurde, wenn sie zu Bett gegangen war. Also ging sie, wenn sie an ihre Schlafenszeit erinnert wurde, brav auf ihr Zimmer, zog ihr Nachtgewand an und drehte den Ton des Fernsehers höher. Dann schlich sie im Dunkeln wieder die Treppe hinunter.

Vicki und John waren im Arbeitszimmer, hinter dessen schwere Eichentür sie sich häufig zu vertraulichen Gesprächen zurückzogen. Aber heute abend brannte das Feuer, das John im Kamin geschürt hatte, zu schnell, und der kleine Raum war überheizt, so daß sie die Tür aufmachen mußten. Das war Glück für Dru. Sie brauchte die Treppe kaum bis zur Hälfte hinunterzugehen, um die Stimmen deutlich zu hören. Die von Vicki mit ihrer hohen, zwitschernden Beharrlichkeit beherrschte die Unterhaltung.

»– von Darien Angelo, ihre Cousine ersten Grades arbeitet im Büro des District Attorney, also muß es stimmen.«

»Warum? Was macht sie denn im Büro des District Attorney? Gedankenlesen?«

»Sie paßt auf, sie hört zu.«

»Und redet.«

»Sie redet nicht mit jedem. Nur mit ihren Verwandten.«

»Und die erzählen es überall herum.«

»Sei nicht immer so negativ, sonst erfährst du überhaupt nichts«, sagte Vicki. »Offiziell ist der Fall Annamay noch nicht abgeschlossen. Aber inoffiziell gibt es in dem ganzen Amt keinen, der nicht davon überzeugt ist, daß Ben sich aus Reue über sein Verbrechen umgebracht hat.«

»Welches? Geschwindigkeitsüberschreitung oder Trunkenheit am Steuer? Mehr kann man ihm nämlich nicht nachweisen.«

»Soll das so weitergehen? Daß du dich auf seine Seite schlägst?«

»Ich versuche nur fair zu sein.«

»Fair? Was ist heute noch fair? Das Wort bedeutet nichts.«

»Jedenfalls nicht für Darien Angelos Cousine ersten Grades im Büro des District Attorney.«

»Na schön, wenn du nichts hören willst, sag ich auch nichts«, erklärte Vicky und ließ den Worten mindestens eine halbe Minute lang die Tat folgen. Dann: »Ich war heute nachmittag drüben bei Kay. Sie und Howard wollen nicht über Bens Tod sprechen, nicht mal mit mir, wo ich doch Kays Schwester bin. Aber ich kann mir nicht helfen, ich hab das Gefühl, daß ihnen für ihre Ehe nichts Besseres hätte passieren können.«

»Du meinst also, daß Ben allen einen Gefallen getan hat, indem er über die Steilküste gestürzt ist?«

»Nicht allen natürlich. Dieser Quinn dürfte die Sache schon ein bißchen unter die Haut gehen. Aber alles in allem, finde ich, ist es die beste Lösung.«

»Du bist ganz schön kaltschnäuzig«, sagte John.

»Und ihr Wissenschaftsfreaks seid alle so skeptisch, daß ihr Fakten einfach nicht akzeptiert, bis alles niet- und nagelfest ist.«

»Nenn mir mal ein Faktum.«

»Hab ich doch schon. Durch Bens Tod kommen Kay und Howard wieder enger zusammen. Ich hab richtig zusehen können.«

»Und bist du auch ganz sicher, daß deine Nägel keine Nieten sind?«

»Du kannst so ironisch daherreden wie du willst, aber Kay und Howard benehmen sich wieder wie – na ja, wie Mann und Frau eben. Eigentlich ganz wie früher. Kann sein, daß sie später sogar mal ein Kind adoptieren, obgleich ich ehrlich gesagt nicht ganz verstehe, wieso die Leute so wild auf Kinder sind. Du siehst ja, was dabei rauskommen kann.«

Und die auf den Stufen kauernde Dru dachte: *Sie meint mich. Ich bin dabei rausgekommen.*

Sie ging zurück in ihr Zimmer, machte den Fernseher aus und stieg ins Bett. In ihrer Kehle steckte ein kalter, harter Klumpen wie ein Eiswürfel, der sich nicht schlukken und nicht aushusten ließ und der nicht schmelzen wollte. *Du siehst ja, was dabei rauskommen kann. Sie meint mich.*

Dru zog sich die Decke über den Kopf, über ihr häßliches Gesicht, das strähnige braune Haar, die kleinen Knopfaugen, die Nase, die zu groß, und das Kinn, das zu klein war.

Sie meint mich. Ich bin dabei rausgekommen.

12

Madame Firenze hatte schreckliche Laune. Sie fand ihre gehorteten Rosinen nicht und warf Ms. Leigh vor, sie zum Eigengebrauch gestohlen zu haben.

»Welche Rosinen, Madam?«

»Sie wissen ganz genau, welche Rosinen. Die ich morgens aus dem Müsli nehme, für den Champagner. Falls er schal wird. Die haben Sie weggenommen.«

»Ich trinke keinen Champagner«, sagte Ms. Leigh ungerührt. »Sie übrigens auch nicht.«

»Ich tät es schon, wenn man mich ließe.«

»Machen Sie sich nichts vor, man läßt Sie nicht. Mit Ihnen ist schon nüchtern schwer genug zurechtzukommen.«

»Vielleicht krieg ich welchen zum Geburtstag.«

»Dann ist es allenfalls das Supermarkt-Gesöff zu zwei Dollar die Flasche, und dafür sind Ihre Rosinen zu schade. Außerdem hatten Sie erst letzten Monat Geburtstag. Sie haben elf volle Monate, um eine neue Sammlung anzulegen.«

»Ich will aber die alte Sammlung.« Die wäßrige Stimme der Madame heizte sich auf wie eine Dampfpfeife, die drauf und dran ist, den ersten Pfiff auszustoßen. »Geben Sie sofort die Rosinen her.«

»Ich habe sie nicht. Was soll ich mit Rosinen?«

»Sie geben die Rosinen her, oder Sie verlassen das Haus. Für immer.«

»Für immer ist eine lange Zeit.«

»Nicht lange genug, Sie Diebin. Verlassen Sie dieses Haus unverzüglich, haben Sie gehört?«

»Wahrscheinlich kann man Sie das ganze Colorado-Ufer entlang hören.«

»Raus mit Ihnen. Raus, raus, raus.«

Ms. Leigh verzog sich.

Von der nächsten Tankstelle aus rief sie die erste Nummer an, die Michael Dunlop ihr gegeben hatte. Als sich dort niemand meldete, versuchte sie es bei der zweiten.

»Hallo«, sagte eine Männerstimme.

»Mr. Dunlop?«

»Ja.«

»Hier ist Tai Leigh, Madame Firenzes Gesellschafterin – mangels einer passenderen Bezeichnung. Ich habe die Unterlagen, um die Sie mich gebeten hatten. Sind Sie noch daran interessiert?«

Er hatte sie total vergessen, trotzdem klang seine Antwort einigermaßen überzeugend: »Aber natürlich. Soll ich sie abholen?«

»Nein, nein. Firenze hat mich gerade für immer an die frische Luft gesetzt, das heißt also, daß ich ein, zwei Stunden frei habe, bis sie wieder nach mir brüllt. Ich kann Ihnen die Unterlagen vorbeibringen.«

»Das wäre nett.«

»Wohnen Sie in dem Gemäuer neben der Kirche? Wie nennt sich so was übrigens?«

»Wenn das Dach nicht undicht ist und die Installation nicht streikt, nenne ich es ein Haus. Ansonsten fällt mir auch anderes dazu ein.«

»Hat Ihnen schon mal jemand gesagt, daß Sie für einen Pfarrer eine ziemlich komische Ausdrucksweise haben?«

»Ja, und zwar zu Recht«, sagte Michael. »Wann darf ich Sie erwarten?«

»In einer Viertelstunde.«

Eine Minute vor der Zeit war sie da, kühl und elegant in einem grünen Wildledermantel mit passenden Stiefeln. Sobald sie in die Diele trat, wirkte das Haus irgendwie kleiner und schäbiger, und Michael fühlte sich genötigt, eine Entschuldigung vorzubringen.

»Sie dürfen nicht zu genau hinsehen«, sagte er. »Ich lebe seit einiger Zeit als Strohwitwer, meine Frau ist weg.«

»Heim zu Mutter?«

»Zur Tante.«

»Pardon, das sollte ein Witz sein.«

»Ist es auch«, sagte Michael. »Es ist zweifellos ein Witz, wenn Sie als Mann wissen, daß die Entscheidung über Ihre Zukunft bei einer altjüngferlichen Tante liegt, die wenig von Männern hält.«

»Verflixt, da bin ich wohl schön ins Fettnäpfchen getreten.«

»Schwamm drüber. Kommen Sie ins Wohnzimmer und zeigen Sie mir die Unterlagen.«

»Ich fürchte, es ist zu wenig und zu spät.«

»Mag sein, daß es zu wenig ist. Aber warum zu spät?«

Die Frage schien sie zu überraschen. »Ich dachte, nach Mr. Yorks Tod läge es auf der Hand, daß er –«

»Im Rechtssystem unseres Landes gibt es die Unschuldsvermutung. Durch Mr. Yorks Tod ist es unmöglich, ihm eine Schuld nachzuweisen. Also muß er als unschuldig gelten. Ist das nicht plausibel?«

»Ja, sicher. Aber geredet wird natürlich trotzdem. Die

Leute halten nicht viel von dem Plausiblen, das ist langweilig. Zu glauben, daß Mr. York ein Mörder ist, möbelt das freudlose Ebenbild ein bißchen auf, das ihnen aus dem Spiegel entgegensieht. Bedaure, aber so ist das nun mal.«

»Auch ich bedaure das.«

Ms. Leigh öffnete den Reißverschluß der Ledermappe, die sie mitgebracht hatte, und holte einige Blätter hervor, auf denen maschinegeschriebener Text mit handschriftlichen Randnotizen stand.

»Ja, wie gesagt, es ist wirklich nicht viel, wenn man bedenkt, durch welche Massen von Schund ich mich durcharbeiten mußte. Geschwätz, Lasterhaftes, Klischees, abgestandene Tingeltangelwitze – alles da. Das hier sind die Sachen, die ich für relevant halte. Können Sie meine Randnotizen lesen?«

Ganz im Gegensatz zu ihrer Erscheinung und ihrem Auftreten war Ms. Leighs Handschrift in höchstem Maße unberechenbar. Worte liefen ineinander oder waren in der Mitte getrennt, Großbuchstaben gab es gar nicht, und die Zeichensetzung beschränkte sich vornehmlich auf Frage- und Ausrufezeichen.

»Ich werde mich schon durchfinden«, sagte Michael.

»Es ist vielleicht besser, wenn ich dabeibleibe und es mit Ihnen zusammen durchgehe.«

»Danke, das wäre nett.«

»Datiert ist nichts. Ich bin, wie ich schon sagte, keine Sekretärin, sondern Schriftstellerin. Aber vielleicht kann ich das eine oder andere doch ein bißchen genauer festmachen. Hier zum Beispiel schildert sie, wie sie von einer Horde wilder Tiere gejagt und angegriffen wird. »Wölfe und Bären schnappen nach meinen Beinen, ihre Zähne sind rot von meinem Blut.« Der wahre Kern dieser phantastischen Geschichte ist ziemlich offensichtlich. Die Hyatts haben einen Schäferhund, der einem Wolf ähnelt, und einen sehr großen schwarzen Hund, den jemand in Firenzes Zustand durchaus irrtümlich für einen Bären halten könnte. Hinter fast all ihren Angstvorstellungen steckt ein Stück Realität. Hier erzählt sie, daß sie mit großen Steinen beworfen worden ist. Tatsächlich kam sie eines Tages mit einer Beule und Schrammen auf der Stirn heim. Sie wirkte so überzeugend, war so sicher, daß jemand mit Steinen nach ihr geworfen hatte, daß ich der Sache nachgegangen bin. Ich bin etwa eine halbe Meile am Bach entlanggelaufen und habe mir dabei ein Paar Schuhe ruiniert, dann stieß ich auf zwei Bunya-Bunya-Bäume. Kennen Sie die?«

»Ich wüßte nicht.«

»Die Samenhülsen sind so groß wie ein Männerkopf und entsprechend schwer. Von so einem Ding getroffen zu werden ist so gefährlich, daß man die Bäume in öffentlichen Parks in weitem Umkreis absperrt und Warnschilder aufstellt, wenn sie ihre Samen abwerfen. Wir dürfen also wohl annehmen, daß niemand mit Steinen nach ihr geworfen hat, sondern daß sie einfach zur falschen Zeit unter dem falschen Baum stand, was meinen Sie?«

»Ja.«

»Bei anderen Ängsten und Phantasien ist der Ursprung schon schwerer auszumachen. Einmal behauptet sie, daß sie von Fledermäusen angegriffen wurde, die ihr ins Gesicht flogen und sich in ihrem Haar verfingen. Ich habe versucht ihr klarzumachen, daß Fledermäuse Nachttiere sind, denen sie nachmittags kaum begegnen dürfte. Wenn ich raten sollte, was es mit ihren Fledermäusen auf sich hatte, würde ich auf Platanenblätter tippen. Sie sind so groß, daß man, wenn einem so ein Fetzen ins Gesicht weht, glatt den Verstand verlieren kann, besonders wenn man damit sowieso nicht allzu reich gesegnet ist. Kommt sie zurück?«

»Wer?«

»Ihre Frau.«

»Ich weiß nicht«, sagte Michael. »Selbst wenn sie wiederkommt, wird sie so viele Bedingungen, so viele Klauseln und Maßgaben mitbringen, daß ich ihren Erwartungen sowieso nicht gerecht werden könnte.«

»Werden Sie es versuchen?«

»Wahrscheinlich nicht.« Er legte eine kleine Pause ein. »Lorna war eine Pfarrerstochter und ist gern Pfarrersfrau. Im Mittelpunkt zu stehen, ein gewisses Ansehen zu genießen, verschiedene Rollen zu spielen, die man von ihr erwartet, das sind Dinge, die ihr gefallen.«

»Was könnte sie veranlassen wegzubleiben?«

»Ich habe vor ein paar Tagen mein Entlassungsgesuch eingereicht.«

»Und das war's?«

»Ja, das war's. Aus und vorbei. Zurück zu Firenze.«

Ms. Leigh griff nach dem nächsten Blatt. »Sie beschwert sich mehrmals über einen Heckenschützen, der sie daran hindern will, ihre Memoiren zu Ende zu führen. Die Kugeln waren vermutlich Eukalyptusschoten oder Eicheln. Mit den beiden letzten Bemerkungen kann ich allerdings beim besten Willen nichts anfangen. Ich bin ziemlich sicher, daß sich Firenze damit auf den Tag bezieht, an dem die kleine Hyatt verschwand, denn sie redet von dem Teufelswind, und an dem Tag hatten wir den ersten Santana des Jahres. Er erhob sich sehr plötzlich und überraschte sie am Bach. Sie war außer sich vor Angst. Sie kam im Laufschritt nach Hause und schrie etwas von einem Geist, der durch die Luft geflogen kam und die Gestalt änderte wie Ektoplasma. Ob es ein Mann oder eine Frau war, wußte sie nicht, aber für sie stand fest, daß er darauf aus war, sie zu bestrafen.«

»Es war ein Mann.« Michael erzählte ihr von Mr. Cassandra und seinen Ausflügen an den Bach, wo er sich im Wasser erfrischte und die Natur genoß. Sein Anblick in weißer Robe auf dem Höhepunkt eines Santana war durchaus dazu angetan, auch normale Menschen zu ängstigen.

»Freut mich, daß sie sich die Sache nicht nur eingebildet hat«, sagte Ms. Leigh. »Vielleicht ist sie doch nicht so plemplem, wie ich gedacht habe.«

»Vielleicht nicht.«

»Ich habe leider den Eindruck, daß Ihnen mit all dem nicht sehr geholfen ist. Soll ich trotzdem weitermachen?«

»Ja, bitte.«

Ms. Leigh war auf der letzten Seite des Manuskripts angelangt. Sie überflog es stirnrunzelnd. »Hauptthema war der Wind. Sie redete von dem Schrei der Banshee, von Blättern, die wie Höllenfeuer knisterten, von Kugeln, die ihren Kopf trafen, von schreienden Kindern, Kindern, die aus Bäumen wehten und durch die Luft flogen wie Drachen. Kinder spielen in ihren Alpträumen eine große Rolle, deshalb sind solche Bemerkungen immer mit Vorsicht zu genießen. Daß sie einen Papierdrachen gesehen hat, ist immerhin möglich, wenn auch bei so starkem Wind nicht sehr wahrscheinlich. Später, beim Übertragen, fragte ich noch einmal nach. Sie stritt ab, etwas von Drachen oder Kindern oder Höllenfeuer oder dem Schrei der Banshee erzählt zu haben. Sie behauptete, die Stimme auf dem

Band sei gefälscht. Und sie warf mir – unter anderem – Lug und Trug vor, nannte mich eine flachbrüstige Eule, eine Spionin fürs Finanzamt und eine miese Tippse. Na ja, kein Mensch ist vollkommen.«

Ms. Leigh verstaute die Blätter wieder in der Ledertasche.

»So, das war's. Nicht berühmt, aber mehr war nicht drin.«

»Sie sollten ein Honorar für Ihre Bemühungen bekommen.«

»Kein Thema mehr. Die Geschichte war mir eine Lehre, und ich bin immer bereit, Lehrgeld zu zahlen.«

»Und was haben Sie gelernt?«

»Ich habe Ihnen neulich erzählt, daß ich ein Buch darüber schreiben wollte, wie Firenze ein Buch schreibt. Nachdem ich diesen ganzen Blödsinn durchgeackert habe, ist mir klargeworden, daß ich dazu einfach nicht das Stehvermögen, nicht die Geduld habe. Ich würde in einer Gummizelle enden und mich selbst der Hochstapelei bezichtigen.«

»Ich bin froh, daß Ihnen dieses Schicksal erspart geblieben ist.«

»Ich auch. Mit dem Job ist Schluß. Larry und ich ziehen nach Los Angeles, da sind wir näher am Ball. Ich glaube, Larry hat eine große Zukunft in der Fernsehwerbung.«

»Ich wünsche Ihnen beiden viel Glück.«

»Danke. Und was ist mit Ihnen?«

»Ich sehe für mich keine großen Chancen in der Fernsehwerbung«, sagte Michael. »Aber ich werde es überleben.«

Sie schüttelten sich die Hand, und Ms. Leigh trat hinaus in die Vormittagssonne. Der Wind konnte gegen ihre geometrische Frisur nichts ausrichten. Sie reflektierte die Sonnenstrahlen wie schwarzes Glas.

Michael sah zu, wie sie sich in ihren kleinen Wagen schob, die langen Beine unter dem Lenkrad unterbrachte, die Tür zuschlug und in rasantem Tempo anfuhr, als sei sie entschlossen, allem, was hinter ihr war, auf Dauer die Rücklichter zu zeigen. Er wünschte, er hätte mitfahren können.

13

Der alte Herr saß in dem Rotholzsessel neben dem Kugelfischteich, sein Gesicht war unter dem abgegriffenen Strohhut kaum zu sehen. Er hatte ihn in der Avocadopflanzung gefunden, wo ihn einer der mexikanischen Erntehelfer verloren hatte, und er war so groß, daß er ihm die Ohren nach unten bog. Aber der Kopf hatte praktische Luftlöcher, und trotz Chizzys wiederholter Warnungen hatte sich Mr. Hyatt keine Hautkrankheiten zugezogen, weder Läuse noch Krätze noch Milben.

Unter dem breiten Rand döste er, lauschte auf das sanfte Plätschern des Wasserfalls, betrachtete die bunten Kugelfische, die hin und her und im Kreis herumschwammen wie ein im Entstehen begriffenes Gemälde.

Nur der große schwarze Magoi trug nichts zu diesem lebenden Bild bei. Er lag reglos am Grund des Teiches. Das Goldstück auf seiner Stirn schien sich getrübt zu haben, und die Diamantschuppen wirkten wie mit Staub bedeckt. Wenn die anderen Fische nach oben kamen, um nach dem Fischfutter zu schnappen, das Mr. Hyatt ihnen hinwarf, regte der Magoi sich nicht.

»Vielleicht ist er krank«, dachte der alte Herr. »Vielleicht sollten wir diesen Japaner holen, der Kugelfische behandelt, ihnen Antibiotika gibt, sie sogar operiert, nachdem er ihren Stoffwechsel mit Sedativa ruhiggestellt hat.«

Er wußte, daß der Magoi ihn dort unten in der Tiefe nicht hören konnte und natürlich auch zu dumm war, um ihn zu begreifen, aber er konnte der Versuchung nicht widerstehen, mit ihm zu sprechen, ihn beim Namen zu rufen.

»Bist du krank, Hikari? Soll ich den Fischdoktor holen? Oder willst du nur in Ruhe gelassen werden wie ich? Mir bleiben nur ein paar Jahre, dir aber wahrscheinlich hundert. Deprimiert dich diese Aussicht?«

Er wartete, aber der Magoi ließ nicht erkennen, ob er ihn gehört hatte. Fische kannten bewußt weder Vergangenheit noch Zukunft. Und doch kämpfte der Magoi in seiner Heimat mit großem Mut ums Überleben, arbeitete sich wie der Lachs Flußläufe hinauf und über Wasserfälle. Hier, in diesem stillen Teich, tat kein Kampf not, hier gab es keine Flüsse mit reißenden Strömungen und keine Wasserfälle, bis auf die kleine künstliche Kaskade, an deren oberem Teil nur Farne standen, hinter denen sich eine elektrische Pumpe verbarg. Und selbst wenn man ihn an einen Fluß bringen und ihm die Freiheit schenken würde, würde er nicht wissen, was er damit anfangen sollte. Er würde im Kreis herumschwimmen, als sei er noch in seinem Teich, und warten, daß ihm jemand Futter hinwarf.

Wie ich, dachte der alte Herr. Meine Grenzen sind weiter gesteckt, aber sie sind ebenso starr wie die des Teiches mit seinem Beton und seinen Platten. Und ich warte, daß Chizzy mir Futter hinwirft und Howard mir sagt, was ich tun soll, und Kay mich pflegt, wenn ich krank bin. Kay ist mein Fischdoktor.

Seine Schultern und sein Bauch erzitterten in lautlosem Lachen, als er sich vorstellte, was für ein Gesicht Kay machen würde, wenn er ihr sagte, sie sei sein Fischdoktor.

Wahrscheinlich würde sie Howard rufen und Chizzy, vielleicht auch Michael, und alle vier würden sie zu dem Schluß kommen, daß er nun endgültig ein hoffnungsloser Fall geworden war.

Er lachte, bis ihm Tränen in den Augen standen, die ihm die Sicht trübten, so daß er Michael nicht erkannte, der von der anderen Seite des Teiches her auf ihn zukam.

»Darf ich Sie einen Augenblick stören, Mr. Hyatt?«

»Ach, Sie sind's, Michael. Ich... ich hab sozusagen gerade an Sie gedacht.«

»Haben Sie Dru gesehen?«

»Nein, und ich erwarte sie auch nicht. Sie besucht mich nicht mehr. Wir hatten – ja, man könnte es ein Mißverständnis nennen.«

»Ich war bei ihr zu Hause, weil ich ihr ein paar Fragen stellen wollte«, sagte Michael. »Sie war nicht da. Sie ist von der Schule nicht nach Hause gekommen.«

»Es ist ja noch früh am Tage.« Er holte seine Taschenuhr hervor. »O Himmel, nein, so früh ist es gar nicht mehr. Manchmal verliere ich die Zeit aus den Augen.«

»Sie nimmt immer den gleichen Bus, sie ist auch von der Schule weggefahren, aber sie ist nicht ausgestiegen. Oder wenn sie ausgestiegen ist, ist sie gleich danach verschwunden.«

»Verschwunden? Das ist ein häßliches Wort. Dieses Wort dürfen Sie nicht gebrauchen, Michael.«

»Es bleibt mir nichts anderes übrig. Ihre Eltern suchen in der Umgebung des Hauses, und Howard und Kay haben sich den Schulbusfahrer und die Kinder vorgenommen, die im Bus gesessen haben.«

»Haben sie die Polizei verständigt?«

»Sie warten noch, ob sich nicht irgendein kleiner Hinweis ergibt. Dru ist sehr unabhängig und geht gern ihre eigenen Wege. Ich dachte, sie sei vielleicht hierhergekommen, und wir würden sie im Schloß finden.«

Mr. Hyatt schüttelte den Kopf. »Nein. Sie kommt nicht mehr her. Wir hatten eine Auseinandersetzung.«

»Worüber?«

»Ich habe etwas Grausames zu ihr gesagt, aber es war nicht grausam gemeint, ich wollte ihr nur helfen. Ständig behauptete sie, Annamay sei nicht wirklich tot, sie sei aufgestanden und weggegangen, und die begrabenen Knochen seien Tierknochen gewesen. Sie wirkte so überzeugend, und ich hätte ihr so schrecklich gern geglaubt, daß ich böse wurde. Ich habe sie zu hart angefaßt, habe ihr vorgeworfen, daß sie irre redet. Und sie – sie hat mich einen verrückten alten Kerl genannt. Sagen Sie ehrlich, Michael, finden Sie, daß ich ein verrückter alter Kerl bin?«

»Nein.«

»Ich bin vergeßlich. Das belastet mich. Ist es möglich, daß ich etwas Schimpfliches getan und dann völlig vergessen habe? Halten Sie das für möglich?«

»Nein.«

»Aber Sie sind sich nicht sicher.«

»Ich bin mir sicher.«

»Ich nicht«, sagte Mr. Hyatt langsam. »Ich werde mir nie sicher sein. Es ist beängstigend, wenn man am eigenen Verstand zweifeln muß. Aber damit werde ich von jetzt ab leben müssen.«

»Zweifel gehören zum Leben.«

»Nicht solche Zweifel. Sie hat mir vorgeworfen –«

»Quälen Sie sich nicht damit, Mr. Hyatt. Sie hatten ein verstörtes Kind vor sich.« Er half dem alten Herrn hoch. »Kommen Sie, wir werden uns im Schloß umsehen.«

»Wir werden sie nicht finden.«

»Wir müssen es versuchen. Ohne Sie komme ich nicht hinein.«

Als sie um die letzte Biegung kamen, sahen sie beide, daß die Tür bereits offen stand. Wortlos machte der alte Herr kehrt und ging zum Kugelfischteich zurück.

Bei Michaels erstem Besuch im Schloß hatte es verwahrlost ausgesehen – Blätter und Staub auf dem Boden und den Möbeln, ein Gewirr von Kissen auf der Couch, eine Teetasse in der Spüle, der begehbare Schrank voller Spielsachen und alter Kleider, dazu die unglückseligen Sandalen. Jetzt waren die Sandalen weg und die Kleider auch. In dem Schrank waren nur, ordentlich aufgereiht, Annamays Puppen und Stofftiere. Blätter und Staub waren ausgefegt, die Kissen auf der Couch aufgeschüttelt und wieder schön nebeneinander aufgereiht, die Teetasse stand abgewaschen im Schrank. Der Raum sah nicht mehr verwahrlost aus, sondern bereit zum Empfang einer neuen Prinzessin oder vielleicht eines Besuchs, der kleinen dicken Frau etwa, die am Eßtisch saß. Sie trug eine Schürze und als Schutz vor dem Staub ein Geschirrtuch um den Kopf. Sie sah Michael an, ohne zu lächeln.

»Miss Kay und ich haben geputzt«, sagte sie, als habe er eine Erklärung von ihr verlangt. »Sie ist mit einem Karton voller Sachen zum Haus rüber und ist noch nicht zurück. Ich hab inzwischen weitergemacht, weil ich gedacht hab, sie kommt jeden Augenblick wieder.«

»Sie und Howard suchen Dru«, sagte Michael. »Dru ist von der Schule nicht nach Haus gekommen. War sie hier?«

»Schon lange nicht mehr. Sie holt sich keine Plätzchen mehr bei mir.«

»Ich denke, Sie sollten jetzt ins Haus zurückgehen, Chizzy.«

Chizzy breitete die pummeligen kleinen Hände auf dem Tisch aus, als wolle sie ihre Finger zählen, um sicherzugehen, daß alle da waren. »Es ist was passiert.«

»Ich weiß es nicht.«

»Es ist was passiert«, wiederholte sie, und es war keine Frage, sondern eine schlichte Feststellung. Sie hatte zehn Finger, es war was passiert.

Michael ging rasch durch die Avocadopflanzung zum Bach hinunter. Hier schien die Zivilisation meilenweit entfernt. Dennoch hallten ihre Laute durch das Cañon, das aufdringliche Jaulen und Krachen einer Motorsäge, das rhythmische Klopfen eines Hammers, ein Flugzeug, das den Flughafen ansteuerte, die fernen Rufe spielender Kinder.

Kinder, dachte Michael. Firenze haßte Kinder. Kinder hatten es auf sie abgesehen, fielen von Bäumen auf sie herunter, segelten durch die Luft wie Papierdrachen.

So schnell wie möglich kämpfte er sich bachaufwärts, wobei er immer wieder von einer Seite des Wasserlaufs auf die andere wechselte, um Dornengestrüpp und Lacksumach aus dem Weg zu gehen. Der Wind, der am Morgen lebhaft gewesen war und sich dann im Laufe des Tages gelegt hatte, war am späteren Nachmittag wieder aufgefrischt. Die Eukalyptusbäume schüttelten wild die zottigen Köpfe und bewarfen den Eindringling mit ihren steinharten Hülsen. Eichelhäher stießen vor ihm herab, und als er Drus Namen rief, antworteten die Spechte und verbesserten ihn:

»Dru! Dru!«

»Jakob, Jakob, Jakob.«

»Dru.«

»Jakob.«

Am häufigsten waren die Platanen am Bach vertreten, ihre Blätter waren die grellsten und lautesten, ihre graugefleckte Borke stach am meisten ins Auge. Aber die ältesten und ausdauerndsten Einheimischen waren die Immergrünen Eichen. Ihre dicken Stämme waren übersät mit Eicheln, sie steckten in den vielen von den Spechten gehackten Löchern. Im Herbst und Winter fielen ein paar Blätter ab, aber die meisten blieben an den Ästen und boten nachts und bei Gewittern Hunderten kleiner Vögel Schutz.

Unter einer dieser Eichen, einer der größten, war Annamay in einem mit Laub bedeckten Lacksumachbusch gefunden worden.

Die Stelle war jetzt leicht auszumachen, sie war geräumt, der Lacksumach war mit Unkrautvertilger gespritzt und mit der übrigen welken und welkenden Pflanzendecke fortgeschafft worden.

Michael stand auf der Lichtung, blickte in die Eiche hinauf und sah, was er gehofft und gebetet hatte, nicht sehen zu müssen. In etwa zehn, fünfzehn Metern Höhe klammerte sich Dru mit dem Gesicht nach unten an einen Ast. Sie lag so reglos da, als sei sie wie eine neue Pilzart aus der Borke gewachsen.

»Schau nicht nach unten, Dru«, rief er zu ihr hinauf. »Ich bin es, Michael, ein Freund. Ich bin gekommen, um dir zu helfen. Hörst du mich?«

Sie reagierte nicht, und er begriff, daß sie starr vor Angst war und daß er es, selbst wenn er bis zu ihr kam, wahrscheinlich nicht schaffte, ihren Griff zu lösen und sie unversehrt nach unten zu bringen. Da mußten Fachleute her.

»Hör zu, Dru. Ich hole Hilfe. In ein paar Minuten bin ich wieder da. Nicht die Nerven verlieren. Und nicht nach unten sehen!«

Als er vor dem Haus auf der Anhöhe stand, hämmerte er mit der Faust an die Hintertür. Die Tür blieb zu, aber eine Frauenstimme ließ sich durch ein halb geöffnetes Fenster vernehmen.

»Gehen Sie weg.«

»Ich muß bei Ihnen telefonieren. Nach dem Rettungsdienst.«

»Bosslady sagen, ich nicht aufmachen, ich nicht mit Fremden sprechen.«

Die Nationalität konnte er aus der Stimme nicht erkennen, aber sie war hispanischer Herkunft. Er griff auf die spanischen Brocken zurück, die er kannte, das Straßenspanisch, das er in seiner früheren Gemeinde in East Los Angeles gelernt hatte.

»Llame a emergencia, nueve-uno-uno, y dígales que una niña está strapada en un árbol al fondo de una zanja. Y deles su dirección. Entendio? Llame al nueve-uno-uno.«

Die Antwort wartete er nicht ab. Er konnte nur hoffen, daß sie tun würde, worum er sie gebeten hatte, denn er mußte so schnell wie möglich zurück zu dem Kind auf der Eiche.

Dru hatte sich nicht von der Stelle gerührt.

»Ich komme rauf und hole dich, Dru. Hab keine Angst. In ein paar Minuten kommt die Feuerwehr mit Leitern, die bis zu dir reichen.« *Hoffentlich. Ich weiß nicht, wie weit sie ihre Leitern ausfahren können.*

Er begann zu klettern. In der Schule hatte er nie viel für

Sport übrig gehabt und war, soweit er sich erinnern konnte, nicht mal in Drus Alter auf Bäume gestiegen. Aber er mühte sich redlich und sprach dabei unentwegt.

»Du weißt doch, wie die Feuerwehr junge Katzen rettet, wenn sie auf Bäume und Telegrafenstangen sitzen und sich nicht mehr herunter trauen? Genauso machen sie es bei dir auch. Du darfst dich nur nicht aufregen und nicht nach unten schauen.«

Die Borke war rauh, und er hatte die weichen Hände eines Mannes, der nie mit den Muskeln, sondern immer nur mit dem Kopf gearbeitet hat. Er war kaum drei Meter hoch, da waren sie schon blutig gescheuert.

»Stell dir vor, du wärst ein Kätzchen, Dru. Junge Katzen sind neugierig, sie wollen alles erkunden, wie kleine Mädchen, und manchmal geraten sie in die Klemme und müssen gerettet werden. Stell dir vor, du wärst ein Kätzchen. Magst du Katzen, Dru?«

Er war noch zu weit weg, um erkennen zu können, ob seine Worte Wirkung zeigten, aber er hatte das Gefühl, daß sie zuhörte. Sie hatte den Kopf ganz leicht in seine Richtung gedreht.

»Bestimmt magst du Katzen. Vielleicht hast du sogar selber eine.«

Zum ersten Mal sagte sie etwas, ein einziges Wort, das scheinbar nichts mit dem zu tun hatte, was er gefragt hatte. Hatte sie am Ende durchgedreht? Es hatte sich angehört wie Marmelade.

Wenn sie durchgedreht hatte, würde sie weder auf seine noch auf die Weisungen der Feuerwehrleute reagieren können, man mußte damit rechnen, daß sie unwillkürlich den Ast losließ oder plötzlich heruntersprang.

Er brauchte etwas, womit er sie an dem Ast sichern

konnte, bis jemand sie holen kam. Er trug keinen Gürtel, und ein Gürtel wäre wahrscheinlich sowieso nicht lang genug gewesen. Aber er trug den Wollpullover, den ihm Lornas Tante irgendwann mal zu Weihnachten gestrickt hatte. Er schien für einen sehr viel größeren Mann gedacht (wahrscheinlich den Typ, der ihr ursprünglich als Lornas Ehemann vorgeschwebt hatte), die Ärmel waren viel zu lang. Um die Brust maß er mindestens zwei Meter, und die Wolle war fest wie Hanf.

Er hatte kaum den Pullover ausgezogen, als ihm klar wurde, welch ungeahnte Möglichkeiten er barg. Für den Rest des Aufstiegs benutzte er ihn als Kombination aus Schutzdecke und Kletterseil, indem er ihn über die Äste warf und sich daran hochzog. Als er auf gleicher Höhe mit dem Kind war, sah er, daß Drus Lippen sich bewegten.

»Was willst du mir sagen, Kind? Ich versteh dich nicht.«

»Marmelada.«

»Sicher, du sollst deine Marmelade haben, sobald wir unten sind.«

Sie machte kurz die Augen auf und schloß sie wieder. Ihre Schuluniform war zerrissen, die Knie aufgeschrammt, die Wange blutig von der Berührung mit der rauhen Borke.

»Ich hab sie gesehen«, sagte sie. »Da unten hab ich sie gesehen.«

»Da unten ist niemand, Dru.«

»Es war aber jemand da. Ich hab Annamay gesehen.«

»Das ist lange her.«

»Sie ist aufgestanden und weggegangen.«

»Hat sie Geräusche gemacht, als sie gefallen ist?«

»Es waren fröhliche Geräusche, wie wenn sie fliegen lernt.«

Sie hat geschrien, dachte Michael, *sie hat geschrien wie eine Banshee*, und Firenze hat sie gehört und hat sie vom Baum fallen sehen.

»Ich hab sie nicht dabeihaben wollen«, sagte Dru. »Ich wollte Bergsteigen üben, damit ich meinen Freund Kevin begleiten kann, wenn ich groß bin. Sie war lästig, ich hab ihr gesagt, sie soll nach Hause gehen. Du bist ein richtiges Baby, hab ich gesagt, und du wirst nie ein richtiger Bergsteiger wie ich und Kevin, weil du immer Angst hast.«

Ihre Worte waren mit Schluchzern durchsetzt. Vorsichtig schob Michael sich auf dem Ast weiter an sie heran. Von weitem hörte er das Jaulen einer Sirene. Eine Welle der Erleichterung und der Dankbarkeit überlief ihn, er war Lornas Tante dankbar für den Pullover, der Eiche für ihre Stärke, dem Dienstmädchen, das den Rettungsdienst gerufen und der Feuerwehr, die reagiert hatte.

»Hörst du die Sirene, Dru? Das sind die Leute, die dich in Sicherheit bringen werden. Es geht alles gut aus, du darfst nur nicht nach unten schauen, und ich glaube, das schaffst du.«

»Ich weiß nicht.«

»Hör gut zu, Dru. Weißt du, was Bergsteiger machen, wenn es gefährlich für sie wird? Sie seilen sich an. Weil wir kein Bergseil haben, du und ich, nehmen wir einfach den Pullover, den binde ich dir um die Taille, so, siehst du?«

Sie sträubte sich nicht, als er den Pullover um den Ast und unter ihre Arme legte und ihn hinten mit einem festen Knoten sicherte. »So, jetzt kann dir nichts mehr passieren, Dru. Die Feuerwehrleute holen dich über die Leiter herunter und bringen dich nach Hause.«

»Ich will nicht nach Hause. Da geben sie ja doch bloß mir die Schuld, weil ich sie auf den Baum hab klettern lassen. Sie geben mir die Schuld, weil Annamay jünger und hübscher ist als ich. Ich geh nicht nach Hause. Nie. Ich warte hier, bis Annamay zurückkommt.«

»Dru –«

»Ich hör nicht zu.«

»Doch, du wirst zuhören«, sagte Michael. »Sie kommt nicht zurück. Sie ist gestorben, als sie auf dem Boden aufschlug.«

»Aber sie ist aufgestanden und weggegangen, und sie hat gelacht.« Das Kind wiederholte den Satz immer wieder, wie einen Zauberspruch, als Waffe gegen die Wahrheit.

Doch die Kraft des Zaubers war gebrochen, und jede Wiederholung klang wie ein immer matter werdendes Echo.

Ich habe ein Monster gejagt, dachte Michael, *und habe eine Maus gefunden, diese Maus von einem Mädchen, das ihre Freundin hat sterben sehen und so geschockt, so von Angst geschüttelt war, daß es tun mußte, als sei das Schreckliche nie geschehen.*

»Sie kommt nicht zurück?« fragte Dru.

»Nein.«

Jetzt rannen ihr Tränen über die Wangen, Tränen, die Blut und Schmutz wegschwemmten und saubere kleine Straßen hinterließen.

Margaret Millar im Diogenes Verlag

Liebe Mutter, es geht mir gut . . .
Roman. Aus dem Amerikanischen von Elizabeth Gilbert
detebe 20226

Die Feindin
Roman. Deutsch von Elizabeth Gilbert
detebe 20276

Fragt morgen nach mir
Roman. Deutsch von Anne Uhde
detebe 20542

Ein Fremder liegt in meinem Grab
Roman. Deutsch von Elizabeth Gilbert
detebe 20646

Die Süßholzraspler
Roman. Deutsch von Georg Kahn-Ackermann
und Susanne Feigl
detebe 20926

on hier an wird's gefährlich
an. Deutsch von Fritz Güttinger
detebe 20927

Mord von Miranda
tsch von Hans Hermann
tebe 21028

erne Tor
Reese und Michel Bodmer
63

gel
Däbritz